Amor sin mundo

Miquel Esteve

Amor sin mundo

Novela sobre Hannah Arendt y Martin Heidegger

Navona

Primera edición Septiembre de 2023

Segunda edición Noviembre de 2023

Publicado en Barcelona por Editorial Navona SLU
Navona Editorial es una marca registrada de Suma Llibres SL
Gomis 47, 08023 Barcelona
navonaed.com

Dirección editorial Ernest Folch
Edición Estefanía Martín
Diseño gráfico Alex Velasco y Gerard Joan
Maquetación y corrección Editec Ediciones
Papel tripa Oria Ivory
Tipografías Heldane y Studio Feixen Sans
Imagen de la cubierta Valentina Silva
Distribución en España UDL Libros

ISBN 978-84-19552-46-4
Depósito legal B 13034-2023
Impresión Romanyà Valls
Impreso en España

Índice

*A la memoria de mi abuelo Antoni, que,
si estuviera vivo, habría sido el primero
en leer esta novela.*

«Eres libre en el momento en que no buscas fuera de ti mismo a alguien que resuelva tus problemas».

IMMANUEL KANT

«Las artes se convierten en instrumentos de información manipulados y manipuladores».

MARTIN HEIDEGGER

«Nunca he querido a ningún pueblo ni colectivo, ni al pueblo alemán, ni al francés, ni al norteamericano, ni a la clase obrera, ni nada similar. En efecto, únicamente quiero a mis amigos, y la única clase de amor que conozco y en la que creo es el amor a las personas».

HANNAH ARENDT

«Ser primitivo significa estar por impulso e instinto interior allí donde comienzan las cosas; ser primitivo es estar movido por fuerzas interiores».

MARTIN HEIDEGGER

«El huracán que sopla a través del pensamiento de Heidegger, comparable al que desde hace milenios nos sacude desde las obras de Platón, no procede del siglo, proviene de las antigüedades más lejanas, y lo que deja trae el estigma de la consumación, recae en el tiempo primigenio».

HANNAH ARENDT

PRIMERA PARTE
«Y si Dios lo concede, te amaré mejor después de la muerte»
1925-1950

«Perdería mi derecho a la vida si perdiera mi amor por ti, pero perdería este amor y su realidad si eludiera la tarea a la cual me obliga. Y si Dios lo concede, te amaré mejor después de la muerte».

HANNAH ARENDT, CARTA A MARTIN HEIDEGGER DEL 22 DE ABRIL DE 1928, DESDE HEIDELBERG

Basilea, Suiza, casa de los Jaspers, invierno de 1949-1950

Un reencuentro es como un primer encuentro con experiencia. Solo se puede reencontrar con sustancia lo que creías haber perdido para siempre jamás. Los reencuentros estaban marcando la vida de Hannah Arendt. El nazismo la había obligado a emigrar a Nueva York, como a muchos de sus amigos y colegas. Finalizada la amenaza y restablecida la paz, una paz lábil que se acrecentaba ante el *Sturm und Drang* que había vivido el mundo con la Segunda Guerra Mundial, comenzaban los reencuentros.

Hannah hacía diecisiete años que no veía a su amigo y antiguo profesor Karl Jaspers, desde aquellos tiempos de estudiante de doctorado en Heidelberg. De camino a casa del matrimonio Jaspers, tenía el frío de diciembre, el frío altivo y roedor de Basilea, pegado al cuerpo. Se subió el cuello del abrigo de lana, apuró el cigarrillo que había encendido pocos minutos antes, lanzó la colilla al suelo y la apagó con la punta del zapato de medio tacón que su esposo, Heinrich, alababa a menudo lo esbeltas que le hacían las piernas.

Algunas luces de la inminente Navidad engalanaban ya la avenida estrecha donde residían los Jaspers. Basilea no lucía estigmas de guerra, como las ciudades alemanas. Suiza no había intervenido en el conflicto. Neutralidad. Era la caja fuerte de

Europa. ¿Quién es el loco que hace volar el oro y las divisas? La estupidez de una guerra se achanta ante la supuesta sensatez material. Oscar Wilde lo había escrito hacía medio siglo: «Cuando era joven, pensaba que el dinero era lo más importante; ahora que soy viejo, lo corroboro».

Hannah tocó el timbre con el corazón a punto de encendérsele. Aquella cita de Wilde que su amigo Gershom Scholem, judío como ella, le había soltado más de una vez se le retiró de la mente.

Fue Jaspers quien abrió la puerta, retrocedió con un paso corto y abrió los brazos tanto como pudo, dispuesto a rodear a su querida exalumna. El abrazo fue tan largo como íntimo, a pesar de la presencia de Gertrud, su esposa, que esperaba en el recibidor. No cabía el recelo. Los separaban diecisiete años.

Hannah percibió el calor benigno de la amistad en aquel apretón. Reencontrarse con Jaspers era como recuperar otra pieza de un rompecabezas roto y esparcido por una mano maliciosa: la del nazismo y la guerra.

—Si no fuera porque me enviaste aquella foto del recorte de periódico no te habría reconocido, Hannah; aunque mantienes la misma vivacidad en los ojos —afirmó Jaspers, apartándose a un lado para hacer las presentaciones—. Esta es aquella exalumna que está comenzando a conquistar el mundo con su pensamiento, querida Gertrud.

Las dos mujeres se besaron en las mejillas con un apretón menos efusivo y temperamental que el anterior.

—Debes de estar helada, ¿no? —le preguntó Gertrud, ofreciéndose para tomar el abrigo de lana azul y señalándole el comedor contiguo, pequeño pero acogedor.

—Estoy acostumbrada al frío. Nueva York en estas fechas

es un glaciar —le respondió Hannah, alargándole el abrigo y estirándose la falda.

Se sentaron en unas cómodas butacas de tapizado azul marino. Jaspers no le quitaba el ojo de encima. Hannah se dio cuenta de que, con la edad, a su profesor se le había cerrado más el ojo izquierdo, pero mantenía aquella cabellera indómita, ya blanca, peinada hacia atrás, exhibiendo una frente amplia.

La señora Jaspers se encaminó a la cocina para preparar unos tés calientes, y los pensadores se quedaron solos.

—Poco antes de recibir tu carta, pensaba que no te volvería a ver —le confesó Jaspers, en un tono muy alejado de la melancolía. Si algo compartían, además del amor por la filosofía, era una propensión marginal a la nostalgia.

—Ninguno de los que tuvimos que huir de Alemania las teníamos todas con nosotros, Karl. No debería haber sucedido nunca, pero pasó, y no podemos borrarlo. Faulkner, un novelista norteamericano que te recomiendo, asevera que «el pasado nunca muere».

—Hemos tenido que dejar el país en el que estudiamos, que amamos y al cual estamos ligados por el amamantamiento moral. ¡Y somos tantos! ¡Tantos!

—Sí, es muy cierto. Algunos, exiliados en Francia; otros, con billete directo hacia Palestina; otros, a Nueva York; muchos, ejecutados o prisioneros en campos de la muerte; y algunos, como Walter Benjamin, incapaces de soportarlo, decidieron suicidarse.

Jaspers cruzó las piernas hacia la derecha y carraspeó antes de intervenir.

—Y otros apoyaron a los lobos en esa maldita cacería.

Los ojos de Hannah se iluminaron. A los dos les había sobrevenido el mismo pensamiento. Habían compartido una amistad intensa con uno de estos legitimadores de nazis. Jaspers aún lo admiraba por su profundidad de pensamiento. Los sentimientos de Hannah iban del rencor a la admiración.

—¿Como Martin? —le preguntó Hannah, con un dejo de turbación.

—Efectivamente, Hannah; como Martin Heidegger.

Marburgo, Alemania, invierno de 1924-1925

Hannah había heredado el carácter de su madre y pocas veces se inquietaba ante lo inesperado. Su padre, Paul, había muerto muy joven, de sífilis, y ella, que aún era una niña, se las había ingeniado para seguir adelante, sin titubeos. La ausencia de hombres en la familia, por fallecimientos prematuros, forjó una atmósfera matriarcal que Hannah preservó hasta el último momento de su vida. En aquel invierno, a pesar de sus dieciocho años, era ya una mujer muy madura.

Se detuvo ante la sólida puerta de roble del despacho de Martin Heidegger e inspiró hondo antes de golpearla con los nudillos de la mano derecha. En la izquierda llevaba un paraguas aún mojado. Las lluvias llevaban asolando el valle del Lahn toda la semana. Tuvo tiempo de repasar su atuendo, de estirarse el vestido verde bajo el anorak amarillo y de peinarse, aunque iba tocada con un sombrero de fieltro del mismo color, antes de que el profesor diera el consentimiento para que pasara.

El frío y la humedad cohabitaban con los alumnos y los profesores en el antiguo edificio. Los días grises y turbios, más habituales que los claros a finales del invierno, otorgaban un cariz siniestro al interior.

Hannah empujó la puerta, ajena a su suerte. Martin la esperaba sentado detrás de la mesa de despacho abarrotada de libros, papeles y un diario bávaro con fecha 10 de febrero de 1925.

El profesor le ofreció asiento: una antigua silla de respaldo alto que crujió con el escaso peso de la estudiante y provocó una efímera sonrisa en los dos. La tenue luz de la lámpara de mesa se esparcía por un despacho con aroma a papel viejo.

De todos los atributos de seducción de Hannah, su mirada era —sin ningún género de dudas— el más notorio. Una mirada que su compañero de estudios Benno von Weise calificaba de «sugestiva». Una mirada que el profesor Heidegger calibró durante unos segundos y saboreó en silencio.

—Bienvenida, señorita Arendt. A pesar de que asiste a mis clases, es la primera vez, creo recordar, que hablamos a solas, ¿verdad? —comenzó él, incidiendo chapuceramente en el «creo recordar».

Hannah se había sentado con los talones pegados y mantenía el paraguas húmedo sobre las piernas, protegidas por el anorak amarillo.

—Quizá sería mejor que dejara el paraguas en el paragüero, al lado de la puerta —le sugirió el profesor, alargando el brazo hacia un cilindro de latón donde reposaban dos paraguas negros.

La joven se levantó con agilidad e hizo caso al profesor. Heidegger tomó el resplandor del paraguas amarillo como una metáfora de la luz que emergía de aquella joven.

—Gracias por recibirme, profesor —le agradeció Hannah, mientras se sentaba de nuevo y se sacudía la humedad del anorak con delicadeza.

—De nada, señorita Arendt, tenía curiosidad por conocer más de cerca a una alumna cuya manera de interpretar el pensamiento no pasa desapercibida. Me habría gustado tener este encuentro el semestre anterior, pero ya puede intuir que las clases me tienen sumamente ocupado. Teniendo esto en cuenta: ¿qué le parece lo de comenzar las lecciones a las siete de la mañana? Me gustaría que respondiese con sinceridad. Todo tiene que ser claro y honesto entre nosotros. De hecho, la sinceridad para con uno mismo y con los demás se debería suponer en un buen filósofo.

Hannah y el resto de sus compañeros se habían sorprendido mucho al descubrir que el profesor Heidegger comenzaba las clases a las siete de la mañana. Pocos sospechaban que este hábito de madrugar le venía de la admiración por los campesinos y la gente sencilla de su pueblo natal, Messkirch, trabajadores abnegados que partían hacia sus cultivos y tierras de labor al alba. También su padre, sacristán de la iglesia y tonelero, se levantaba al rayar el día para atender sus ocupaciones.

Martin Heidegger había revolucionado la enseñanza en la Universidad de Marburgo. No solo por madrugar, sino también por su manera de pensar y acercarse a los conceptos, su profunda semántica y su perfumada retórica.

Hannah no se intimidó por la pregunta. La tenía cautivada la mirada incisiva y penetrante de aquel hombre de piel morena que casi podría ser su padre. Una mirada que revelaba la tenacidad indagadora en los conceptos y la forma de cuestionarse las cosas.

—La verdad es, profesor, que al principio se me hizo duro, como a la mayoría de mis compañeros, pero hay que reconocer que es a esa hora, después del descanso nocturno, cuando la mente está más fresca y receptiva.

Heidegger sonrió y se echó hacia atrás. Un gesto de relajación y satisfacción por la naturalidad de la respuesta. Fue entonces cuando se dio cuenta del contraste entre el verde del vestido que acababa en las rodillas juveniles de la chica y el amarillo del anorak.

—Le confesaré que esta costumbre de comenzar las clases a las siete me ha proporcionado, por lo que oigo, manifiestos recelos por parte de mis colegas.

Hannah sonrió en silencio. Sabía que el profesor Hartmann, un aristócrata docente del Báltico, decía pestes de Heidegger y de sus horarios. Hartmann impartía las clases a última hora de la tarde, hasta medianoche, y no dispensaba demasiadas simpatías por aquel profesor con aires de campesino de la Selva Negra que le estaba quitando protagonismo y afluencia a sus aulas.

—El motivo oficioso de mi invitación a este despacho, señorita Arendt, es que me han sorprendido los trabajos que ha entregado estos dos semestres, pues reflejan una manera distinta de leer y comprender la filosofía —le explicó, estirando sobre la mesa los brazos cubiertos por la lana oscura de la americana y dejando entrever unas manos grandes y pálidas engalanadas por los puños de una camisa blanca.

Un destello de complacencia inundó el rostro de Hannah, que articuló un tímido:

—¡Gracias, profesor!

De boca del «mago de Messkirch», como lo llamaban sus alumnos, aquellas palabras eran un gran elogio.

—Pero el motivo real por el que la he citado es que estoy confeccionando, para el seminario del profesor Bultmann, una interpretación sobre el concepto del «pecado original» de Lutero y el capítulo tercero del Génesis, y me agradaría conocer su opinión al respecto, ya que también asiste a sus clases.

Hannah se quedó inmóvil. Su mente se había detenido en el sustantivo y adjetivo «pecado original». Juraría haber visto un resplandor báquico en los ojos del profesor. Quizá hubiera sido imaginación suya. Tal vez aquella atmósfera de proximidad, admiración, deslumbramiento, amabilidad y placer intelectual le distorsionaban la realidad. Y justo cuando estaba a punto de aceptar la propuesta del profesor, cuando iba a decirle que consideraba un honor que le ofreciese aquel cometido, un rayo rompió el cielo de Marburgo. Un relámpago colosal que sacudió a los dos protagonistas de aquella estampa.

—Parece, señorita Arendt, que el cielo bendice nuestro encuentro.

Una interpretación impostada de la caída de un rayo la que hizo el profesor, que se levantó y se dirigió con ceremonia hacia su alumna.

—¿Me hará el honor de leer el escrito para el seminario de Bultmann? —le volvió a preguntar, esta vez en un tono más próximo.

—¡Será un honor, profesor! No sé si estaré a la altura de la tarea.

Entonces Heidegger se arrodilló ante ella. Hannah se quedó boquiabierta por la sorpresa. Él estiró los brazos en una actitud casi de súplica.

—Todo debe ser puro entre nosotros, señorita Arendt.

Hannah le cogió las manos. Estaban calientes. El profesor Heidegger bajó la cabeza como en una reverencia. Hannah sintió que el corazón se le salía por la garganta cuando el profesor alzó la mirada y le declaró:

—No quisiera incomodarla, solo pretendo mostrarle que mi fervor hacia su esplendorosa juventud y talento es noble y humilde.

Basilea, Suiza, casa de los Jaspers, invierno de 1949-1950

—Ya te expliqué por carta, en septiembre, que vuelvo a tener noticias de Heidegger —dejó caer Jaspers, en un tono circunspecto.

Hannah se removió en el asiento. Parecía incómoda. Aquel nombre formaba parte de un pasado que había sido doloroso y la hacía sentir fragmentada.

Jaspers cogió la pipa del descanso y, apagada, se la colgó de los labios. Quizá fuera un gesto aparentemente negligible, pero necesario para reunir el valor que hacía falta para hablar del viejo amigo en común.

—Le escribí dos cartas, una el año pasado, que no tuvo respuesta, y otra este febrero. Al fin me respondió en junio.

—Ya te dije cuando me lo contaste que, como no soy consecuente, me alegraba de esta reconciliación. De hecho, recuperaros a ambos después de tanto tiempo de incerteza me proporcionó un cierto alivio y alegría. Pero ahora que estoy tan cerca de Friburgo, que he pisado tierras alemanas, que he recordado la ignominia nazi, me pregunto por qué has vuelto a mantener correspondencia con Martin —le expuso Hannah, excitada e indignada a la vez—. ¿Por qué le has tendido, Karl, un puente?

La última pregunta estaba impregnada de irritación, y Jaspers frunció el ceño. En otro tiempo los tres habían sido grandes amigos y colegas. Jaspers podía entender que Hannah, judía y condenada al exilio, superviviente de milagro del campo de Gurs, odiara todo aquello que oliera a nacionalsocialismo. Pero también vislumbraba la esperanza de que el amor a la filosofía y al pensamiento pudieran propiciar un nuevo diálogo con aquel que otrora los había sacudido con su filosofía.

—Igual que cuando advoqué por él en el informe de la Comisión de Depuración de la Universidad de Friburgo, he actuado así porque Martin es un filósofo inigualable.

—Y un nazi, Karl, ¡un filósofo que apoyó a Hitler y condenó a sus colegas porque eran judíos o no pensaban como él! ¿Quieres una lista? ¿Te enumero a todos los alumnos y colegas judíos a los que traicionó?

Gertrud apareció en aquel momento con una bandeja de madera y dos tazas humeantes. La aparición de la anfitriona la invitó a la calma. Ella les ofreció las tazas y con una voz modulada les anunció que los dejaba solos.

—Entiendo que tenéis que hablar de vuestras cosas. Yo estaré en la cocina porque estoy preparando un pastel Vully. Cada uno a lo suyo. Me disculpáis, ¿no?

Hannah hizo un amago de levantarse y pedirle que se uniera a ellos, que hablarían de otras cosas, pero Jaspers se le adelantó.

—Gracias, amor mío. Te agradezco la confianza de dejarnos solos para hablar de cosas del pasado que seguramente te aburrirían. Además, ¡estoy impaciente por probar ese Vully!

Gertrud les dedicó una sonrisa y se retiró. Jaspers le guiñó el ojo a Hannah y esta se sintió reconfortada por la complicidad del matrimonio.

—He tenido mucha suerte en esta vida al poder compartirla con Gertrud. Es tan perspicaz e inteligente que a veces creo que podría haber aspirado a algo más que a educar a los niños. Pero, por encima de todo, admiro su ternura.

Jaspers había vuelto a dejar la pipa sobre el descanso y removía suavemente el té. Hannah hacía lo mismo, inquieta.

—Yo también he tenido suerte al conocer a Heinrich. Si hay un hombre que me ha hecho sentir medianamente completa en una relación, ese es Heinrich Blücher. A veces pienso que no lo merezco. Es joven, inteligente, conciliador, comprensivo...

—Me satisface oírlo, Hannah. He valorado mucho la presencia de Gertrud en este exilio. No ha sido fácil renunciar a Alemania. No es plato de buen gusto sentirte un extranjero en tu tierra y todo porque ella, mi mujer, es judía, ¡y yo el esposo alemán de una mujer impura! ¡Qué panda de gamberros!

—Por eso mismo, Karl, me sorprende que aún quieras mantener contacto con Martin Heidegger. Por eso mismo —continuó Hannah, subiendo el tono de voz— me indigna que alguien como tú, admirado y venerado en Alemania por tu actitud firme en contra del nazismo y tu nivel intelectual, se rebaje a intentar justificar a un hombre tan mezquino en un informe de depuración o en respuesta pública a mi nota acerca del ensayo sobre el existencialismo en la que lo acusaba de hacerle la cama a su mentor, el doctor Husserl.

Un silencio se paseó entre los dos. Un silencio cómplice y, a la vez, enervante.

—¿Te indignarás aún más si te cuento que a principios de este año escribí al rector de la Universidad de Friburgo, Gerd Tellenbach, para sugerirle que lo contratase?

Los ojos de Hannah escalaron hacia arriba, y un suspiro de incredulidad y de desesperación precedió a su réplica:

—He de confesar que sí. En su día, Heidegger me hizo entender el pensamiento como el acto que iba más allá de lo que es volitivo y, como a todos los demás, me envenenó con su semántica prístina. La *Carta sobre el humanismo*, que publicó hace muy poco, me pareció un daguerrotipo de los seminarios de Marburgo, y algunas afirmaciones, tan ambiguas como maniqueas.

Jaspers hizo un gesto de desacuerdo con la cabeza.

—No puedo darte la razón, Hannah. Creo que opinas desde el rencor político y personal. Y lo entiendo, pero también afirmo, sin exculparlo, que en esa carta hay indicios de un nuevo Heidegger, al que no acabo de comprender pero intuyo más maduro. Pienso, honestamente, y aventuro que tú también lo crees, que Martin es el pensador más brillante que tiene hoy Alemania.

Hannah dejó sobre la mesita la taza para poder gesticular con libertad. Estaba nerviosa.

—¿Os molesta, a ti o a tu esposa, si enciendo un cigarrillo?

—Me temo que si Gertrud te ve fumar tabaco americano se sumará.

—No sabía que fumaba.

—De vez en cuando, y le gusta bastante el americano: L&M, Lucky, Winston...

Encendió un Lucky con dos caladas intensas y se acercó un cenicero limpio.

—Heidegger es un mentiroso, Karl, siempre lo ha sido; como filósofo, como compañero, como hombre, como esposo, como alemán y como amigo. Es un mitómano de sí mismo. Creo que puedo hablar con más autoridad que tú al respecto.

—Con toda la humildad y el respeto, sabes muy bien que Martin y yo mantuvimos una relación muy estrecha, académica y personalmente, Hannah. Desde que nos conocimos en casa de Edmund Husserl, sus visitas a Heidelberg fueron generosas, y nuestra correspondencia, muy abundante.

Hannah tenía las piernas cruzadas y se aguantaba la cabeza con la mano izquierda, el codo reposado sobre el brazo de la butaca. En la otra mano sostenía el cigarrillo.

Dudó un rato antes de hacer aquella confesión a un colega a quien consideraba realmente un amigo. Sopesó si valía la pena tocar un pasado que se había quedado anclado en un estanque de aguas lóbregas y pudorosas. Su nueva vida en Nueva York y todo el tiempo transcurrido, la presencia confortable de Heinrich y su actividad intelectual le habían hecho olvidar lo que Faulkner decía que no moría nunca: el pasado. Pero su vuelta a Europa, la larga visita Alemania y el reencuentro con Jaspers, el tercer miembro de aquel trío de amigos, la espolearon a hacerlo.

—Sé muy bien que manteníais una vívida amistad, pero lo que no sabes, Karl, es que Martin y yo fuimos amantes.

Jaspers hizo un gesto de sorpresa con los brazos abiertos.

—¡Qué emocionante, Hannah! ¿Os veíais en secreto? ¿Una relación pasional?

Hannah asintió mientras fumaba.

—No me lo habría imaginado nunca, aunque reconozco que siempre vi algo demoníaco en él, no sé describirlo mejor, como un punto de voluptuosidad en algunas conversaciones.

—Sí, Karl, sí. Por ese motivo me fui de Marburgo y vine a Heidelberg a que me dirigieras la tesis doctoral, para escapar de aquella relación tóxica.

—¡Vaya! ¡Ahora me has desilusionado! ¡Y yo que pensaba que me habías pedido que te orientara porque me admirabas! En fin, ahora entiendo la recomendación de Heidegger para que te aceptara. A todo esto, su mujer ¿lo sabía?

—No, no tenía ni idea. El único que lo sabía era Hans Jonas, un compañero de curso. Solo él y yo. El profesor y la alumna. El mentiroso y la imbécil.

Marburgo, Alemania, invierno de 1924-1925

Hannah llegó a la buhardilla en el preciso momento en que las campanas de la iglesia de Santa Isabel, de origen teutónico, anunciaban las diez.

Había parado de llover, pero el ambiente era húmedo y por ese motivo el frío se intensificaba en el estado de Hesse. No obstante, Hannah subió, alegre, los angostos peldaños de la escalera del viejo edificio donde residía, muy cerca de la universidad.

Una alegría desbordante se le reflejaba en el rostro y le dibujaba una forma de media luna en la boca, en una sonrisa desenvuelta. El motivo: su reciente encuentro con el profesor Heidegger. Él la había mirado desde la atalaya del respeto, la admiración y, por qué no admitirlo, del deseo, a pesar de que se había arrodillado delante de ella implorando pureza. Una mirada profunda y más barroca que su oratoria desde el púlpito docente.

Abrió con nerviosismo la puerta de la buhardilla y, una vez dentro, se deshizo del paraguas y del anorak con avidez y se echó sobre el sofá de lectura, donde acostumbraba pasar muchas horas. Estiró las esbeltas piernas y dejó caer las extremidades en el reposapiés de cuero. El vestido verde se encogió un palmo por encima de las rodillas y ella se las miró, ajena y relajada, con las dos manos detrás de la nuca.

La buhardilla de alquiler de Hannah distaba de la comodidad elegante del hogar materno de Königsberg, pero contagiaba bienestar, a pesar el mobiliario austero y las estrecheces. La ventaja es que estaba muy cerca de la universidad, y también la había decidido a alquilarla el hecho de que, desde la ventana del techo, se divisaba una colosal panorámica de los tejados de la ciudad. Suspiró y contuvo el aliento cada vez que el abismo sombrío de los ojos de Martin la volvía a mirar en su imaginación. El instinto femenino le decía que algo nuevo había comenzado aquella noche en el despacho del profesor. Sentía que se abría una historia, como cuando comienzas una novela nueva, el capítulo inicial de un relato que, a pesar de la diferencia de edad y de estado civil, rebosaba algo más que admiración intelectual.

Nada impidió que Hannah dejara volar la imaginación aquella noche, de vuelta a casa. Tan solo la rescató la presencia del señor Guillermo, el diminuto ratón albino que alojaba en un agujero y al que alimentaba con pan y queso. Lo había bautizado en honor del personaje del *Werther* de Goethe que recibía las cartas del desventurado protagonista. Se acercó tímidamente al reposapiés y se sostuvo unos instantes sobre las dos patas traseras, mientras frotaba las delanteras cerca de su hocico rosado.

Hannah se agachó con precaución, porque el señor Guillermo era huidizo, y lo saludó:

—Buenas tardes, señor Guillermo, me temo que está inquieto porque hoy se ha retrasado la cena, ¿verdad? Lo siento. He estado reunida con el señor Heidegger, mi profesor, y si me acepta el secreto, le confesaré que nunca había experimentado una atracción tan especial por un hombre.

A pocos kilómetros de allí, alguien había escuchado las campanas de Santa Isabel. Martin Heidegger estaba sentado ante la estufa de leña, con su esposa Elfride al lado. Sostenía en la mano derecha una pipa de cazador encendida y tenía las piernas cruzadas. El profesor había escogido aquel apartamento, que se atenía a sus modestas posibilidades, porque disponía de una habitación para cada uno de sus dos hijos, Jörg y Hermann, y muy en especial por la amplia estufa que calentaba gran parte de la casa y le recordaba a la que tenía en su refugio, en la alta montaña en Todtnauberg, aunque aquella era más pequeña.

Elfride le daba conversación, pero él mantenía la mirada perdida en el fuego y la imaginación prendida en el despacho de la Universidad de Marburgo, en su encuentro con Hannah.

—Hoy en la carnicería del señor Kremer he oído que los camisas pardas han atacado a unos judíos cerca de la universidad. ¿Sabes algo de ello, Martin?

¿Cómo podía haberla oído si aún le resonaba la voz aterciopelada de la joven del vestido verde?

Elfride subió el tono al formular la advertencia:

—¿Estás aquí, Martin?

Heidegger se volvió bruscamente hacia ella y le dedicó una mueca de asentimiento tan impostada que la reacción de su esposa no se hizo esperar:

—¿Te pasa algo, querido?

—No, todo va bien, Elfri. Estaba meditando, abstraído en mis pensamientos —le respondió, esta vez con esmerada convicción.

—Te decía que en la carnicería han comentado que unos camisas pardas han atacado esta semana a unos judíos cerca de la universidad.

—Me temo que no es nada nuevo —le respondió, pipando con aires de indiferencia.

—El partido de Hitler está sumando cada vez más gente. ¡Como es lógico! Las cosas se están poniendo en su sitio y tú aún te muestras tibio. ¡Deberías haber visto cómo defendía Frau Hersen a los camisas pardas, y también Herr Kremer!

A Martin aquella conversación lo incomodaba. Elfri era una ferviente admiradora de Hitler, lo veía como el salvador de la patria, pero él aún no las tenía todas consigo. Además, compartía cátedra con muchos profesores judíos, y su mentor, Edmund Husserl, también lo era. Aún no tenía claro que los judíos fueran los responsables de la crisis que vivía Alemania. Para más inri, aquella joven estudiante que lo fascinaba, Hannah Arendt, también era judía.

—Hitler debería andarse con cuidado, Elfri, o puede acabar convirtiéndose en el nuevo Nerón al acusar, a veces sin fundamento, a los judíos de incendiar Alemania como los cristianos hicieron con Roma. ¡Los que protagonizan los episodios de más violencia en las calles son los propios camisas pardas!

—¡A veces parece que estás en la parra, Martin! ¡Yo también estoy convencida de que estaríamos mejor sin los judíos!

Él apenas oía lo que Elfride le contaba. Solo estaba presente en cuerpo. Pensaba en la joven Hannah, en su mirada sugestiva, su aire de modernidad, la frescura húmeda de su juventud, la cabellera corta bajo el sombrero amarillo de fieltro, el vestido verde que le subía por encima de las rodillas...

Hannah era hija de judíos. Por tanto, judía. ¿Tenía ella la culpa de lo que pasaba en Alemania? ¿Y su mentor, Edmund Husserl?

El tabaco Geudertheimer de Lahr se consumía en la pipa de Martin, y aquel antisemitismo de Hitler y de los suyos no le acababa de parecer justificado, a pesar de los argumentos de su esposa, recalcitrante seguidora del NSDAP.

Un batiburrillo de sentimientos sacudía a Martin. Era cierto que sentía una llamada interior al sentido y al momento histórico. Alemania necesitaba un cambio, el sistema universitario debía forjar nuevos intelectuales con la esencia primitiva de la cultura empapada de la decadencia del progreso burgués. Y Elfri tenía razón en que Hitler era, posiblemente, la única esperanza de recuperar la esencia del pueblo alemán. No obstante, ¿a qué venía este antisemitismo superlativo? Había alemanes judíos, nacidos en la tierra, que estaban contribuyendo a hacer grande el país y hacían buenas aportaciones al pensamiento y a la cultura, como la fenomenología de Husserl.

Heidegger estaba tan abstraído en esta bagatela que ni los tirones en la pernera derecha de los pantalones por parte de su hijo pequeño, Hermann, consiguieron distraerlo. Una voz en su interior, la que procedía de los abismos de la poesía de Hölderlin y de los frondosos bosques de Todtnauberg, le reclamaban presencia y activismo en el sentido histórico del momento. Pero otra voz, no menos primitiva, báquica, le despertaba el deseo por su joven alumna judía.

Como había escrito, somos seres lanzados al mundo que se saben seres para la muerte. ¿Por qué postergar el placer?

Basilea, Suiza, casa de los Jaspers, invierno de 1949-1950

—«El mentiroso y la imbécil» podría ser un buen título para una novela, Hannah. ¿Has intentado escribir una? —le sugirió Jaspers, con un rictus de socarronería.

Los filósofos nunca son conscientes de la grandilocuencia de sus enunciados, incluso cuando hablan de sentimientos o de cosas más mundanas. Hannah, a pesar de ser menos rebuscada y más asequible en lo referente al lenguaje que Heidegger o que Jaspers, tampoco estaba exenta de esta propensión a la prosopopeya, y a veces la exhibía en las circunstancias más inverosímiles.

—Hay ironía y tontería, Karl. La primera siempre presupone inteligencia, la segunda es el suelo de la necedad.

—Y entre la ironía y la tontería está el punto medio, la virtud aristotélica, que sería tal vez la ocurrencia, la equidistancia entre los dos polos. Dios me libre si nos escuchara Martin, él, que dedicó tantas clases primerizas a Aristóteles para descubrir su impostura metafísica.

Hannah dio una calada intensa y lo miró entre la nube de humo que acababa de salir de su boca. El ojo derecho de Jaspers estaba casi cerrado, y el izquierdo abierto por completo. Por unos instantes le sugirió la figura del minotauro.

—No fue divertido, Karl —admitió Hannah en un tono circunspecto—. Martin se aprovechó de mí, jugó conmigo como un titiritero. Me doblegué a todos sus deseos, a sus excentricidades voluptuosas, a su particular felonía posesiva.

En aquel momento, Gertrud asomó la cabeza y los interrumpió con voz divertida:

—¿Todo bien por aquí? ¿Estáis en pleno combate de pensadores?

—Solo podríamos estar mejor con tu compañía, Gertrud —observó Hannah.

La anfitriona hizo un gesto de manos gracioso que significaba: «¡No, gracias! Os dejo de nuevo», y desapareció en la cocina.

Mientras tanto, Jaspers había encendido la pipa.

—¿Quieres decir —prosiguió Jaspers— que Martin Heidegger abusó de tu admiración por él?

—De alguna manera, sí. Yo tenía dieciocho años, y él, treinta y cuatro. Yo era su alumna, y él, mi profesor. Yo era una joven bastante inexperta, y él, un hombre casado. Yo estaba fascinada con aquella nueva manera de acercarse al pensamiento y él era la mente que la había diseñado. Yo quería descubrir el amor verdadero, y él, solo jugar con la frescura de mi cuerpo joven.

Hannah se detuvo. Silencio. Jaspers pipaba sin perder detalle. Era psiquiatra, además de filósofo.

—¿Solo fue sexo?

—No —se apresuró en contestarle ella—. Al comienzo fue una relación muy mágica y pura. Los encuentros y las cartas estaban llenos de magia, como en los poemas de Hölderlin. Poco a poco, se hicieron más retorcidos, tanto desde el punto de vista logístico, ya que siempre debíamos cuidarnos de que no nos pillaran, como desde el punto de vista sensual. Era él quien dirigía, como si estuviera en una clase, sobre la tarima.

Jaspers observó que Hannah se estaba tocando el anillo de casada mientras se explicaba. Un gesto, quizá inconsciente, que delataba la búsqueda del hombre que le había regalado equilibrio, su esposo, Heinrich Blücher.

—Es sorprendente que una mujer de tu temperamento se dejara dominar de esta manera, pero no es extraño cuando conoces al dominador.

—¿Lo dices porque también a ti te ha manipulado? —le preguntó ella, dando por supuesta la respuesta.

—Sí, Hannah, de algún modo, Martin nos ha manipulado a muchos. El quid está, más que en el objetivo de la manipulación, en sus consecuencias. A ti, por lo que parece, te ha marcado emocionalmente, con los estigmas que esto comporta en futuras relaciones, y a mí lo ha hecho filosóficamente, hasta el punto de que soy capaz de justificar ante las autoridades educativas del país la presencia de un nacionalsocialista en las aulas.

Hannah vio que Jaspers cerraba el ojo sano y echaba el cuello hacia atrás, como si expiara aquella confesión.

—¿Tienes previsto volver a verlo? —le preguntó Jaspers.

El silencio que retrasó la respuesta fue bastante elocuente; no obstante, Hannah lo rubricó:

—Sí, Karl. Desde que la Jewish Cultural Reconstruction me encargó llevar a cabo el inventario de las bibliotecas judías que no fueron quemadas por los nazis y volví a pisar suelo alemán no he dejado de formularme esta pregunta: «¿Tengo que ir a verlo?». Creo que tenemos una conversación pendiente. Deberíamos sellar aquello que jamás podía haber sido pero jugábamos a que fuera.

—Ahora hago de abogado del diablo... ¿Quién te asegura que Martin quiera verte?

Hannah se paró a pensar. No es la mejor forma de expresarlo, porque alguien como ella nunca dejaba de meditar. Hay gente que no puede desconectar la mente por mucho que quiera.

Hannah rumió la pregunta de Jaspers.

—Estoy convencida. ¿Sabes por qué?

—No se me ocurre...

—Porque, a pesar de que te pueda resultar estrafalario, Martin Heidegger me necesita para seguir desarrollando su obra, y porque un día, aunque te pueda resultar aún más grotesco, me hizo saber que nuestra historia perviviría siempre.

Marburgo, Alemania, invierno de 1924-1925

Martin había dejado encendida la luz de la lámpara de pie del despacho a las nueve de la noche. Eso que parecía un detalle sin importancia, significaba que Hannah podía subir. Lo hizo con sigilo. Algunos profesores, como Hartmann, impartían clase a esas horas, y aún había ojos en el edificio, con lo cual debían evitar toda sospecha.

Habían pactado mantener en secreto la relación. Martin tenía esposa y dos hijos. Además, verse con una alumna mucho más joven no lo beneficiaba en sus ambiciones académicas. Ella era soltera y no tenía que dar explicaciones a nadie, pero tampoco le interesaba que se supiera que se entendía con el profesor más en forma del claustro de filosofía de Marburgo. Podía convertirse en una mácula importante para su futuro académico. Por no hablar de la condena social que conlleva ser la amante propiciatoria de un adulterio.

Cuando Hannah golpeó la puerta suavemente, Martin ya la esperaba al otro lado del tabique y le abrió con firmeza.

Ella entró deprisa, como si la persiguieran, y él cerró, siguiéndole el juego, como si quisiera impedir el paso a un perseguidor.

Martin no era demasiado alto y tenía la piel morena. Su afición al esquí y las largas y frecuentes caminatas le proporcionaban un cuerpo atlético. El cabello oscuro peinado hacia atrás le realzaba la intensidad de la mirada bajo la frente despejada.

Se acercó a ella y la abrazó. Ella se soltó entre sus brazos, inclinando el cuello hacia la derecha.

—¡A veces creo que no soy bastante fuerte para tu amor! —le confesó Martin, aferrándose a ella.

El único punto de luz era la lámpara de pie, que quedaba cerca del ventanal, lo que ofrecía un ambiente entre íntimo y desasosegante.

—¿Por qué dices eso?

—Percibo en tu rostro no terrenal un don especial para tu alma, y tú, servicial, lo mantienes. Yo no querría equivocarme y romper tu pudor, profanar este don si no soy el elegido para hacerlo.

Hannah le buscó los labios y lo miró fijamente.

—Hace días que me he entregado a ti en cuerpo y alma, que te he escrito desnudándome como no lo había hecho antes con nadie. No has profanado nada que yo no haya querido que profanases.

Él le acercó los labios sin llegar a tocarlos.

—¡Eres demasiado pudorosa! Al final, el pudor siempre es demasiado pudoroso, Hannah. Lo que tú me has dado no es ni un indicio de lo que me puedes llegar a dar. Y ruego a Dios para que me conserve las manos y pueda cuidar la joya que eres.

Un beso suave, solo tres segundos.

Hannah había retrocedido con habilidad, esquivando sus brazos. No acababa de entenderlo. Incluso en el amor era como sobre la tarima. Oscuro. Sibilino. Inescrutable.

—¿Qué más quieres que te dé, Martin? ¡No lo entiendo!

Ella se había dirigido hacia su mesa de trabajo y él la había seguido. Le cogió la mano derecha. Allí la luz era más tenue.

—Algo demoníaco ha inundado mi corazón y lo ha dejado dispuesto para ti.

Hannah lo miró fijamente. La fascinación por aquel hombre no tenía razón ni consecuencia aparente. Solo sabía que le atraía y que le gustaba estar con él, soltarse en aquella especie de juego extraño de amor incalificable.

—Has alegrado mi corazón, Martin —declaró ella—, como las primeras flores de montaña en este invierno que se acaba.

Se volvieron a fundir en un abrazo y un beso más prolongado.

—Así debe ser, querida Hannah; quiero que florezcas con el resplandor de un lirio azul de montaña, con la hilaridad de las violetas. Que el pudor no sea nada más que pudor a no entregarse, a no florecer plenamente. Que el quieto rogar de tus manos y tu frente resplandeciente guarden en femenina transfiguración lo que proyecto en ti.

Aquella densa retórica, en lugar de molestarla, la hipnotizaba. No era un hombre corriente. Martin Heidegger tenía algo singular. Algo que lo hacía diferente de todos los que había conocido hasta entonces. Algo que la mantenía cautiva en un encantamiento seductor.

Basilea, Suiza, casa de los Jaspers, invierno de 1949-1950

Hannah Arendt admiraba a dos mujeres: Rahel Varnhagen y Rosa Luxemburgo. Dos mujeres judías, como ella; feministas, como ella; luchadoras, como ella. Dos mujeres que la animaban a vivir con plenitud femenina en una sociedad patriarcal y etnocéntrica. Ambas habían tenido que vivir entre alemanes con un sentido de pertenencia precario. Rahel era la figura femenina más importante del romanticismo teutón y había escrito para emancipar a las mujeres y a los judíos. Rosa Luxemburgo había sido amiga de su madre, Martha. Fue una luchadora por los derechos humanos, y en especial por los de las mujeres, aunque quizá no tan específicamente de los judíos, porque en sus convicciones comunistas no cabían distinciones de raza o religión.

Hannah pensó en ellas a raíz del exilio de los Jaspers, poco antes de retirarse a descansar. Se preguntaba cuántas mujeres judías, como Gertrud, habían tenido que marcharse del país donde se habían criado porque eran rechazadas por su raza o religión.

Se consideraba una exiliada perenne por su judaísmo. Era el legado de su pueblo. El exilio constante. En el inconsciente colectivo figuraban los éxodos de Egipto y de Palestina.

Revisando la acogedora y sencilla habitación que los Jaspers le habían ofrecido, reflexionaba sobre cuántas mujeres más como

Rosa o Rahel eran necesarias en la historia para que Gertrud, o ella misma, alcanzaran la igualdad y se acabara para siempre esta condición constante y enquistada de refugiada. ¿Sería capaz de emular a aquellas dos mujeres? ¿Hannah Arendt, la enésima exiliada de la historia del judaísmo? ¿Hannah Arendt, la mujer que miraba con preocupación y recelo la conducta de los sionistas en Palestina hacia los árabes? ¿Hannah Arendt, la mujer que se planteaba visitar a un nazi disfrazado de filósofo erudito?

La habitación olía a limpio y a almidón. Un aroma que le recordaba la infancia en casa de su abuela, en Königsberg. Una ventana con postigos, no excesivamente grande, daba al jardincillo de unos vecinos. Un patio con tres árboles bien podados, dos castaños y un magnolio, y el césped debidamente segado; un orden que reflejaba el talante de sus habitantes.

Como con los países, también sentía cierta envidia de los que podían presumir de una casa, como, supuestamente, aquellos vecinos.

Abrió la maleta, sacó el camisón y lo dejó sobre la colcha de color otoño. No tenía sueño. Demasiadas emociones concentradas en poco tiempo.

Se sentó a una mesita de trabajo, donde Jaspers le había dejado, al lado de un cenicero de cristal, un cuaderno nuevo y un bolígrafo Eberhard Faber. Hannah miró el bolígrafo con socarronería. Era el mismo modelo que le gustaba utilizar y compraba en Nueva York. Seguramente se lo había contado en alguna de las cartas que se habían cruzado últimamente. El cenicero significaba que podía fumar en la habitación, cosa que la alegró, porque era una costumbre que ella y su esposo habían adoptado en Nueva York.

Encendió un cigarrillo y puso el cenicero al alcance de la mano. Abrió el cuaderno. Tenía aquel olor a nuevo tan característico. Pretendía escribir a su marido, a quien informaba de cada acontecimiento y añoraba, y de pronto le vino a la cabeza su amiga Hilde, que mantenía un pulso desigual con la muerte. Se habían encontrado en el Clarke's de Manhattan, porque, a pesar de estar muy grave, había querido salir a despedirse de ella, que empezaba una larga travesía por Europa.

—Quizá cuando vuelvas yo ya no esté —le comentó, sin dramatizar en exceso.

—¡O quizá sea yo quien se muera antes! La muerte no es como la cola de Correos, donde tienes que coger número y sabes que uno va detrás del otro. La muerte es aleatoria y apátrida, ¡como yo! —objetó Hannah, disimulando su tristeza bajo una sonrisa dulce.

—Cabe la posibilidad, amiga mía, pero las probabilidades de que me sobrevivas, a día de hoy, son muy altas —contraargumentó Hilde.

Hannah se contagió de la pesadez de sus ojos castaños y del rictus de resignación de Hilde, con el café americano en las manos. Una expresión que su amiga solo cambió cuando reprobó el recelo que le había confesado sentir Hannah por su regreso a Europa. Aquello era viajar al pasado. Y en el pasado había demasiados episodios oscuros: su padre enfermo de sífilis, las ausencias justificadas de su madre, sus nuevas hermanastras y... Martin Heidegger.

—Vete a Europa y vive el viaje intensamente, ¡sin dejar nada en prenda! —le aconsejó Hilde, con convencimiento.

Dicen que el aliento de la muerte hace ver las cosas de otra manera. Dicen que cuando la muerte te ha señalado se te abre otro ojo que te da una nueva perspectiva. Eso dice la gente. Y la historia recoge lo que dice la gente. Pero cada uno es cada uno, se decía Hannah, y no todo el mundo despierta con la proximidad de la muerte. De hecho, ya decía Martin en sus primeros seminarios que el ser-aquí era un ser lanzado al mundo, un ser-para-la-muerte.

¿Cómo podía desembarazarse de Martin, si su filosofía la acompañaba de manera inconsciente y consciente, si los seminarios de Friburgo la habían marcado a fuego? Ni la erudición más colectiva y abierta de Jaspers en la dirección de su tesis doctoral sobre el amor en san Agustín la habían rescatado de la hipnosis filosófica de Martin.

Solo ellos dos podían entender lo que significaba no ser capaz de deshacerse de un hombre como Heidegger, de quien con grandilocuencia natural se proclamaba «el pensador historial del ser».

Friburgo, Alemania, primavera de 1933

Heidegger acabó el discurso de toma de posesión de rector de la Universidad de Friburgo con una frase de Platón en *La República*: «Todo lo que es grande está en medio de la tempestad».

Pronunció la frase de despedida con solemnidad. Se trataba de Platón y del futuro de Alemania. De la misión espiritual del pueblo alemán y de sus universidades.

Friburgo se había contagiado de la febril revolución nacional que conmocionaba al país. También de la primavera. Los *sapiens*, y esto Heidegger lo sabía muy bien, estaban íntimamente conectados a la naturaleza, y en los alrededores de la capital de Brisgovia florecían especies autóctonas y bosques de abetos y castaños, y los hayedos exhibían sus follajes generosos.

El claustro y el auditorio lo aplaudieron con entusiasmo. Él hizo una leve reverencia de agradecimiento con la cabeza. Llevaba el discurso mecanografiado. Seis hojas que había trabajado con intensidad filosófica, como casi todo lo que escribía sobre el pensamiento.

Se lo había leído antes a su esposa, Elfride, y, en secreto, a su amiga y amante Elisabeth Blochmann. A las dos las había maravillado. A la primera porque en él descubría el lenguaje grandilocuente y exacerbado del nacionalsocialismo. A la segunda porque admiraba a Martin y estaba convencida de que con él como rector la enseñanza universitaria de Friburgo no se perdería en bagatelas estériles.

Cerró los ojos, satisfecho, para saborear los últimos aplausos, que provenían sobre todo de sus colegas de la Comunidad de Trabajo Político y Cultural de Profesores de la Universidad Alemana, que era la facción nacionalsocialista de la Asociación Universitaria Alemana, y del jefe de distrito de la NSDAP, Franz Kerber. Todo fueron felicitaciones y apretones de manos con buenos deseos y breves conversaciones. Momentos de gloria que lo embriagaban, a pesar de ser consciente del *memento mori*, de que el ser-aquí era un ser-para-la-muerte.

Su antecesor y amigo, Wilhelm von Möllendorff, lo estuvo mirando durante un buen rato, esperando el momento de poder conversar con él brevemente. Möllendorff tenía unas cejas bastante peculiares, en forma de hoja de guadaña, y la nariz picuda. Su fisonomía no pasaba desapercibida.

—¡Enhorabuena, Martin! —se congratuló, mientras le estrechaba la mano.

Heidegger le sonrió antes de soltarle:

—Todo esto, en parte, es culpa suya.

—De ninguna manera, rector —rebatió Möllendorff, apuntándolo con su nariz afilada—. Desde que fui a su casa en abril para pedirle que me sucediera supe que era usted la persona idónea para el rectorado de Friburgo.

—Como ha podido escuchar en mi discurso, la universidad es la alta escuela que acoge para la educación y la disciplina a los conductores y guardianes del destino del pueblo alemán. Y esta es la misión que pretendo preservar.

Möllendorff le sonrió.

—El destino de Alemania es complicado en estos momentos. —Miró a ambos lados, un gesto de recelo, y continuó—: Hitler está suprimiendo todas las libertades, y esto incluye las universidades.

Heidegger le dirigió una mirada siniestra. Möllendorff era socialdemócrata y se podía considerar amigo, pero no estaba dispuesto a justificar la debilidad de la acción.

—El Führer, Wilhelm, ha conseguido que el pueblo alemán despertara al momento histórico que le toca y ha reavivado su esencia adormecida. Las universidades deben ser una salvaguarda de la esencia de nuestro pueblo, y sus profesores, los sacerdotes custodios de dicha esencia. Es el momento de pasar a la acción y dejar la atalaya del mero pensamiento, de la pasividad.

Elfride se acercó a ellos. Estaba radiante. Su esposo era el nuevo rector y la gente lo admiraba. Aquel triunfo también era suyo, porque ella se había volcado en el trabajo doméstico y en la crianza para que él pudiera pensar.

Möllendorff la saludó ceremoniosamente y ella le correspondió.

—Tiene cara de alivio, señor Möllendorff, nada que ver con aquella tarde que vino a pedirle a mi esposo que ocupara el rectorado.

—Estábamos hablando de la conveniencia de una presencia académica solvente e íntegra en la universidad. En los tiempos que corren, hace falta una fiabilidad prudente.

El tono de Möllendorff no expresaba satisfacción. Estaba preocupado. El discurso de Heidegger podía ser gasolina para la hoguera nazi. El nacionalismo alemán se había sometido al nazismo.

—Con el Führer tenemos garantizada esa fiabilidad —sentenció Elfride, con un convencimiento fuera de toda duda.

Möllendorff la miró de reojo con un cierto escepticismo.

La señora Heidegger se había puesto para la solemne ocasión una pamela oscura que contrastaba con su vestido, más claro.

—La universidad y la cultura siempre han sido herramientas críticas con el poder, no en el sentido de hacer una oposición gratuita, sino como reducto de las libertades.

—¿Y qué promesa más real tenemos en Alemania que el Führer, Wilhelm? —le preguntó Heidegger, frunciendo el ceño.

—Con el debido respeto, Adolf Hitler no es un hombre culto. Le falta formación y desconoce la universidad.

Quizá se hubiese propasado, pero Möllendorff no se arrugó ante las miradas inquisitoriales del matrimonio.

—¿Le ha visto las manos? El Führer tiene unas manos maravillosas. No le hace falta ningún otro conocimiento.

Möllendorff suspiró. Como muchos alemanes, Heidegger parecía cada más abducido por la doctrina de la Cancillería.

—En mi refugio de Todtnauberg —prosiguió el rector—, rodeado de la sencillez de los campesinos y de su buen hacer, meditando entre la tierra labrada y las plantaciones, he aprendido tanto como en las clases.

—Aunque esta última conversación me provoca cierta inquietud y preocupación, estoy convencido, Martin, de que el espíritu de los griegos a quienes relee y la estima por la filosofía y las humanidades lo harán ser un rector justo y crítico con todo aquello que atente contra los valores educativos.

Martin sudaba. Hacía el calor ambicioso de un día espléndido de las postrimerías de mayo.

—Como he mencionado en mi discurso, Wilhelm, Esquilo puso en boca de Prometeo: «El saber es mucho más débil que la necesidad». Esto significa que todo conocimiento está supeditado al poder superior del destino y cede frente a él.

—¿Y este poder superior del destino es Hitler? —le preguntó Möllendorff, también sudando y decepcionado por la radicalización de su sucesor.

—Sin ninguna duda —le respondió Heidegger, mirando a su esposa con complicidad—. No es nada nuevo, Wilhelm: Hegel dio apoyo a Napoleón, captó ese poder superior del destino. Y el maravilloso Hölderlin también se sumó al que denominó «el príncipe de la fiesta a la cual estaban invitados los dioses y Cristo».

Möllendorff no se vio con ánimos de seguir. Lo felicitó nuevamente —esta vez con cierta tristeza— y extendió la enhorabuena a Elfride.

Costaba admitir que los sabios se doblegaran bajo el poder irracional. Un socialdemócrata no podía comprender ni justificar las actitudes de los camisas pardas, ni conciliar el nacionalismo con aquella barbarie antisemita.

Heidegger estaba feliz con su nuevo cargo y espoleado a llevar a cabo la revolución universitaria soñada: la universidad de la esencia, del ser. No todo era un santo remedio. Personas de su entorno más próximo habían tenido que marcharse de Alemania: Karl Löwith, Hannah Arendt o su última amante, Elisabeth Blochmann. Por desgracia, siempre que se pule la madera salen virutas.

Martin Heidegger estaba bastante satisfecho. Deseoso de conocer la opinión de su amigo Karl Jaspers sobre el contenido del discurso. Este no compartía el ideario nacionalsocialista, pero estaba de acuerdo con la revolución universitaria hacia la esencia. Lo que Jaspers aún no quería ver, o quizá simplemente no veía, es que Heidegger había hecho trampas al solitario y había establecido una identificación de la esencia con el nacionalismo perverso de Hitler.

A veces es más fácil no querer ver que tener que enfrentarse a la realidad. Seguramente eso es lo que le ocurría a Jaspers. Y a muchos otros alemanes. Como les había pasado siglos antes a Hegel o a Hölderlin.

París, Francia, otoño de 1933

Entre los brazos de Günther, Hannah experimentó el consuelo de la seguridad, después de muchos días de penuria. La seguridad era un bien demasiado preciado para las mujeres que, como ella, desde muy pequeñas habían estado en la cuerda floja de la vida. Günther Stern, su esposo, la besó como si se acabara el mundo. Ella enredaba los dedos de la mano izquierda en la cabellera frondosa del joven judío de nariz aguileña y mirada de topo. Sus ojos pequeños, protegidos por unas gafas redondas, la observaban con recelo e incredulidad.

—En muchos momentos he pensado que no volvería a tenerte a mi lado —le susurró él, con la voz emocionada.

Seguían abrazados y ella se quedó mirándolo, echando el cuello hacia atrás. ¿Lo quería de verdad? ¿Sentía lo mismo que él? Son preguntas difíciles que únicamente obtienen respuesta implícitamente, en la propia duda.

—He dejado Ginebra y a mi madre lo antes que he podido para estar contigo —declaró ella, con un cierto laconismo.

Günther era un pensador brillante, doctor en Filosofía, exalumno de Husserl y de Heidegger, como ella misma. Era atractivo, perspicaz e intuitivo, pero ella no acababa de estar convencida de su unión. Quizá había sido una trampa inconsciente para escapar de la telaraña afectiva de Heidegger, o tal vez la necesidad de presencia masculina en su vida, incrementada por la muerte prematura de su padre. Quién sabe el porqué de lo que vivimos, se decía Hannah a menudo. Somos seres lanzados al mundo que tienen que tomar conciencia de la vacuidad de este hecho y enfrentarse al entorno que hemos creado. Esto Hannah y Günther lo tenían muy claro. El ser-aquí desamparado que el profesor Heidegger les había explicado mil veces en sus ampulosos seminarios.

Günther la volvió a besar y esta vez le buscó los pechos debajo del jersey ajustado de lana fina. La deseaba tras meses de ausencia, pero ella lo frenó con contundencia. Dejarse llevar por los instintos era sucumbir a la fuerza impresionante de la nada.

Se liberó de sus brazos con elegancia y le pidió un cigarrillo.

—¡Aquí tienes! ¡El último que me queda! —le ofreció Günther, alargando el brazo con el paquete de tabaco casi vacío.

Estaba perplejo. En un primer momento, se sintió rechazado. Quiso convencerse de que era una reacción natural después del periplo de exilio que había padecido su esposa. ¿Quién mejor que él, lector apasionado de Kafka, podía entender aquella sensación de vacío existencial que demostraba a veces su inteligente mujer? ¿Quién mejor que él podría interpretar que desempeñaban el papel del agrimensor K. en el castillo?

—Tranquilo, tengo un paquete nuevo en el bolso —le manifestó ella, con un gesto condescendiente.

Por el ventanal de la fachada del 269 de la rue de Saint-Jacques entraba un sol legañoso; un sol apocado de finales de otoño que bañaba un París también manso. Toda Europa presentía la proximidad de un tiempo de cólera y carestía. El acto final de una guerra inconclusa en noviembre de 1918. Aquello aún no se había acabado. La humanidad, o lo que quedaba de ella, no había expiado todos sus pecados. Se necesitaba el fuego depurador de la destrucción, las lágrimas saladas de la pérdida total y el silencio cautivador de la derrota.

Günther se colocó el cigarrillo entre los labios y lo encendió sin perderla de vista. Hannah revolvía en el baúl. Levantó la cabeza y lo miró con una sonrisa de oreja a oreja.

—¿Quieres una sorpresa, Günther?

Se le contagió la sonrisa.

—¡Claro! ¡Porque entiendo que es buena, a juzgar por tu expresión!

Hannah le dedicó un gesto de paciencia. Abrió el paquete de tabaco y se lo acercó para pedirle fuego.

Lo que seducía a Günther eran la inteligencia y el brote de misterio. Nunca sabía qué pensaba Hannah en realidad. Preclara con sus postulados filosóficos y misteriosa como la niebla en lo que se refería a sus sentimientos.

—¿Me harás sufrir mucho rato?

La pregunta de Günther y la pose de ingenuidad la hicieron reír. Se sintió más cómoda en aquella situación que entre los brazos de su esposo, con los labios cerca. ¿Y si lo que sentía por Günther era algo más fraternal que sensual?

—Solo lo que tarde en terminar el cigarrillo. ¿Y qué es ese instante en el abismo profundo de la existencia absurda? —le respondió ella, sosteniéndose el codo derecho con la otra mano.

—¿Y qué es más absurdo que querer comprender una espera no menos absurda? —observó Günther, que se había apoyado en el ventanal que daba a la rue de Saint-Jacques.

Con la mirada extraviada en la tranquila calle parisina, le preguntó:

—¿Crees que algún día podremos volver a Alemania?

—Otra pregunta absurda, Günther, porque la cuestión es: ¿podremos, los judíos, estar alguna vez en paz?

Se hizo un silencio contundente. Como judío, Günther también llevaba en los genes el síndrome del exilio de su pueblo.

—Siempre hay alguna amenaza. Siempre partimos con los baúles y el equipaje hacia tierras prometidas —añadió Hannah con resignación.

—Está la opción de Palestina...

Ella soltó el humo de la boca con rapidez.

—¿Tú también pretendes participar en el expolio de los árabes?

Günther no le respondió de inmediato. Como su esposa, miraba con recelo lo que sucedía en Israel. Aquella tierra les pertenecía, pero no solo a ellos. Cualquier solución que no comportara convivencia respetuosa, sino que incitara a la dominación y sometimiento del otro, era un fracaso absoluto del sionismo. Pasar de perseguidos a perseguidores era una trampa más de la codicia humana.

—De momento estamos aquí, en París, y procuraremos salir adelante.

Hannah suspiró y apagó el cigarrillo en un cenicero de latón. La decoración de la estancia era tan humilde que habría pasado por deshabitada. Se animó y sacó del baúl un pergamino enrollado. Lo levantó como si fuera una vara de alcaldesa.

—¿Sabes qué es?

Günther se quedó mirándola con una sonrisa de estupor.

—No estoy seguro.

Hannah se le acercó con el pergamino alzado y un bamboleo de caderas sugestivo.

—¿Te suena de algo el nombre de Molusia?

—¿Mi manuscrito *Las catacumbas molusias*? ¡No puede ser!

Hannah extendió el brazo y se lo ofreció.

—Su manuscrito, Herr Stern.

Günther lo cogió, ilusionado. Se lo había confiado al editor de Bertolt Brecht, Gustav Kiepenheuer, y había caído en manos de la Gestapo. Por suerte, el editor lo había protegido enrollándolo dentro de un mapa y los matones de la policía política no habían leído aquel texto, que lo habría incriminado por comunista.

—¡Huele a jamón ahumado! —constató Günther.

—Los amigos a cuyas manos había ido a parar lo habían ocultado en una chimenea junto a su reserva de carne ahumada.

Con el pergamino en la mano, estrechó a Hannah. La volvió a desear al sentir sus pechos duros. Le buscó el cuello y siguió el camino de la carótida hasta donde comienza el hombro. Sintió que los dedos de ella apretaban con más intensidad sus riñones. Se miraron a los ojos y descubrieron que eran dos náufragos en aquella habitación de París, aferrados a la incerteza.

Friburgo, Alemania, invierno de 1933

Los robles y los castaños que daban sombra a los espacios vacíos de la Universidad de Friburgo estaban empolvados de nieve. También los tejados de los edificios de piedra rojiza, y las dos esculturas de bronce que flanqueaban la escalinata que subía hasta el portal del edificio de la Facultad de Filosofía.

El rector Heidegger se detuvo en el segundo escalón y observó la nieve que cubría a los dos filósofos de bronce: Homero y Aristóteles. Él no se daba cuenta de que una multitud de estudiantes lo miraba desde los ventanales rectangulares.

La nieve y el invierno tenían para el rector una connotación especial. Anunciaban el recogimiento necesario para fecundar el pensamiento. Estaba acabando noviembre y la nieve ya había cubierto los bosques de la Selva Negra. También los que rodeaban la cabaña de Todtnauberg, a pocos kilómetros de allí, su aldea de refugio y de pensamiento.

Martin Heidegger subió hasta el último escalón y se volvió hacia la biblioteca. El edificio, también de piedra rojiza, estaba cubierto de nieve.

Suspiró y se adentró en el recinto por las dos columnas de la puerta de entrada. De pronto, el vaho desapareció y un calor le templó los dedos de las manos, su punto más débil cuando hacía frío.

En aquella jornada del 25 de noviembre se celebraba la fiesta de matriculación y, cómo no, el rector tenía que hablar ante el claustro y el Senado de la universidad, los alumnos y los miembros políticos del NSDAP.

Para aquella ocasión, había preparado un discurso bastante elocuente y pragmático. La filosofía debía apoderarse de su tiempo, tomar partido en la política y en la vida; esto era un apoyo incondicional a Hitler, y los estudiantes debían beber de este apoderamiento comprometiéndose con el destino de su patria, formándose y estudiando para recoger los tesoros del espíritu que proporcionaba el estudio, no para exhibirlos con la arrogancia propia de los intelectuales, sino para ponerlos al servicio de la sociedad y del pueblo. Eso establecía un sentimiento de camaradería más que de aislamiento ególatra, y de sentirse al servicio de sus compatriotas.

Lo había titulado «El estudiante alemán como trabajador» y lo había impregnado de una ferviente dosis de patriotismo para agradar a los gobernantes.

Heidegger sabía que Alemania se estaba jugando el destino, la realización de la propia esencia, y él no era más que una pieza de esa omnisciente trama para realizar el ser en el aquí que se vivía.

Hitler había aparecido de entre las brumas confusas de los excesos del progreso que habían llevado a la gran guerra de intereses burgueses y al abismo de los valores de Alemania. Había aparecido como el hombre del brazo firme, férreo, que podía sofocar los delirios excesivos de una nación envenenada de la ilustración burguesa y engalanada de poetas y músicos. Había que dar el paso de confiar en aquella señal del destino y tomar partido...

De pronto, se quedó helado al ver a una alumna con un cuerpo esbelto y un anorak amarillo que bromeaba con un grupo de compañeros. El amarillo del anorak resaltaba entre las oscuras vestimentas de los otros, y su memoria dio un saltito mortal en el tiempo y aterrizó en la Universidad de Marburgo, un día espléndido del invierno de 1925. El sol engalanaba el camino de piedrecitas que serpenteaba en medio de un inmenso hayedo y una joven con un anorak de ese mismo color, quizá menos grueso, caminaba a su lado y le hablaba de una novela que tenía la intención de leer y que se había publicado hacía poco: *La montaña mágica*, de Thomas Mann. La joven y él eran amantes, a pesar de que ella era una alumna, y él, profesor. Hannah. Hannah Arendt.

Marburgo, Alemania, invierno de 1924-1925

Martin Heidegger había recogido a Hannah cerca de la Universidad de Marburgo y habían tomado uno los senderos que llevaban a los hayedos que rodeaban la vieja ciudad universitaria. Lucía un sol resplandeciente y los helechos llenaban el sotobosque de un verdor exuberante. Los deshielos invernales habían pintado de opulencia el valle del Lahn. A pesar de la ausencia de nubes, el ambiente era fresco, engañoso, el frío de las postrimerías de febrero.

Hannah tenía el paso más largo; por el contrario, Martin, que solía caminar con las manos detrás de la espalda, lo tenía más enérgico, y de vez en cuando debía moderarlo para no dejarla atrás.

—Me gusta pasear contigo, pero me sigue dando un cierto respeto lo que pueda pensar la gente —le confesó ella, mirando hacia delante.

—Eres la única dueña de lo que puedan pensar los demás. El acto de pensar es indisociable de quien piensa.

Hannah lo rumió. Martin tenía razón. Lo que piensen los demás es, en última instancia, un pensamiento propio.

—Esta clandestinidad me entristece y me enturbia la cabeza.

Martin se detuvo y la miró severamente.

—¿No querrás que mi esposa sepa que le soy infiel contigo, una alumna? ¿No querrás que seamos el hazmerreír del claustro y el alumnado de Marburgo?

Hannah bajó la mirada al suelo. Justo delante de sus pies había un pequeño charco donde vio su reflejo. Se recreó en él unos segundos sin desatender la pregunta de su amante.

—No es lo que pueda pensar tu esposa ni lo que puedan decir en la universidad, Martin, es lo real y puro de nuestra relación.

—¿Cómo puedes ponerlo en tela de juicio? —le preguntó él, arrodillándose como había hecho el primer día en el despacho.

Ella lo espoleó a levantarse, pero él se resistió.

Allí, el *Privatdozent* de la Universidad de Marburgo, Martin Heidegger, el pensador de los seminarios de Friburgo, el Mago de Messkirch, arrodillado delante de una alumna de dieciocho años, mientras el fuego mortuorio de los cuervos se esparcía con chillidos ajenos a la escena.

—¿Qué quieres de mí, Martin?

—Cuidar de que nada en ti se rompa, purificar el dolor y el espesor de tu pasado y que nada ajeno a nosotros nos perturbe.

Hannah se sentía incómoda. No le agradaba demasiado aquel gesto más caballeresco que humilde, más teutón que poético. Además, el caminito estaba húmedo y los pantalones del profesor se estaban mojando.

—Por favor, Martin, levántate, ¡no me gusta nada este gesto!

—¿Por qué? No hay expresión más hermosa de admiración que caer de rodillas delante de lo que amas. Es de los pocos gestos que guardo en el recuerdo de mi estancia en el Seminario de Konstanz, cuando estudiaba para sacerdote, caer de rodillas delante del altar o de la Virgen, desnudo de toda arrogancia, entregando totalmente el cuerpo y el alma.

—Pero ¡estamos traicionando a tu esposa, a tu familia! Estamos vejando la relación profesor y alumna, nos separan diecisiete años...

Martin se levantó con agilidad y la abrazó. Casi la envolvió con sus brazos cortos y la besó en la frente, deteniendo la boca a escasa distancia de donde había estampado los labios.

—No traicionamos nada, Hannah. Nos traicionaríamos si no hubiéramos dado lugar a esta manifestación de amor. El hecho de que la presencia de otro irrumpa en nuestra vida es un juego del destino: un destino humano se consagra a otro destino humano, en una entrega que no es sino servicio.

Ella le acarició la nuca y se relajó bajo el anorak amarillo que Martin rodeaba con los brazos.

—Esto que vivimos, Hannah, es una revelación del ser; ¿y quiénes somos nosotros para impedirlo?

Hannah miró por encima del hombro de él. Sobre la arboleda de hayas y castaños, en una lejanía próxima, se adivinaban unas nubes amenazadoras que podían perturbar la placidez momentánea de un día soleado.

—Deberíamos regresar, Martin, no vaya a ser que nos pille la tormenta.

Él se separó, cogiéndola por los antebrazos, y la miró.

—No hay ninguna nube ni amenaza que pueda perturbar nuestro destino, querida Hannah. Cuidemos este regalo y no lo ensuciemos con autoengaños de pura vivacidad y dudas infundadas. Tenemos que ser discretos, es cierto, pero eso no debe enturbiar la esencia de nuestro encuentro, que no es otra que un amor noble y puro.

Ella se acercó, hipnotizada por aquellos ojos penetrantes. Mientras sellaban aquella solemne declaración con un beso, Hannah se dio cuenta de que él estaba empalmado. No retrocedió, al contrario, le acercó más el pubis. En su interior, se debatían un sentimiento de culpa procedente de su educación judía de infancia por el adulterio, otro de pasión femenina y un tercero de admiración intelectual inabarcable. Esta confluencia la turbaba mientras se frotaba con él en aquel sinuoso caminito del valle del Lahn.

Basilea, Suiza, casa de los Jaspers, invierno de 1949-1950

Hannah se despertó con una sensación de descanso desconocida en los últimos tiempos. La casa de los anfitriones, los Jaspers, le transmitía serenidad y paz. Allí se respiraba calidez incluso en la fragancia del ambiente. Los aromas de las comidas dulzonas de Gertrud, del tabaco de vainilla de la pipa de Karl, del almidón de las sábanas...

Podía experimentar que la vieja Europa distaba mucho de Nueva York en cuanto a cosas tan cotidianas y sencillas como el ambiente de las casas. Nada que ver. Por no hablar de las calles y avenidas. A pesar de todo, se encontraba a gusto en Nueva York. Era una ciudad que no diferenciaba exiliados de nativos. Allí solo vivían consumidores. Hasta las religiones se habían doblegado a la trascendencia del dólar, cosa que no ocurría en Europa, donde aún marcaban el latido de la sociedad.

Cuando fue a la cocina, se topó con Jaspers sentado a una mesita de roble donde el matrimonio tomaba algunas de las comidas del día. Debía de hacer poco que se había duchado, porque tenía la cabellera canosa mojada y peinada hacia atrás, y una sonrisa triste, apagada, dibujada en la boca.

El profesor que le había dirigido la tesis doctoral en Heidelberg parecía allí, ante la taza de café con leche y el bizcocho, un hombre corriente.

—Buenos días, Hannah. ¿Has descansado bien?

Ella se le acercó y le dio un beso en la mejilla.

—Sí, Karl, y no lo digo por pura complacencia; hacía mucho tiempo que no dormía tan bien. Pero guárdame el secreto, no se lo cuentes a mi esposo.

—No temas, quedará entre nosotros. ¿Quieres un café con leche? ¿Qué desayunas habitualmente?

Jaspers se había levantado para servirla, pero ella lo invitó a sentarse de nuevo.

—Un café con leche solamente. Si me dices dónde están las cosas ya me sirvo sola, si no te parece mal.

—¿Mal? ¡No digas sandeces! No te enseñé a decir sandeces en Heidelberg. Si quieres leche caliente, hay en aquella tetera de metal, y el café recién hecho está en la cafetera que hay sobre los fogones.

—¿Y Gertrud?

—Siempre sale temprano a comprar; es muy madrugadora, como buena judía.

—Pues yo no debo de serlo, porque me cuesta levantarme pronto. Y por la noche nunca encuentro la hora de irme a dormir. Me dan las tantas leyendo y trabajando —comentó Hannah, que se había servido una taza de café con leche y estaba sentada frente a Jaspers.

Dicen que las corrientes de afecto invisible entre las personas se miden por las sonrisas cómplices. Hannah se sentía muy cómoda con Karl.

—¿Cómo saliste de Alemania, Hannah?

—¡Podría escribir una novela, Karl!

—Soy todo oídos —le respondió, haciendo un gesto divertido.

—En el verano del año *horribilis*, el 33, Oskar, un amigo de mi madre, nos dejó en la frontera con Checoslovaquia. Allí nos reunimos con cinco judíos más que querían exiliarse y con un guía, Aaron, que nos condujo a la casa de los Müller, una familia alemana que tenía una cabaña en la frontera entre los dos países. Caminamos toda la noche siguiendo los pasos de Aaron, que iluminaba el camino con una tenue linterna. El bosque de Erzgebirge era frondoso, y en la penumbra parecía hostil. Uno de los refugiados tenía solo nueve años y me enseñó, en un breve alto para beber de las cantimploras, una navaja pequeña con la cual me contó que mataría a los alemanes que nos pudieran perseguir. La cabaña de los Müller nos acogió durante una hora. Comimos frutos secos y miel y seguimos caminando, esta vez por tierras checoslovacas, casi hasta el alba, cuando nos recogieron en dos vehículos unos miembros de la organización sionista y nos llevaron a Praga.

—Por lo que veo, el sionismo ayudó en el exilio, ¿no? —le preguntó Jaspers, con un cierto ademán de incredulidad.

—Bastante, Karl, aunque la situación era harto complicada. Nadie nos ha querido acoger nunca con convicción. ¿Tú te sientes acogido aquí?

Jaspers movió la cabeza y suspiró.

—No me puedo quejar. La Universidad de Basilea me abrió las puertas el verano pasado y tenemos una vida cómoda y agradable, pero no acabo de sentirme en casa. Es como si una parte de mí se hubiera muerto al abandonar Alemania, y te confieso que algunos días me despierto creyendo que estoy en Heidelberg.

Eso que contaba Jaspers no le resultaba chocante. Los exiliados alemanes con quienes había hablado recalcaban el sentimiento de añoranza e incompletitud, el deseo inextinguible de regresar.

—Te entiendo perfectamente, aunque tú eres un héroe en Alemania. Resististe el envite del nacionalsocialismo y te postulaste beligerante.

—Todo excesos. Alabanzas hipócritas. Le quedan años a nuestra Alemania para recuperarse. No me veía con ánimos de quedarme y sentirme como un animal de museo extraño al cual, en lugar de cacahuetes, le lanzan halagos. Hemos perdido el *mēdèn ágan* en el serpenteo de la humanidad.

—En cambio, yo, Karl, si hay un lugar donde me he sentido exiliada ha sido Francia, donde fui porque Günther, mi primer esposo, estaba allí.

El aroma del bizcocho la tentó.

—¡Quizá sí me apetezca un trozo de bizcocho! —exclamó, con una inocencia casi infantil.

—¡Sírvete! —le respondió él, señalándole la bandeja con el bizcocho y el cuchillo para cortarlo.

Jaspers apuró el café y se levantó para dejar la taza en el fregadero junto con el platito que había utilizado para el bizcocho.

—Habías estado aquí, en Suiza, antes de ir a París, ¿no? —le preguntó Karl, que se dirigía al comedor adyacente para coger la pipa.

—Sí, desde Praga vine con mi madre a Ginebra, donde nos alojó Martha Mundt, una amiga militante socialista que me consiguió un trabajo administrativo en el Departamento Internacional del Trabajo. Suiza era un buen lugar para vivir, pero se respiraba un ambiente alemán y no me sentía segura del todo. La Gestapo campaba a sus anchas. La Agencia Judía me fichó para traducir al yidis los discursos e informes, hasta que decidí ir a París para reencontrarme con Günther.

Jaspers había encendido la pipa y lucía por eso un rictus de satisfacción.

—Francia siempre ha exhibido los valores fraternales revolucionarios, y, sin embargo, tengo entendido que no se comportaron demasiado bien con los nuestros.

—Solo te puedo decir que nunca me sentí tan sola y desarraigada como entonces en París.

—¿A pesar de estar con tu esposo?

—Ahora sé que nunca llegué a quererlo. Y tengo que estarle muy agradecida, porque me ayudó a ir a Estados Unidos y también a poner distancia con Martin.

Jaspers se sacó la pipa de los labios y la miró con una mezcla de incredulidad y sorpresa.

—¿Te casaste con él para olvidar a Heidegger?

—Dicen que un clavo saca otro clavo, ¿no?

—¡No me lo puedo creer! —exclamó, alzando los brazos, pipa incluida.

—Yo tampoco, Karl, yo tampoco.

Friburgo, Alemania, invierno de 1949-1950

El matrimonio Heidegger estaba en la Münsterplatz. Elfride compraba unas verduras en el puesto del mercado que desde tiempos inmemoriales se celebraba allí. Hacía pocos años que había acabado la guerra y el mercado estaba recuperando su apogeo. Cada vez se ofrecía mayor diversidad de productos, procedentes de los campos de nuevo cultivados.

Mientras ella regateaba con los vendedores de los puestos como buena comerciante y ama de casa, él se acercó al pórtico de la catedral gótica de sillares rojizos y se quedó observando aquellos iconos esculpidos que la ornaban y le otorgaban un cierto carácter festivo junto con la policromía. Su amplia formación de juventud seminarista le permitía reconocer los símbolos cristianos con avidez.

Entre aquellas esculturas se encontraba buena parte de los arquetipos humanos procedentes de las metáforas de Cristo en los Evangelios, incluso la lujuria, representada por una mujer rubia desnuda con el demonio muy cerca. Martin se detuvo, fascinado, a observar aquella escultura que representaba uno de los siete pecados capitales y se preguntó por qué la lujuria era un pecado, por qué había pecado y no más bien nada.

Heidegger estaba seguro de que la fe cristiana había nacido como una solución a la angustia vital, pero se había convertido más bien en una disolución de esta. Recordaba con una sonrisa irónica las caras de espanto de sus colegas cuando afirmaba desde la tarima de la Universidad Católica de Tubinga, en julio de 1927, con apostasía convencida, que para pensar y ser un buen filósofo había que dejar de lado la fe y preguntarse desde la neutralidad de la filosofía, relegando toda Revelación. Si para los hombres de fe eso era una locura, para los filósofos auténticos era una estulticia.

Elfride lo llamó desde el arco con la cesta en la mano. Martin se apresuró a cogerla.

—¡Cómo me gusta esta ciudad, querida! —le manifestó mientras pasaban por delante de la antigua casa de aduanas, con su fachada roja y sus cuatro esculturas de los emperadores Habsburgo, señores de la ciudad durante una buena parte de la historia.

—A mí también, Martin, salvo esta gárgola que airea el culo —asintió ella, señalando a su izquierda el lateral de la catedral.

Martin sonrió. Una costumbre no demasiado frecuente en él, y aún menos en los últimos años, tras el asedio que había sufrido por su pasado nacionalsocialista, que le había comportado la inhabilitación.

—¡No te rías! ¿Crees que es lugar para exhibir un culo como si defecara?

—¡No sabía que te habías convertido al cristianismo!

—¿Quién, yo? Ya sabes que no tengo fe en nada más que en mi familia y en mi patria.

Martin se detuvo un momento y señaló la gárgola, obligando a Elfride a mirarla. Hacía un día gris y frío, la Navidad estaba cerca y el vaho caliente se convertía en vapor mientras hablaba:

—El historiador de la ciudad, Peter Kalchthaler, me explicó que esta gárgola fue la manera de protestar que eligieron los obreros de la catedral por llevar bastante tiempo sin cobrar. El agua que escupe, si te fijas, cae delante de aquella puerta, que es por donde salía habitualmente el arzobispo para ir a su casa, situada justo enfrente, del otro lado de la plaza, allí. —Y señaló una casona al fondo de la plaza.

Elfride aplaudió divertida.

—¡Bravo por esos intrépidos!

Retomaron el paseo y dieron una vuelta a la catedral. Los adoquines del suelo estaban húmedos y el tono gris del cielo apaciguaba el color de las fachadas de las casas reconstruidas tras los bombardeos aliados. En 1944, la ciudad había quedado arrasada y solo algunos edificios, como la catedral, estaban intactos.

Poco a poco fueron hacia la calle del Ayuntamiento, el Neues Rathaus, interconectado con el Renaissance Altes Rathaus, y pasaron por delante de la estatua erigida en homenaje al hijo de la ciudad, Berthold Schwarz, el franciscano que adaptó la pólvora para usos militares. Allí mismo Martin formuló a Elfride una pregunta que le pareció muy hiriente, aunque lo disimuló:

—Has sido una esposa excepcional, Elfride, me has cuidado casi como a un hijo, y tu devoción... ¿Qué pensarías de mí si te dijera que hace tiempo te fui infiel con una alumna?

Se habían detenido de golpe. Primero ella. Después él. Elfride se quedó petrificada como la estatua de Berthold, con la vista hacia delante, como si no se atreviera a observarlo para afrontar esa posibilidad.

—¿A qué viene ahora esta pregunta? —inquirió, poco más de un minuto después.

Elfride conocía de sobra el carácter seductor de su esposo, el poder de su retórica, su mirada penetrante y sugestiva, su cuerpo pequeño pero fibroso... Sabía que le gustaba coquetear con alumnas y colegas, pero nunca se había querido formular esa pregunta, la había rehuido desde que Martin había conseguido la plaza de *Privatdozent* a principios de los años veinte.

—¿Nos sentamos? —le preguntó él, con un dejo de imploración.

—¡No entiendo a qué viene esto ahora! —murmuró ella, acompañándolo hasta un banco de la plaza que rodeaba la estatua de Berthold Schwarz.

Los celos son como un gato hambriento que araña si no lo alimentas y también mientras lo estás alimentando.

Martin se aflojó un poco la bufanda de lana y dejó la cesta de la compra en el suelo, evitando un charco. Ella se sentó a su lado con las piernas juntas y las palmas sobre las rodillas, rígida, el cuello estirado y el semblante sombrío como el cielo que los cubría.

—En 1925, en Marburgo, mantuve una relación con una alumna judía que se llamaba Hannah Arendt. ¿Te acuerdas de ella? Quizá te resulte familiar el nombre.

Negó con la cabeza y los párpados bajados.

—Nos vimos de manera muy esporádica durante un tiempo. Tenía dieciocho años cuando la conocí.

Elfride lo escuchaba en silencio. Rígida. Martin, que la conocía bastante bien, sabía que era una bomba a punto de estallar.

—Le perdí la pista del todo en 1933.

Miró a Elfride. Seguía con los ojos cerrados.

—Considero que te lo tenía que decir, que merecías saberlo, ahora que hemos pasado por todo lo que hemos pasado. Ahora que me están depurando como profesor, también quiero expiar mis pecados como esposo.

Elfride lo miró. Estaba encogido hacia delante, con las manos juntas, como si rezara, y el sombrero un poco hacia atrás.

—¿Por qué hoy, Martin? ¿Por qué, después de tanto tiempo, me haces esta confesión execrable e indigna del trato y de la confianza que te he otorgado?

—Me gustaría tener una respuesta convincente y pragmática para tu consuelo, pero solo puedo decirte que sucedió, y que fue porque formaba parte del ser.

Elfride se levantó de golpe mientras él seguía mirándose las manos unidas.

—¡Una alumna que podría ser tu hija! ¡Y, además, judía!

Pronunció la última palabra con menosprecio e ira. Elfride era una encarnizada antisemita a la que ni la derrota ni los acontecimientos habían convencido.

—Fue puro, Elfride, al margen de nuestro matrimonio. Nunca lo puso en peligro, porque aquella relación era un destino proverbial para «cuidar de», sin la trampa de los celos.

Elfride lo amenazó con el dedo índice, entonces sí, enfurecida:

—No emplees tu retórica para quitar hierro a la situación y transformar una traición en un acto divino.

Volvió la espalda un momento y, contemplando la fachada de los arcos del Ayuntamiento, le soltó:

—¡No me puedo creer que te hayas rebajado de esa manera! ¡Engañarme con una jovencita judía!

Heidegger la escuchaba resignado. Comprendía a su esposa. También entendía que no podría captar la motivación real de la relación con Hannah Arendt desde su atalaya de conciencia.

—Por favor, Martin, levántate y vamos a coger el tranvía, ¡tengo ganas de llegar a casa!

La obedeció en silencio. La siguió en silencio. Caminaron hasta la Kaiser-Joseph-Strasse sin hablar. Allí cogieron el tranvía. Allí se rompió aquel armisticio de palabras.

—Y dime: ¿aún vive Hannah Arendt?

Martin respondió con los labios casi cerrados:

—Sí.

Campo de prisioneros de Gurs, Francia, verano de 1940

Hannah se acurrucaba sobre el montón de paja de la barraca del islote 2, en el campo de Gurs. Con solo cinco días allí ya le bastaba para comprender su desdicha. Incluso el más escéptico habría presagiado la funesta admonición que esperaba a un retenido en aquel campo obsoleto que las autoridades francesas habían construido en su día para los exiliados republicanos españoles que escapaban de Franco.

Había llegado en la víspera de San Juan junto con otras detenidas después de pasar cinco días infernales en el Velódromo de Invierno de París, durmiendo en una grada, con el cuerpo baldado y la esperanza carcomida. Los franceses, en guerra con Alemania, consideraban a los exiliados teutones enemigos potenciales. Una paradoja terrible la de aquellos judíos que habían escapado de los nazis y volvían a ser considerados hostiles en la tierra donde querían estar a salvo.

Su compañera más cercana, Edelina, roncaba como un motor viejo de camión y de vez en cuando hablaba en sueños. En aquella triste barraca, no era extraño soñar en voz alta. Pesadillas. La estampa no invitaba a mucho más.

Hannah adoptó la posición fetal y recordó, con una lágrima en los ojos, las recriminaciones de Günther, su primer esposo, cuando la regañaba porque en aquella postura le resultaba muy difícil abrazarla en la cama. Todos tenemos este tipo de anécdotas. Incluso los filósofos, como Hannah. También ellos son de carne y hueso. Y los huesos, justamente, los tenía doloridos por las insalubres condiciones de los últimos días.

Se secó una lágrima que llevaba el nombre invisible de su primer marido, de quien se había divorciado en el año 37. Una historia de amor con final previsible. Cuando uno de los dos está enamorado y el otro no, caben dos posibilidades: la primera, que la pareja acabe rompiéndose; la segunda, que se establezca en una rutina de funcionamiento resignado. Resignación que se contagia. El uno, a no ser querido. El otro, a no querer a la persona con la que convive. Y eso último es lo que le pasó. Nunca quiso a Günther Stern. Jamás. Él se resignó a mendigarle amor, y ella, a aguantar aquella situación tensa. Y eso era, quizá, imperdonable para una doctora en Filosofía con una tesis sobre el concepto de amor en san Agustín.

—¿Estás despierta? —le preguntó alguien en voz baja.

Hannah se volvió y enseguida reconoció los ojos plateados de Esther.

—¿Qué pasa? ¿Estás loca? Hace un rato he oído al carcelero rondando por aquí. ¡Como nos pillen hablando de noche!...

Esther estaba agachada, ocupando parte del jergón de paja de Hannah. Era pequeña, pero había más vitalidad en aquel cuerpo diminuto que en la mayoría de las mujeres que residían en aquel islote.

—¡Tranquila! He oído que se llevaba a alguna hambrienta del islote 3 y debe de estar ocupado con ella.

Algunos oficiales y carceleros franceses entraban con el látigo o con el bastón y cogían a alguna prisionera para acostarse con ella a cambio de un perol de comida o unos cigarrillos.

Hannah se deshizo de la manta y se sentó sobre la paja, que se le clavaba en las nalgas a pesar de que llevaba bragas debajo del camisón.

—¿Qué quieres, Esther? ¿No puedes dormir?

—Como responsable de la cantina, mañana tengo que salir a comprar leche en la vaquería de monsieur Durand. ¿Necesitas algo en especial?

—¡No tengo ni un céntimo! Dejé a mi madre en el apartamento de la rue de la Convention y fui al Velódromo sin nada más que la ropa que llevaba. Menos mal que Judith me regaló esta camisola para dormir.

Esther le cogió la mano y la miró con ternura.

—¡No te preocupes por el dinero! Necesitamos mujeres como tú, instruidas y con facilidad de palabra, para negociar con las autoridades del campo. Si precisas algo, dímelo antes de la diana de las siete.

Hannah suspiró. Esther la miró con una mezcla de admiración y travesura. Cuando estaba a punto de despedirse para irse a su propio jergón de paja, Hannah reaccionó:

—Si me pudieras conseguir un cuaderno y lápices y...

Se detuvo, como si le diera vergüenza decirlo.

—¿Y qué más? —la animó Esther, con una sonrisa de satisfacción.

—Moriría por un paquete de cigarrillos.

Esther se tapó la boca en un gesto entre divertido y de espanto.

—¡Mientras no fumes aquí dentro y prendas fuego a la paja y a la barraca...!

Ambas sonrieron, y eso pareció agravar el ambiente tétrico y miserable, como si se tratara de una parodia malsana escrita por algún reaccionario.

—¿Estás casada, Hannah?

—Sí, en segundas nupcias. Mi esposo se llama Heinrich Blücher, no es judío, pero es comunista. Cuando a nosotras nos llevaron al Velódromo, a él lo trasladaron al estadio de Buffalo con los demás hombres alemanes. Y no sé nada más.

—¿Es guapo?

Hannah dibujó una sonrisa desenvuelta.

—Sí, no me puedo quejar. Es atractivo e inteligente. ¿Y tú, Esther, estás casada?

—Aún no, pero mi prometido, Aaron, me espera en Palestina, adonde llegó hace dos meses. ¿Y tu primer marido?, ¿murió?

—No. Günther y yo nos divorciamos y él se marchó poco después a Estados Unidos.

Una de las que dormían cerca de ellas se quejó. Era muy huraña, se llamaba Elisabeth, y Hannah solo le había oído la voz cuando había gritado de dolor al arrancarse una garrapata.

Hannah le guiñó el ojo a Esther.

—Venga, a descansar, que esta es capaz de alertar a los guardias.

Se quedó mirando a Esther, que, a cuatro patas y con una agilidad casi animal, llegó a su jergón.

En aquella barraca hacía bochorno. El sol calentaba los islotes, pues no había árboles que les proporcionaran sombra. Tampoco ayudaban los colchones de paja y que solo se pudiesen duchar dos veces al mes.

Trató de dormir, pero una tristeza interior la ahogaba, la acosaba. Era como si las adversidades y los malos agüeros la persiguieran. No había tregua para los infortunios y las decepciones. No solo como mujer judía escapando de los nazis. También como Hannah Arendt, ciudadana alemana refugiada en Francia. Como el ser lanzado al mundo que decía su profesor

Heidegger, víctima de la angustia del vacío existencial en medio de la hostilidad de la vida. O como Joseph K. de *El proceso* de Kafka.

Por primera vez, Hannah, a pesar de todas las desventuras que había experimentado, tumbada sobre la paja como un animal de corral, se preguntó si valía la pena seguir viviendo.

Zähringen, cerca de Friburgo, Alemania,
invierno de 1949-1950

Martin y Elfride llegaron con el tranvía a su casa de la calle Rötebuckweg casi sin hablarse. Él le ofreció la mano izquierda —en la derecha llevaba la cesta— para bajar, pero ella se hizo la desentendida. Aquel era un gesto de cortesía, una actitud que él solía profesar a su esposa y a las mujeres en general.

El cielo seguía plomizo y el frío se enseñoreaba de aquella especie de suburbio de Friburgo donde los Heidegger se habían instalado en 1928, cuando Martin había sido nombrado catedrático en la universidad.

—Te diría que lo siento, Elfride, pero sé que eso no te aliviará demasiado.

Su voz era serena, y aquella vacuidad que a veces mostraba ante situaciones importantes enfadaba aún más a su esposa.

Ella no podía entender que él tenía una visión de la vida completamente distinta de la suya. Quería a su familia, sí, se sentía a gusto en aquella casa que quedaba cerca de la universidad en tranvía, alejada del bullicio de la ciudad. También era cierto que donde mejor estaba era en la cabaña de Todtnauberg, a pocos kilómetros de allí, encima del valle alto, en medio de los bosques de abetos y de hayas donde apenas llegaba la luz. En la soledad de la montaña y de la cabaña, solo rodeado de naturaleza salvaje y campesinos, alejado del ambiente burgués y de la familia como vehículo social unicelular del progreso conservador, a distancia de la retórica grandilocuente y pedante de los intelectuales, de la tecnología, del utilitarismo asfixiante; solo allí, Martin Heidegger, pisando en los paseos la nieve prístina con las raquetas, recorriendo el camino sinuoso marcado por los leñadores o cortando leña con el hacha para la estufa, experimentaba la paz y la calma, y el pensamiento fluía como el agua de los deshielos entre los senderos de rocalla.

—No tengo ganas de hablar, Martin; al menos, hoy.

Había resultado menos amenazante de lo que esperaba. Quizá porque últimamente el mundo de Elfride parecía haberse deshecho como un castillo de naipes. La caída del nacionalsocialismo, la derrota de Alemania, la depuración de su esposo, los dedos de los que, en otro tiempo amigos, los señalaban de manera acusadora... Elfride estaba encajando demasiadas desgracias y, cuando alguien está hasta la coronilla de infortunios, otro más no tiene el impacto que hubiera tenido en un momento de felicidad o bienestar.

Atravesaron el sendero del jardín, entre los arriates de flores de invierno, y subieron los cuatro estrechos peldaños de la escalera. Los cubría un tejadillo para protegerse de la lluvia. La casa tenía una estructura de madera con mampostería de piedra, siguiendo la tradición de los labradores de la Selva Negra.

Elfride colgó la gabardina en el perchero del recibidor y subió deprisa las escaleras que llevaban a la segunda planta, donde tenía el dormitorio.

—Déjame lo antes posible la cesta en la cocina —le pidió a su marido, de espaldas a él, sin mirarlo.

Martin se quitó el sombrero con calma, después el abrigo de lana, y los colgó en el mismo perchero. Su silencio significaba dos cosas: que dejaría la cesta donde le había pedido y que no quería discutir. Bastante había hecho, se decía, sincerándose y revelándole una infidelidad de hacía muchos años. Además, tenía asuntos más delicados que atender, como su incorporación a la docencia, lo que le permitiría tener otra vez ingresos regulares y limpiar su nombre de la ignominia y de la ignorancia de los que no lo habían entendido, de los que confundían a un nacionalsocialista político con uno filósofo. «¿Se podía acusar a Platón de tirano después del desastre de Siracusa? ¿Se podía tildar al autor de *La República* de dictador?», se preguntaba él, mientras iba hacia la cocina con la cesta.

La fragancia de los repollos y de las zanahorias que llevaba en la cesta le abrió el apetito. Cogió una zanahoria, la limpió en el fregadero y se la comió con piel en la terraza de la parte de atrás de la casa, sentado bajo el porche que creaba el balcón del dormitorio, con la mirada perdida en el bosque frondoso que se abría tras la verja del jardín.

Heidegger pensaba en las mujeres que habían entrado en su vida, a pesar de estar casado. Habían sido unas cuantas, la mayoría encuentros esporádicos, de contenido sexual, relaciones sin ningún tipo de contemplación estética y moral. Solo con Hannah Arendt y con Elisabeth Blochmann había trabado alguna cosa más que satisfacción carnal. Y las dos eran judías.

¿Qué significaba aquella confesión a su esposa? ¿Por qué lo había hecho? ¿Por qué la había desasosegado y herido con algo que había pasado hacía tanto tiempo? ¿Por qué no le reveló otras infidelidades? Por ejemplo, la cometida con Elisabeth, Lisa, la amiga de su esposa.

No tenía respuestas. Inspiró profundamente el aire puro de la Selva Negra y espiró con los ojos cerrados y el rostro grave de quien se sabe en una encrucijada importante de la vida.

Se levantó con un agotamiento más existencial que moral y subió la escalera hasta su despacho, que era la estancia más grande de la casa, incluso más que el comedor. Elfride se había encerrado en el dormitorio y a Martin le pareció reconocer su llanto, pero no se detuvo a comprobarlo. «El dolor del ser-aquí prepara para la conciencia del ser», reflexionó.

Ya en el despacho, se sentó a la mesa de trabajo. Las paredes estaban forradas de estantes con libros y manuscritos, excepto el amplio ventanal triangular que se asomaba al bosque y desde el cual Heidegger, sentado, podía ver las cimas exuberantes de las colinas.

Sabía que Hannah no había muerto y que residía en Nueva York. Noticias cazadas al vuelo de compañeros y lecturas. No había tenido noticias directas suyas desde 1933, cuando le recriminaba su actitud para con colegas y alumnos judíos. Había leído, con conmoción y estupor, una pila de años después, en 1946, que Hannah, en un ensayo que había publicado en la *Partisan Review*, «¿Qué es la filosofía de la existencia?», tildaba de individualista el enfoque del existencialismo alemán desde Schelling hasta él, y que muy especialmente con él se llegaba al solipsismo existencial más notorio del pensamiento teutón. Una renuncia del suelo de la humanidad, esta «mismidad» y este aislamiento heideggeriano. En una nota a pie de página, Hannah afirmaba que, en el período nacionalsocialista, él había prohibido la entrada en la universidad a Edmund Husserl, que había sido su maestro y mentor. Era cierto, pues estaba en juego la esencia de la universidad alemana como herramienta de servicio a la patria.

Quizá su alumna más distinguida lo hubiera traicionado. ¿Cómo se atrevía a acusarlo de solipsista cuando la única manera de experimentar el ser, el último escalón de la filosofía, estaba en el silencio meditativo? Así pues, ¿también Nietzsche era solipsista? Si el existencialismo que defendía Hannah era retórica humanista imbuida de la conciencia social despertada por la guerra, había fracasado como profesor, como portavoz del ser.

Se quedó un rato en silencio. Hannah había sido perseguida, como muchos otros judíos, y seguramente hubiese esquivado la muerte de milagro. ¿Qué empatía podía tener en aquellos momentos con un profesor que había militado en el nacionalsocialismo y había sido rector y nuncio entusiasta de Hitler en la universidad? ¿Qué podía quedar de aquella historia maravillosa de Marburgo? ¿Recordaba, acaso, el calor de sus manos mientras la acariciaba y le recitaba poemas?

Marburgo, Alemania, primavera de 1925

—Desde tu existencia, desde el centro de tu ser, te has convertido en algo muy cercano a mí. Y cuando te alejas es cuando más se revela tu ausencia.

Martin le acariciaba la mano y Hannah se estremecía con sus confesiones.

—Cuando estaba en Todtnauberg con la familia y tú en tu casa, en Königsberg, nuestra relación se fortalecía porque esperar y mirar es lo que confiere poder al amor. Esta separación me ha desvelado que el último día del semestre fue la entrada de la felicidad en mi vida.

Hannah sonrió, feliz.

—Recuerdo el día que entré en este despacho por primera vez. Cuando salí de él ya no era la misma.

Ella estaba sentada sobre las piernas de él, en la butaca de lectura. Una luz vigorosa de mayo quería fundir la cortina del ventanal, que él tenía corrida.

—En ti he conocido —prosiguió Hannah— otro cielo, un destino no arbitrario y una brusca transformación de la angustia que me acompañaba en la esperanza de los rayos de sol sobre los helechos verdes de un bosque talado. En la estación de Kassel, hace unos días, comprendí que nuestros destinos, rehenes en trenes diferentes, circulan por un mismo raíl.

Él la abrazó y le besó el cuello níveo.

—Mientras esperaba tu tranvía en la parada de Wilhelms-höhe, después de las conferencias de Kassel, pensaba en la pureza de tu alma, predispuesta a cuidar de mí. ¡No sabes cómo me alegró tu compañía allí!

Hannah le rozó los labios y sintió su mano en el vientre.

—¿Qué podemos hacer, Hannah, salvo abrirnos y dejar que sea lo que ya es? Dejarlo ser de tal manera que la alegría sea como el bramido de un trueno de alegría en nuestra existencia.

—¡Tenía tantas ganas de volver a estar aquí, contigo, en Marburgo! —le confesó ella, besándolo efusivamente.

Las frases se fueron espaciando con la melodía de la sensualidad envuelta en fragancia de papel viejo y un sol primaveral que insistía en fundir el ventanal. Las palabras fueron languideciendo, abandonando el aroma de la semántica, y los gestos y los sentidos se vivificaron hasta el punto de que toda la retórica se deshizo finalmente en gemidos de placer.

Sobre la mesa de Martin, en un lugar privilegiado, estaban los apuntes para las clases del nuevo semestre. Hannah, a medio vestir y descalza, se acercó mientras Martin se recuperaba sobre la butaca de lectura.

—¿Ya tienes avanzadas las lecciones?

—¿Sabes que te tiembla la voz después de habernos entregado el uno al otro?

Hannah se sentó en la silla de trabajo de Heidegger y la arrastró para acercarse a la mesa. No le respondió.

—Algún día seré catedrática de Filosofía —le soltó, con las pupilas dilatadas.

Martin la miró con gravedad. No le gustaba que le usurparan el lugar de trabajo. De hecho, le molestaba. Por este mismo motivo había discutido más de una vez con Elfride cuando esta tocaba una cosa de su despacho de casa. Pero no riñó a Hannah. ¿Cómo podía incomodar a aquella joven que le había abierto la rosa de su vientre y el cerrojo de su corazón?

—En momentos como estos —le dijo Martin— es cuando te revelas del todo. Tu cuerpo se tensa, tu mirada se ensancha, presionada por la fuerza interior de tu deseo, la vida se abre a la reverencia del amor.

Hannah se quedó mirándolo. Estaba desnudo de cintura para abajo y la estampa podía resultar ridícula si no fuera por sus piernas atléticas.

—Estos momentos entre el placer y la felicidad y la despedida vespertina son los que engrandecen nuestra relación.

Durante unos instantes, una sombra siniestra cubrió el rostro de Hannah.

—Estas despedidas me llenan de tristeza y a veces me hacen sentir incómoda. Un pudor inexcusable me acosa al saber que he traicionado a la mujer que esta noche te calentará la cama: tu esposa.

—Eres demasiado pudorosa —observó él, mientras se vestía, de pie—. El verdadero pudor es siempre demasiado pudoroso para acabar convirtiéndose en culpabilidad real.

Parecía como si Martin tuviera prisa por dar por terminado aquel acto. Por el contrario, Hannah se demoraba en la silla de trabajo de su amante.

—Martin...

Se le hizo un nudo en la garganta.

—¿Qué quieres decirme, duende del bosque?

—¿Qué crees que pasaría si tu esposa lo descubriera?

Se le acercó y la besó en la frente.

—¡No sucederá nunca! Eres un regalo solo para mí, y le pido a Dios que cuide mis manos y mi cuerpo para poder cuidarte.

—Entonces ¿siempre será así? ¿Nos veremos solo clandestinamente?

—Mi amor por ti no es incompatible con la vida familiar. En una relación pura y noble como la nuestra, aunque sea furtiva a los ojos de los demás, siempre hay caminos y comprensión para extenderla.

Hannah encajó el beso con tristeza mientras él le musitaba:

—Te doy las gracias por esta flor fragante que guardo en la memoria de un día de mayo de tu joven vida.

Campo de prisioneros de Gurs, Francia, verano de 1940

«Los días que transcurren son de una dureza tal que se te pega a la respiración. Nuestros carceleros, porque hay que llamarlos por su nombre, y no guardias, nos miran con menosprecio, cuando nosotros, ¿qué les hemos hecho?

»No somos refugiados alemanes en Francia. Pensaba que éramos inmigrantes, eso sentía a los pocos días de llegar a este país que históricamente exhibe su revolución libertaria. Ahora puedo decir que somos prisioneros, retenidos, enemigos de los franceses, indignos de su confianza. En Alemania nos quieren eliminar por ser judíos. Aquí, por ser contrincantes bélicos. Hemos dejado atrás nuestra lengua y nuestras costumbres, todo lo íntimo, personal, identificador. Ojalá pudiera ser lo que me siento, una apátrida, una judía que camina buscando su casa sin descanso...

»Nunca habría imaginado que acabaría mis días aquí. Siento la muerte tan próxima y un vacío tan abismal que no me costaría nada colgarme de una viga y alcanzar el poder fantasmal de la no-existencia...»

Hannah estaba sentada sobre una caja en el patio del islote y miraba cómo el cierzo impelía las nubes sobre un cielo azul, pensando en su desdicha. Estaba cansada de ser fuerte, fatigada de luchar contra la vida en vez de colaborar con ella amablemente.

La pequeña Esther casi la acosó, excitada.

—Hannah, Hannah, tenemos una ocasión única de escaparnos de esta alcantarilla. El país es un caos y uno de los oficiales del campo está dispuesto a entregarnos documentos de liberación.

—¿Y adónde iríamos, Esther? Los alemanes ya controlan Francia, la Gestapo nos detendrá y puede que todo sea peor.

La voz de Hannah pesaba como el plomo.

—¿Quieres decir que no tienes intención de salir de este antro de mierda? —le preguntó con incredulidad Esther.

Hannah hizo un gesto de cansancio.

—Sé que estás agotada, como la mayoría, pero ¡es una oportunidad única! ¡Cuando la Gestapo domine definitivamente el campo sí que lo tendremos crudo!

Hannah vio que el cierzo había limpiado por completo el cielo. Lucía tan azul que hipnotizaba.

—Quizá tengas razón, Esther. Tal vez tendríamos que huir antes de que lleguen los nazis. Entonces ya no habrá esperanza alguna.

Esther abrazó a Hannah con afecto.

—Has sido muy útil estas semanas en las negociaciones con las autoridades francesas y sé que te espera un destino importante. El mundo te escuchará con respeto, ¡no puedes rendirte y resignarte a quedarte aquí!

Hannah hipó y lloró. Hacía tiempo que no sentía el calor de un abrazo tan emotivo. Hacía tiempo que no experimentaba ningún tipo de afecto.

—Si me acompañas, te entregarán un visado de liberación, igual que el mío, y podrás venir con nosotras.

Esther le mostraba una hoja con el sello de las autoridades del campo.

—¡Venga, Hannah, acompáñame! Mañana a primera hora abrirán las vallas para las que quieran marcharse.

Hannah la miraba confusa.

—¿Seguro que no es una trampa? ¿No nos estarán esperando los nazis al otro lado?

Esther cruzó los dedos.

—Estoy convencida de que es nuestra oportunidad. ¡O ahora o nunca! ¡Si nos quedamos, solo saldremos de este campo para morir!

Hannah pensó en su madre, que, con suerte, debía de estar resguardada en el apartamento de la rue de la Convention, y en su esposo, Heinrich, del que no sabía nada. Cerró los ojos, aún húmedos, e imaginó que los abrazaba. El calor del contacto le inundó el cuerpo y la revitalizó. Cuando abrió los ojos, descubrió que Esther la estaba abrazando.

Friburgo, Alemania, verano de 1940

¿Existen las revanchas históricas? Martin Heidegger lo sopesaba mientras bajaba los escalones de la Facultad de Filosofía de la Universidad de Friburgo. Estaba resultando un julio bastante caluroso. En Alemania, la euforia de las campañas militares de la Wehrmacht, junto con la calima, hacían correr las jarras de cerveza más de la cuenta.

Francia estaba vencida de todo, y Heidegger entendía que aquello era consecuencia de la superioridad cartesiana de los alemanes. ¡Qué paradoja! Ellos habían sido más cartesianos que los franceses y, además, habían estado a la altura de la metafísica de su propio destino histórico.

En las clases de verano hablaba de Nietzsche y del nihilismo europeo y explicaba a sus alumnos que únicamente el superhombre en términos nietzscheanos podía adecuarse a «la economía maquinal» y, por tanto, era esta la que pedía el superhombre en términos nietzscheanos que únicamente Alemania había sido capaz de forjar.

Había decidido dar una vuelta por Friburgo antes de coger el tranvía para ir a Zähringen, donde residía. Una caminata improvisada, sin destino fijo.

En las calles de la ciudad se respiraba alegría no exenta de preocupación. Muchas personas tenían familiares en el frente.

La guerra es la guerra y, a pesar del sentimiento nacional exacerbado, la muerte es la muerte. La vuelta a casa de heridos y amputados disolvía aquella euforia.

En aquellos momentos trascendentales, Heidegger sabía que el destino más noble de cualquier joven era dar la vida por la patria. ¿Qué expresión vital podía competir contra la sublimidad de participar en el destino de la nación alemana?

Sus hijos, Jörg y Hermann, estaban en condiciones de ser llamados a filas, y eso no lo desasosegaba en absoluto. El valor como expresión de cuidado de la nación era una de las misiones más nobles. Que un hijo muriese por cuidar de la patria no era ningún drama, era una heroicidad y un deber.

Tardó pocos minutos en ir hacia la Adolf Hitler Strasse. Al fondo se veía una de las puertas antiguas de la ciudad, rematada por una torre rectangular ornada con un reloj y, debajo, el escudo de los Habsburgo. Los raíles del tranvía atravesaban la puerta, que lo engullía, y abrían amplias cicatrices en el suelo de adoquines. Los comercios tenían los toldos bajados para protegerse y los tenderos salían con las batas inmaculadas a acompañar hasta la puerta a algunos clientes.

A Heidegger, de vez en cuando, le gustaba mezclarse en el ambiente urbano, aunque prefería la soledad y el silencio de los bosques, la quietud de las montañas.

¿Quién habría dicho que, tras haber acusado al progreso burgués de malhechor de la humanidad desde el ambiente montañés de Todtnauberg, acabaría defendiendo aquel progreso mecánico? La cuestión era que lo que hacía bueno aquel progreso técnico era quién lo empleaba y con qué finalidad. En Alemania no estaba al servicio de los burgueses, sino de los superhombres que el nazismo había engendrado.

Cuando estaba delante de la emblemática zapatería Salamander, una joven que salía lo persiguió. Al principio, no la reconoció. Llevaba un vestido azul vaporoso que le llegaba hasta las rodillas y una cinta a conjunto que le vaciaba la frente. Tenía unas facciones muy germánicas, pero el cabello era oscuro como el hollín. Se llamaba Bertha y había sido alumna suya. En aquellos momentos ocupaba una plaza de profesora en un *Gymnasium* de Múnich. ¿Cómo no se había fijado antes en aquella joven de belleza tan delicada?

—Estoy prometida con un Gruppenführer de las SS. ¡Y nos casaremos cuando acabe la guerra! —le comentó con el rostro iluminado de alegría.

Durante un momento, Martin sintió envidia sana de aquella dicha jovial del amor. También él la había experimentado hacía años.

—Espero que sean muy felices, señorita Braun. Y dígame, ¿qué le pareció mi docencia?

Bertha juntó las manos e hizo un silbido divertido antes de hablar:

—Usted, profesor, tenía una manera distinta de explicar. Reflexionando con usted se alcanzaba una sensación de vacío que, más que desagradable, resultaba pacificadora. Una nada en paz, aquí y ahora.

Martin se emocionó. Bertha había entendido perfectamente su ontología.

—Todo se resume, me gusta confesar en *petit comité*, en la frase «con el ser no hay nada que hacer» —corroboró él con un gesto de intimidad.

—Las clases que recuerdo como excepcionales eran las que versaban sobre Hölderlin. Consiguió que me acercara a su poesía, y a mis alumnos se la recito de vez en cuando.

El profesor de Friburgo no se podía sentir más satisfecho.

Perpetuar la obra de Hölderlin era el resumen artístico de su enseñanza.

—Cuando le escribo a Oskar, mi prometido, que está destinado en París, acabo con un par de versos de Hölderlin —añadió, con aquella sonrisa más primaveral que estival.

A modo de despedida, Martin le besó la mano con una especie de reverencia anticuada. Esperó a que ella se diera la vuelta para seguir caminando por aquella arteria comercial y animada que atravesaba la ciudad antigua, otrora amurallada. Se sentía bien. Sus clases habían encontrado terreno fértil.

Le habría gustado impregnar la universidad de esta trascendencia y espíritu que mostraba Bertha, pero había tenido que dimitir del cargo de rector un año después de que lo nombraran. Los intelectuales no podían comprender, desde su armadura retórica y grandilocuente, la simplicidad del ser. Como había dicho Bertha, por ejemplo. Este sentimiento de vacío. La nada más allá del ser-aquí y tomar partido por el momento.

Si el pueblo alemán, que había pasado siglos inmerso en las bagatelas estériles del arte, había dado un paso firme en la técnica y en el trabajo práctico para apropiarse del presente, había sido gracias al movimiento nacionalsocialista. Aunque este no había sido más que la respuesta del pueblo alemán a la situación crítica de su propia existencia trascendental. El utilitarismo británico, el descafeinado cartesianismo francés y el bolchevismo tenían que rendirse ante la manifestación más pura del ser, que era lo que guiaba a Alemania a la victoria. Martin Heidegger lo tenía claro. Más claro que muchos nacionalsocialistas.

Cuando se dio cuenta, ya estaba delante de la puerta de la ciudad. Las agujas del reloj anunciaban las once y media. Disponía de tiempo de sobra para volver caminando a la universidad y atender la hora de tutoría.

Con pasos ágiles, Martin Heidegger emprendió el camino de vuelta. El sol bañaba los tejados de madera de las casas y en el ambiente se respiraba la fragancia de los bosques de la Selva Negra y de la pólvora lejana de los frentes...

Basilea, Suiza, casa de los Jaspers, invierno de 1949-1950

Si había un hombre amigo de sus amigos, este era Karl Jaspers. Tenía pocos, pero quien entraba en su círculo difícilmente salía de él. Y si Jaspers había trabado amistad con alguien, estos eran Martin Heidegger y Hannah Arendt.

Gertrud entró en casa con la cesta y encontró a su esposo y a la invitada charlando animadamente. Dejó la compra sobre la encimera de la cocina mientras Hannah la seguía con la mirada y el olfato afilado. De la cesta emanaban los aromas de las verduras de invierno que Gertrud había comprado, como el brócoli o la col rizada. También traía salchichas de la carnicería y un corte de Emmental, que era lo que había aguzado el olfato de Hannah.

—¡Veo que os puedo dejar solos! —ironizó Gertrud, señalando la bandeja del bizcocho, del que habían dado buena cuenta.

Hannah sonrió y levantó la taza a modo de celebración.

—No puedes imaginarte lo mucho que se valoran estas cosas sencillas cuando has pasado tiempos de hambre e infortunio —observó sin dramatismo.

Gertrud puso al fuego un cazo de leche.

—Lo supongo. Nosotros, por suerte, no hemos pasado hambre. Sí que nos afectaron los racionamientos del 44, pero siempre hemos tenido comida en la mesa.

—No puedo decir lo mismo, querida. Mi estancia en el campo de prisioneros de Gurs fue más que dramática.

Jaspers, que fumaba y las escuchaba, se metió en la conversación desde el sofá.

—¿Cómo lograste escapar, Hannah?

—¡De milagro! —exclamó ella con una sonrisa agradecida e irónica a la vez—. Y gracias a la confusión que se vivió con la derrota francesa. Salimos decenas de mujeres con lo puesto y el cepillo de dientes. Fui hacia Montauban, al norte de Tolosa. Casi trescientos kilómetros a pie, caminando noche y día, con la angustia de ser detenida por los de la Gestapo o por los franceses.

—Podrías haber ido a España, estaba más cerca el País Vasco —la interrumpió Jaspers.

Hannah lo miró con incredulidad.

—¡Por Dios, Karl! En España había un régimen fascista y antisemita que denunciaba la conspiración judeomasónica de las izquierdas. Eso habría sido salir del fuego para caer en las brasas. La intención era reunirme con mi amiga Lotte Klenbort en Montauban, y desde allí tratar de encontrar a mi esposo, Heinrich, para salir de Europa juntos.

—Tengo entendido que el alcalde de Montauban era contrario al Gobierno títere de Vichy y tenía una especie de pequeño estado dentro del Estado francés, ¿no es así? —le preguntó Jaspers, cruzando las largas piernas.

—Cierto, Karl, ¡muy cierto! De ahí que se convirtiera en un punto de encuentro y de refugiados. Se asignaban casas vacías y se distribuían alimentos básicos para los desplazados. Incluso cubrieron de paja limpia la plaza del Ayuntamiento para que durmieran allí, y se podía circular por la ciudad en unos autobuses públicos gratuitos.

—Puedo imaginar la penuria por la que pasaste, Hannah, como todos nuestros hermanos judíos —observó Gertrud, que partía un trozo de bizcocho con el cuchillo.

—La historia está en deuda continua con el pueblo judío, Gertrud, pero eso no implica que queramos olvidarlo todo para convertirnos también en verdugos de otros pueblos.

—Lo dices por Palestina, supongo —declaró Karl, soltando una bocanada de humo.

Un silencio llenó la estancia. Hannah chasqueó la lengua y se aclaró la voz.

—No sería franca si no te dijera que, si en un primer momento valoré la viabilidad, no me atrajo esta posibilidad. Y si quieres un porqué, dado que aquí me siento como en casa, intentaré resumirlo con una pregunta: ¿crees que un Estado maduro puede nacer de gente llena de prejuicios por su injusto padecimiento persecutorio?

Jaspers y Gertrud se miraron con complicidad.

—Lo comprendo, porque por una razón muy similar no he querido seguir en mi país —sentenció Jaspers—. Me niego a convertirme en el héroe de una nación que llorará durante mucho tiempo sus crímenes. No me veo con ánimos de vivir mis últimos años así, glorificado por la expiación del fanatismo que llevó a aquella panda de gamberros al poder.

—¿Y tu esposo? ¿Pudiste encontrarlo, al final? —preguntó Gertrud.

—¡Sí! Después de remover cielo y tierra y de enviar telegramas a campos de prisioneros y cárceles, un día cualquiera, mientras paseaba por la calle mayor de la ciudad, me tropecé con él. Había acabado allí, como casi todo el mundo. Fue precioso, Gertrud. Nunca he sentido tanta alegría. Jamás. Ni creo que pueda volver a experimentar lo que sentí en aquel abrazo.

—¿Quieres un café para celebrarlo de nuevo? —le ofreció su anfitriona, contagiada de aquella alegría.

—No, no, gracias. Fue maravilloso encontrarnos de aquella manera tan inesperada después de tantos infortunios. Primero nos instalamos con Lotte y su familia, y después en un pequeño estudio muy soleado y céntrico. Allí nos recuperamos de las últimas adversidades, y después de muchos días volví a experimentar la seguridad, a pesar de que el Gobierno de Pétain y la Gestapo eran una amenaza terrible.

Hannah se detuvo. Lucía una sonrisa benigna y los ojos le chispeaban de emoción.

—Y ahora viene la segunda parte mágica: con la ayuda de mi primer esposo, Günther, que había emigrado a Carolina del Norte, conseguimos unos visados para Nueva York.

—Donde había una importante comunidad judía y organizaciones sionistas —apuntó Karl.

—Sí, cierto, pero no solo eso nos llamó la atención. Nueva York era una ciudad cosmopolita, sin nacionalidades ni razas. La única identidad era la moneda. A mi esposo, comunista convencido, ir a la cuna del capitalismo no lo inspiraba del todo, pero necesitábamos rehacernos en un sitio donde no hubiera raíces que centrifugasen, un lugar de apátridas. Sabíamos que compañeros como Horkheimer o Adorno estaban instalados allí...

—No debió de ser fácil conseguir esos visados, supongo. ¡Y no me explico cómo no se agilizó más la concesión ante la amenaza cruel de los campos de exterminio! —se sulfuró Jaspers.

—Para conseguir los visados nos trasladamos a Marsella. Este era el punto idóneo para tramitar el papeleo que exigía el Gobierno de Vichy, y el puerto desde el que se zarpaba. Allí se organizaban todos los refugiados que querían emigrar a Estados Unidos. En esa ciudad recibí el visado norteamericano del Emergency Rescue Committee, como personalidad sionista reconocida —Hannah hizo un gesto de grandilocuencia con los brazos y con el cuerpo—, y Heinrich por ser mi esposo. Solo se aprobó una de cada cuatro solicitudes presentadas aquel verano.

Jaspers se levantó. Era muy alto y tenía un buen físico, a pesar de la edad. Sentía una dilección especial por Hannah. La admiraba. Uno de esos extraños casos en los que el maestro admira al alumno. Dio una calada intensa y se colocó detrás de Gertrud, posándole las palmas sobre los hombros.

—¿Estás a gusto en Nueva York? —le preguntó.

—Sí, Karl. Me sorprende el pragmatismo consumista de los americanos, la ley del dólar, pero, por otra parte, me siento en una especie de tierra nueva, donde no es necesario arraigarse para vivir y ser una ciudadana. Quizá Heinrich se sienta más violento, por sus convicciones comunistas. Pero lo considero el lugar idóneo para acabar mi ensayo en curso, como ya te anuncié por carta: *Los orígenes del totalitarismo*.

—¡A ver si acabáis los dos profesando el capitalismo como sistema idóneo de las democracias representativas! —exclamó Jaspers en tono jocoso.

Hannah sonrió y negó con la cabeza. Para ella, el capitalismo monopolista, que era hacia donde avanzaba la economía americana, era una muestra más de totalitarismo.

Gertrud aprovechó que Jaspers había retirado las manos de sus hombros y puso la verdura a remojo en una palangana.

—¿Quieres que te ayude con la comida? —se ofreció Hannah.

—No, gracias. Prefiero manejarme sola en las tareas domésticas. Mejor siéntate y charla con Karl de filosofía, ahora que por fin coincidís físicamente.

Hannah no insistió ante la naturalidad y sinceridad de la anfitriona.

—¿Te apetece dar una vuelta? Me gustaría estirar las piernas —propuso él.

—Me parece una idea excelente.

Se vistieron con abrigo y gabardina y salieron a la calle. Hacía bastante frío. Se veían regueros de hielo en los canalones de los tejados.

Jaspers tenía un paso muy largo, pero lento.

—Y bien, ¿al final visitarás a Heidegger en Friburgo?

Se había cuidado de no formular aquella pregunta delante de Gertrud. Solo hablaban de él cuando estaban solos. Quizá porque Karl era de los pocos que conocían la relación que habían mantenido Hannah y Martin.

—¿Sabes qué, Karl? ¡Estoy hecha un lío! Por un lado, me gustaría verlo y hablar con él, por otro, me da náuseas. ¿Cómo pudo llenársele la boca con la esencia y apoyar a Hitler?

—Quizá hablar con él te aclare esa duda.

—De momento, las pocas cosas suyas que he leído me parecen de un patetismo increíble. Lo veo solo, náufrago en la isla del Ser, atento únicamente a su propia retórica.

—Que como personaje sea patético no significa que deje de ser un pensador extraordinario. No he conocido a nadie que se haga preguntas con la misma profundidad que él.

—No sé qué haré, pero creo que acabaré desistiendo de visitarlo.

—Qué bien escondida tenía la relación —se sinceró Jaspers—. Cuando estabas haciendo el doctorado conmigo en Heidelberg, me preguntaba por Löwith y por otros alumnos que había tenido en Marburgo y Friburgo, pero casi nunca por ti.

Hannah no le respondió. Martin, a medida que avanzaban

los meses de relación clandestina, la iba destripando. Se escabullía de cualquier clase de compromiso definitivo y la relegaba frente al trabajo, hasta el punto de que pasaban semanas sin verse. La acritud del profesor quebró finalmente el falso ornamento de su labia. La gota que colmó el vaso fue la desaparición «por trabajo» de Martin durante más de dos meses. Ella resolvió romper aquella tragedia malévola vestida de inocencia. Fue duro, pero necesario...

Marburgo, Alemania, enero de 1926

—Pero no puedes destruir esto, Hannah, porque no había nada entre tú y yo; solo el hecho más elemental de ser el uno para el otro, sin turbaciones ni deseos, tan plenamente relajado y bello, tan extremadamente puro y cimentado en el cuidado mutuo.

El vaho desazonador que salía de la boca de Heidegger no parecía inquietar a Hannah. Tampoco la teatralidad de sus gestos. Y mucho menos sus palabras. Se había aislado en un vacío espacial durante unos días para anunciarle la ruptura. Era consciente del poder de persuasión de Martin, de su hipnosis, que no solo utilizaba en las aulas, y que lo convertía en el profesor más solicitado, por delante del propio Edmund Husserl.

Martin Heidegger se había levantado, nervioso, del banco, cerca del estanque del Alter Botanischer Garten, un jardín de casi cuatro hectáreas administrado por la universidad. Ella, encogida por el frío dentro del abrigo de lana gris y con el cuello protegido por una bufanda amarilla, lo miraba, impertérrita. No había buena visibilidad. La luz legañosa de la luna apenas se reflejaba en los metales y en la sombría agua del estanque.

—Te quiero plenamente, Hannah, tal como eres y seguirás siendo con tu historia. Solo la fe como fe en el otro es amor verdadero y puede acoger el tú. No puedes acabar esto, el legado al que el amor dé lugar. Espero que solo se trate de un despropósito de mi traviesa ninfa del bosque.

Hannah sintió un escozor intenso al oír aquellas palabras. ¿Cómo podía aquel ególatra pensar que se trataba de una simple ocurrencia?

—No es ninguna broma, Martin —protestó ella, tensando el cuerpo dentro del abrigo—. ¿Dices que me quieres, que soy la clave de tu verdadera felicidad, y me abandonas durante meses? ¿Eso es amar, Martin? ¿De verdad?

—Sé que mi amor te exige, que hay sacrificio. Aseguras que te he olvidado y no es cierto. Te relegué porque la profesión me lo exigía, y lo haré cada vez que el trabajo me lo pida. Sabes que tengo el manuscrito de *Ser y tiempo* casi terminado, me tienes que ayudar a hacerlo realidad, y también sabes que preparo las clases y las conferencias con rigor y dedicación.

Heidegger había aparcado el nerviosismo y le hablaba como si estuviera en la tarima del aula.

—Alejarse de todo lo que es humano, romper relaciones, es lo más grandioso que hay como acto creativo. Y este aislamiento consciente y necesario de la creatividad no puede disculparse, se debe preservar de sentimientos debilitantes de culpa u omisión. El aislamiento consciente y voluntario, ineluctable y fecundo desde el punto de vista creativo, no puede generar violencia en los seres humanos, sino que debe ser entendido por los más fieles e íntimos, aceptado sin fisuras como muestra de la grandeza vivencial del ser-con.

Cada vez hacía más frío, pero ninguno de los dos lo notaba. A Hannah le entraron ganas de marcharse al oír su perorata. Decidió exponer por última vez los agravios, más para cortarle el discurso que para justificarse.

—Mira, Martin, quizá para ti sea normal aislarte de la persona a quien amas, pero yo no pienso igual. Has pasado dos meses en Todtnauberg con tu familia, después, quince días en casa de Husserl en Friburgo, luego unas semanas en tu pueblo natal, Messkirch, y por último un par de días en Heidelberg con Karl Jaspers. Y en todo este tiempo solo cartas, misivas, lo más espaciadas posible, y ninguna cita.

Martin iba a interrumpirla, pero ella lo hizo callar con un gesto enérgico de la mano.

—Déjame hablar, por favor, y escúchame. Quiero que sepas que no te reprocho el sacrificio que dices que me has obligado a hacer. Lo he hecho todo porque he deseado y querido, pero estoy harta de la clandestinidad y no puedo inmolarme de por vida por una relación así. Quiero dejarlo. No te causaré ningún problema. No contaré a nadie nuestra historia. Te juro que quedará sellada bajo esta memoria y bajo esta piel.

Heidegger se sentó otra vez a su lado. No la rozó. Estiró las piernas y suspiró profundamente.

—Con independencia de ti y de mí, de lo que es definitivo entre nosotros, tú escoges ahora dejar de vernos, destruir lo que hemos estado cuidando con nuestra alma.

Hannah apretó los dientes y se esforzó por no responderle.

—Me hacía mucha ilusión este encuentro. No esperaba este anuncio tácito de ruptura, pero, como siempre, dejo volar las expectativas y pongo la fe en lo nuevo como manifestación de la frescura que debe experimentar el ser-aquí. No quiero comprenderlo como un nunca más, sino como un acto de fe necesario en la verdadera llama de nuestro amor, que revivirá en la soledad y el frío de no sabernos cerca.

—Puedes interpretarlo como quieras, Martin, pero no quiero que nos veamos más a solas. Incluso creo que no asistiré este semestre a tus clases.

Aquello se le clavó como una punta en la planta del pie. Una cosa es que no quisiera verlo más de forma íntima, y otra muy diferente que lo rehuyera como maestro.

—Quizá sea lo mejor para los dos —concluyó, herido en el orgullo.

—Sí, Martin, seguro que sí, y estoy decidida a escuchar a un sabio de verdad, nada arrogante y totalmente llano, como Edmund Husserl —le confesó, con cierta malevolencia.

Entonces Heidegger, el hombre que convivía con las temperaturas más rigurosas en su cabaña de Todtnauberg, sintió que el frío le calaba. La ofensa más grande que se le podía hacer no era rechazarlo o prescindir de él como amante, sino menospreciarlo como profesor. «¿Cómo se atreve esta joven a renunciar a mis lecciones? ¿Cómo puede Hannah Arendt permitirse el lujo de no asistir a mis clases?», se preguntaba, indignado.

Friburgo, Alemania, noviembre de 1944

Mientras escuchaba a Edith Axenfeld, también llamada señora Picht, tocar la sonata en la mayor de Schubert, Martin había dejado de pensar en la guerra y en la compañía de asalto a la que había sido movilizado, como todos los alemanes veteranos y adolescentes, para defender el territorio alemán.

Allí estaba la esposa de su amigo Georg Picht, sentada delante del piano de cola Bechstein, la chimenea avivada por troncos de castaños secos, deslizando sus finos y blancos dedos sobre las teclas, ajenos a todo, conmovidos por la magia del arte y de la música.

—Esto no podemos hacerlo con la filosofía, Georg —ensalzó Heidegger, absolutamente fascinado por la pieza.

La señora Picht sonrió complacida por aquel halago. Llevaba el cabello negro recogido hacia atrás en una especie de moño que sacaba a relucir sus facciones angulosas y germánicas.

—El bombardeo aéreo de los aliados no nos ha quitado la capacidad artística. Usted, señora, es capaz de tocar esta sonata como si nada.

—Quizá las bombas aliadas hayan borrado la Münsterplatz, pero no conseguirán aniquilar a Schubert —observó Georg con solemnidad.

Los dos hombres estaban sentados en dos butacas en el espacioso comedor de los Picht. El mobiliario era de estilo Bieder-

meier, como el de los Heidegger, herencia de la familia de Elfride, el cual otorgaba un aire antiguo que el cortinaje y el papel
de las paredes moderaban.

Edith se levantó. Tenía una figura esbelta que la falda larga
estilizaba aún más, y movía los brazos delgados enérgicamente.

—¿Cree que perderemos la guerra, señor Heidegger? Georg
aún tiene esperanzas.

—Será lo que deba ser, Edith, con el ser no se puede hacer
nada.

—Así pues, ¿usted no da la guerra por perdida? —insistió
ella, que se sentó en una silla de respaldo alto con la columna
tensa.

—No he dicho eso, señora. No puedo prever la voluntad
del ser.

—Entonces ¿está insinuando que hay un ser nouménico que
manipula las circunstancias?

—Tampoco es eso —precisó Heidegger, con una cordialidad
sincera y una risa enigmática—. Nuestra misión, la del ser-aquí,
es ser justamente en este momento. No podemos saber nada más
allá de la realización consciente presente.

Edith miró a su marido, que acariciándose la barbilla con la
mano derecha los escuchaba atentamente y no daba pistas de
querer intervenir.

—Este es un momento trascendente de nuestra historia,
como país y como individuos. Si el ser acaba manifestando la
victoria aliada, nosotros deberemos asumir el ser-en-esa-cir-
cunstancia, porque el ser también erra. Hay un errar del ser que
dificulta a veces nuestro entendimiento.

Edith tiró la toalla. Entender a Heidegger le resultaba difícil,
y las circunstancias eran bastante evidentes: los franceses estaban
ocupando Friburgo, los angloamericanos la bombardeaban, los

frentes occidental y oriental avanzaban hacia Berlín y el ejército alemán reculaba y se rendía hasta el punto de que Hitler había hecho un llamamiento para movilizar a civiles de edades avanzadas y a muchachos.

Por más que el amigo de su esposo hablara del ser, la evidencia era que estaban perdiendo la guerra y, si no ocurría algún milagro, pronto tendrían que capitular.

—¿Has pensado en proteger tus manuscritos? —le preguntó su colega.

—Sí. Creo que el lugar más seguro es Messkirch, donde mi hermano, Fritz, podrá cuidar de ellos. Mi pasado como rector y militante nacionalsocialista podría complicar las cosas en caso de derrota.

—¿No has pensado alguna vez que quizá te hayas equivocado?

Martin hizo un gesto de no comprenderlo.

—Es decir —se explicó el anfitrión—, ¿te has parado a pensar que Hitler ha ido más allá de lo que es realmente Alemania, nuestro país? Por ejemplo, el hecho de querer invadir Rusia.

—No tienes que verlo como una invasión territorial, sino ideológica. La amenaza bolchevique es una agresión al ser, una deformación infundada de la reacción contra el utilitarismo industrial burgués. Es alienación y violencia porque no deja ser.

Georg se aclaró la voz con un carraspeo antes de intervenir.

—Tampoco el nacionalsocialismo ha sido demasiado prudente con el dejar ser y la no-apropiación que tú postulas.

Aquella observación del profesor Picht ensombreció el rostro de Heidegger.

—Si Alemania pierde definitivamente la guerra y es invadida por los bolcheviques y los aliados, la historia habrá perdido una ocasión única de realizarse, de recuperar lo prístino y democrático que había en la Grecia preplatónica, aquella manera de pensar la esencia de actuar y convivir.

—Hablas siempre del ser como una entidad real y nouménica que se escabulle filosóficamente, Martin. ¿Dónde está el ser? ¿Cómo puedo verlo?

—El ser se desvela y se oculta constantemente. El lenguaje es la casa del ser. En esta morada habita el hombre.

Edith los interrumpió con un paseo de los dedos por el teclado del piano.

—¿Saben ustedes que hay una dama ajena a su profundidad filosófica, profesores? —los interpeló con un tono fingidamente amenazador.

Martin sonrió ampliamente ante aquella interrupción.

—¡Tienes mucha suerte, querido colega, con tu esposa! Cuídala —manifestó, haciendo un gesto afirmativo con la cabeza.

Todtnauberg, Alemania, abril de 1928

Nadie es libre de verdad cuando aún no ha experimentado el cautiverio. Al fin y al cabo, es muy sencillo: ¿cómo se puede ser libre si no existe la cautividad?

En el valle de Todtnauberg cualquier ser se sentiría libre sin conocer la cautividad. Este se abre entre los bosques de abetos y hayas como un oasis de paz verde en medio de una torrentera de árboles inmensos y leñosos. Las panorámicas son extraordinarias siempre que la niebla, que flota repentinamente durante todo el día, permita enfilar la mirada más allá.

Martin Heidegger paseaba por el caminito, fangoso por las lluvias, que rodeaba el valle donde se alzaba la cabaña de madera de seis por siete metros de planta, el lugar idóneo para retirarse a pensar. Llegó a la bifurcación donde se elevaba un enorme roble solitario y, antes de girar a la derecha, se detuvo para mirar aquel árbol centenario que tantas veces había visto desde que en 1922 vino por primera vez con su familia.

La cabaña no tenía las comodidades de su casa, pero sí las suficientes para vivir allí, y, sobre todo, estaba emplazada en un lugar idílico para alguien que necesita silencio y naturaleza para pensar y escribir.

Martin contempló el roble sin prejuicios y lo dejó ser durante un buen rato. El roble era. Dejar que fuera era la actitud correcta del filósofo, permitir que el inmenso árbol se mostrara como es más allá de todos los prejuicios y conocimientos de botánica de quien miraba. Y el roble era.

Hizo un gesto de condescendencia hacia el árbol cuando lo superó para coger el camino de la derecha, que serpenteaba por un bosque más poblado de abetos que de hayas. Por la hondonada lucían los helechos, los castaños medianos y algunos serbales en los lugares más húmedos. A Martin le gustaba dar un pellizco a alguna serba a finales del verano, pero aún quedaban meses para hacerlo; de momento brotaban las flores en medio del delirio primaveral de la Selva Negra.

Caminaba satisfecho. El día anterior había aceptado la cátedra de Friburgo. Aquel era un paso adelante en su carrera. De *Privatdozent* en Marburgo a catedrático en Friburgo había un salto importante y, además, si Elfride daba el visto bueno a la mudanza, estaría más cerca de su amada cabaña.

Los humedales del deshielo imprimían su particular cantinela al silencio montañés, ese ruido de chorros de agua que vivifica, aunque en algunas cimas, como en Feldberg, aún se mantenía la nieve agarrada como un casquete.

Académicamente no podía pedir nada más. Lo habían nombrado catedrático de una de las universidades más prestigiosas y antiguas de Alemania, y hacía muy poco había publicado *Ser y tiempo*, su gran obra sobre el ser, una nueva manera de hacer metafísica que iba más allá del enfoque fenomenológico de su maestro, Husserl. La obra había levantado un gran revuelo académico en el país.

Podía estar satisfecho, ¿no? Además, su esposa lo secundaba en todo y lo servía y lo complacía para que únicamente se dedicara a aquello que hacía excepcionalmente: pensar y escribir.

Lo cierto es que Martin Heidegger no era del todo feliz. ¿Hay que disertar sobre si existe la felicidad completa? Obviaremos toda bagatela que no explique el motivo real de la desdicha del flamante catedrático de Friburgo y daremos un nombre: Hannah Arendt.

Desde que habían roto aquella noche de enero de 1926, habían sucedido muchas cosas: Hannah había dejado de ser alumna de Martin en Marburgo y había cursado el semestre con Husserl. Al curso siguiente se había instalado en Heidelberg, donde Karl Jaspers, un buen amigo de Heidegger, le dirigió el doctorado.

Martin recordaba, mientras iba caminando, los escasos encuentros que habían tenido desde entonces, que, junto con su espaciada correspondencia, demostraban dos cosas: que ella aún no podía deshacerse completamente de él y que, no obstante, la finalidad era liberarse de él definitivamente.

La soledad del camino era una metáfora de la soledad que los acosaba, el uno sin el otro, tan necesaria para la tarea de pensar y de ser. ¿Qué podía ser más beneficioso para su amor que aquella distancia pactada y, muy de vez en cuando, el armisticio de la pasión clandestina?

Tenía ganas de verla y de compartir con ella el nombramiento. Había anunciado a Karl Jaspers su visita a Heidelberg. Se alojaría allí unos cinco días. Sería una buena ocasión para encontrarse con ella.

Alimentó su reencuentro hasta que estuvo en la vertiente empinada que conducía a la parte posterior de la cabaña de madera. La bajó con cuidado, ayudado por un bastón de haya que se había agenciado durante el paseo.

La cabaña estaba enmarcada por una hilera de abetos inmensos. Un zócalo de piedra nivelaba el suelo sobre el que se alzaba respecto del terraplén. Las ventanas de las estancias estaban enrasadas al muro por unos arquitrabes que simulaban unos marcos. Enfiló la escalera de madera hasta la puerta y sintió el olor de la comida que provenía de la cocina de fogones de leña donde cocinaba Elfride. Ni siquiera aquella fragancia le quitó el anhelo de escribir a Hannah para proponerle una cita durante su estancia en Heidelberg.

—¿Ha ido bien el paseo? —se interesó Elfride, que vestía una falda negra con lunares blancos y una camisa blanca debajo de un chaleco negro.

—Esto es el paraíso —elogió él, y se quitó el sombrero.

—Los niños han ido con Oskar a dar una vuelta con su tartana. No tardarán en venir, me ha asegurado que los traería de vuelta a la hora de comer.

Heidegger sonrió ante aquella amabilidad de Oskar, un leñador vecino con el que se sentaba en silencio a fumar en pipa.

—Mientras tanto, voy al estudio a escribir.

Elfride le robó un beso suave en los labios cuando él pasó rozándola. Un beso que le disgustó, porque su anhelo era sentarse y estar con Hannah a través de una carta.

Accedió al estudio desde el dormitorio. Le daban luz dos ventanas, bajo las cuales estaba la mesa de roble con una lámpara, el tapete de escritorio y un secante. Se sentó y cogió una de las tres plumas y una cuartilla. A la izquierda del filósofo, en la pared, había unos estantes de madera sencillos que alojaban unos pocos manuscritos.

Martin Heidegger inspiró profundamente antes de comenzar a escribir y dejó que la pluma se deslizara sobre el papel:

Todtnauberg, 2 de abril de 1928

Querida Hannah:
Ayer acepté la cátedra de Friburgo...

    A medida que escribía el corazón se le calentaba. Escribirle en la intimidad del estudio era como conversar con ella. Y eso lo complacía mucho. Mucho.

Basilea, Suiza, casa de los Jaspers, invierno de 1949-1950

Las despedidas más encomiables son las que se saben definitivas, pero la cena de despedida de Hannah en casa de los Jaspers había rozado la exaltación.

Gertrud había cocinado una sopa de harina, la *Basler Mehl-suppe*, un plato representativo de la ciudad, típico de la fiesta de Carnaval. Después, había guisado unos *rösti* o tortillas aplastadas, sin huevo, elaboradas con patatas ralladas fritas en mantequilla caliente. Eran comidas apetitosas y de posguerra, porque, salvo la mantequilla, el resto de los ingredientes se podían encontrar con cierta facilidad.

Para regarlo, Jaspers había destapado un chianti que le había regalado un colega italiano en un congreso de filosofía y que tenía guardado para una celebración.

Hannah no tenía suficientes palabras de gratitud para sus amigos. Había pasado la Navidad con ellos, que no celebraron por ser judías las mujeres, y se había sentido muy reconfortada.

—Me habéis hecho sentir como en casa, os estoy muy agradecida.

—La próxima vez espero conocer a tu esposo —declaró Jaspers, que tenía pinchado en el tenedor el último trozo de *rösti*—. Si te parece bien, le escribiré mañana, apenas hayas salido de Alemania.

—¡Como quieras, Karl!

Gertrud se levantó. Se había prendido en el chaleco gris un broche de oro con perlas para la ocasión. Herencia materna.

—¡Ahora viene la sorpresa! —exclamó, desapareciendo en la cocina.

Karl Jaspers le ofreció el último culo de vino de la botella a Hannah.

—Esta noche dormiré muy plácidamente —bromeó ella, guiñándole un ojo.

No tuvo tiempo de nada más, porque Gertrud entró con una bandeja que contenía un pastel de manzanas verdes, mantequilla, azúcar y canela.

—No querréis que me quede más en vuestra casa víctima de una indigestión, ¿no?

—¡No seas exagerada! —protestó Jaspers.

—Tengo aún mucho trabajo con el inventario de los bienes judíos europeos. Quisiera terminar lo antes posible y regresar pronto con Heinrich, que, por otra parte, está muy ocupado con mi amiga Hilde. Se está muriendo poco a poco, si es que una se puede morir así —expuso con un dejo de nostalgia.

—¡La muerte lenta! —exclamó Jaspers, con la boca medio cerrada.

—Lo he podido intuir, Karl, durante este periplo, pero saberte físicamente enferma es un añadido muy duro. En Gurs estaba hambrienta y me sentía sucia, pero mi cuerpo estaba sano...

Gertrud cortó el pastel y se lo sirvió, riñéndolos:

—¡No llaméis a la muerte cuando estáis a la mesa! Eso decía mi abuela paterna.

—Tienes razón, querida —admitió Karl, acariciándole la espalda. Y, a continuación, se dirigió a Hannah—: Te queda aún una buena vuelta por Alemania, ¿no?

—Wiesbaden, Heidelberg, Baden-Baden, Kassel, Marburgo y quizá Friburgo.

—¿Quizá? —dudó Jaspers, con una risita malévola.

Hannah engulló un trozo de pastel y no le respondió. Degustó el postre y felicitó a Gertrud.

—¡Está buenísimo! ¡Me encanta!

Jaspers, a quien el vino había aflojado la lengua, insistió:

—¿No sabes si irás a Friburgo?

—Allí no hay demasiados bienes que inventariar. Si veo que voy bien de tiempo, pasaré por ahí, claro, pero preferiría volver lo antes posible a Nueva York.

El tono de Hannah había sido serio y triste, marcadamente melancólico en el contexto general de aquella cena de despedida.

—Te acecharán muchas emociones durante esta travesía, querida Hannah. ¡Especialmente, así lo espero, en Heidelberg!

Esta vez Hannah esbozó una sonrisa tímida.

—Fui muy feliz en la Universidad de Heidelberg bajo tu tutela doctoral.

—*Omnia vincit amor* —declamó Karl, citando a san Agustín, el protagonista de la tesis doctoral de Hannah.

—Una cita de san Agustín que en realidad es de Publio Virgilio Marón.

—Una máxima —sentenció Jaspers con ceremonia— que resume la vida.

Messkirch, Alemania, diciembre de 1944

Dos días después de visitar a los Picht, y aprovechando que la Universidad de Friburgo le había concedido un permiso para ordenar sus manuscritos y ponerlos fuera de peligro, Martin Heidegger llegó a Messkirch, su pueblo natal. El país comenzaba a ser un verdadero caos, pero había que resistir hasta el final, vociferaba Adolf Hitler, que había impuesto la orden de castigar con la muerte a disidentes y desertores.

¿Qué mejor lugar para resguardarse y preservar algo importante que en los orígenes, cerca, de forma metafórica, del útero materno? Martin lo tuvo claro enseguida: el lugar más seguro para los manuscritos era su pueblo natal.

Messkirch no era Todtnauberg. Solo en este último lugar, y solo cuando un temporal de nieve bramaba sobre la cabaña, era el tiempo maduro para la filosofía. Pero allí había alguien muy especial: su hermano pequeño, Fritz.

Martin, que había llegado en tranvía y con dos maletas llenas de manuscritos, tomó la calle principal, que, como una cicatriz, hería la pequeña ciudad de norte a sur, hasta alcanzar la espaciosa plaza de la iglesia de San Martín, un ejemplo impresionante del Barroco del sur de Suabia. A espaldas de la iglesia se alzaba, aún orgulloso, el palacio de los condes Von Zimmern, de estilo renacentista. El jardín del palacio se convertía en una especie de frontera a campo abierto. A la izquierda de la iglesia se alzaban tres casas adosadas. La del medio era la del sacristán, el padre de Martin, que había bautizado a su hijo mayor con el nombre del patrono de la iglesia.

Dejó las maletas a unos metros de su casa natal, la vivienda del sacristán, y se quedó absorto, rememorando su infancia.

Las imágenes de los inacabables partidos de fútbol en aquel espacio entre la iglesia y el palacio o las guerras con espadas de madera y palos con los niños de Göggingen, el pueblo de su madre... La figura de su padre, un hombre silencioso y prudente, y muy trabajador. Fritz y él lo ayudaban a limpiar la iglesia todos los sábados, a cambiar los cirios consumidos y retirar las telarañas de las imágenes y de los rincones con un plumero atado a un palo largo. También hacían de monaguillos, y él ardía en deseos de hacer oscilar el incensario, mientras que Fritz prefería hacer sonar la campanilla en el momento de la consagración.

La voz aguda y alegre de su hermano, a quien encontró por casualidad, lo hizo volver en sí:

—¿Aún eres capaz de quedarte quieto mientras piensas, como cuando te parabas un buen rato a seguir el vuelo de la pelota cuando chutabas?

Fritz se acercó a él para ayudarlo con las maletas. Llevaba una boina negra echada hacia atrás, de manera que de la cabeza asomaba un flequillo rubio.

El abrazo fue intenso. Podrían estar los dos muertos y, sin embargo, seguían en pie.

—¡Me alegra mucho verte otra vez, Martin! ¿Qué llevas en estas maletas? —se quejó al levantar una con un tímido tartamudeo, porque Fritz padecía de tartamudez desde jovencito.

—Son manuscritos que quiero que me guardes. Si por ventura los aliados o los rusos me detienen por haber sido nacionalsocialista, quiero que estén a buen recaudo. Son el fruto de mucho trabajo y esfuerzo.

—¿Qué tal Elfride y los chicos?

—Ella, triste y descompuesta por el resultado de la guerra y todo eso. Ellos, en el frente, como todos los jóvenes que aman este país.

Fritz iba delante con una maleta y Martin lo seguía. De golpe, y antes de entrar en la casa, rememoró:

—¿Recuerdas cuando aquel gigante de Göggingen te hizo un corte en la cabeza de un golpe de espada de madera? Fue allí mismo. —Señaló el jardín del palacio.

Fritz se llevó la mano a la cabeza, inconscientemente.

—¡Claro que me acuerdo! Mamá se alarmó al ver el chorro de sangre. Y también recuerdo que tú me vengaste y le diste una buena paliza.

Martin sonrió.

—Sí, me sacaba un palmo, pero le di una buena tunda a aquel cabezudo.

Pasaron por delante de la casa que había sido de sus padres y no tardaron mucho en llegar a la que Fritz se había comprado allí cerca con su sueldo de banquero.

Era sencilla, pero transmitía su carácter alegre. Martin soltó la maleta en el suelo del comedor y se acercó a la estufa de leña para calentarse las manos. Fritz la cogió con el brazo libre y la dejó, junto con el resto de equipaje, en un dormitorio vacío.

Cuando volvió al comedor, su hermano seguía con las manos al lado de la estufa. Fritz se quitó la boina, la dejó caer sobre una silla y se sentó en una butaca.

—¿Sabes una cosa, Martin?

—Dime, Fritz.

—¡Por aquí se rumorea que soy yo quien escribe tu obra filosófica!

Martin se volvió y lo miró con incredulidad.

—¡Tu fama de buen escritor de discursos te precede, Fritz!

El hermano pequeño se rio.

—No había martes de Carnaval sin un discurso mío. Y lo más gracioso es que al pronunciarlos casi no tartamudeaba.

Martin asintió con la cabeza y se sentó a su lado, en otra butaca. Los dos miraban hacia la estufa de leña.

—¿Quieres fumar? —le preguntó Fritz.

—No, pero me tomaría un té de roca de buena gana.

Fritz se levantó y colocó un cazo de agua sobre la estufa de madera. Se sentó de nuevo, dejándole tiempo al agua para calentarse.

—¿Sabes cuál es el verdadero secreto de las palabras, Fritz?

Este hizo un gesto de negación.

—«Lo que es imperante de la palabra centellea como la cosificación de la cosa en cosa» —pronunció Martin con solemnidad.

Fritz masticó aquella frase, una de las muchas muestras de profundidad semántica de su hermano mayor.

—¿Sabes qué digo yo al respecto, Martin? Que el tiempo que pasaste en la Konradihaus, en el seminario, te afectó muchísimo. Cuando me preguntan por mi hermano mayor, el filósofo de Friburgo, les respondo que aún es aquel monaguillo que estudia teología y mística del pensamiento.

Martin chasqueó los dedos.

—¡Abandoné la fe y la teología hace años, hermanito!

—¡Nunca te has librado del todo, Martin! —protestó Fritz, serio—. *Ser y tiempo* no dista tanto de la *Suma teológica*.

Martin lo miró con gravedad.

—¿Desde cuándo el banquero de la familia es un filósofo?

—Desde que te ayudo a mecanografiar los textos, ya hace cinco o seis años, y te leo.

Martin entregaba manuscritos de vez en cuando a su hermano para que los mecanografiara y los revisara, puesto que Fritz tenía una inteligencia proverbial que tanto labraba los bancales de los números como los de las letras.

—Eres un hombre inteligente, Fritz.

El hermano pequeño no se sintió halagado. Era un hombre sencillo y maduro que daba importancia a lo que tenía, pero valoró el comentario de su hermano catedrático.

—¿Qué pasará cuando acabe la guerra, Martin?

—Por ese motivo he venido a dejar los manuscritos aquí.

—¿Crees que corres peligro?

—Todos corremos peligro hoy en Alemania. Todos, Fritz, todos. A mí seguramente me privarán del cargo de profesor, en el mejor de los casos, y quizá me detengan y me encarcelen por ser militante del NSDAP. Y, en última instancia, siempre está la muerte. Pero como has debido de leerme, la muerte no es el final de la vida: el ser-para-la-muerte no nos espera como última hora, sino que está dentro de nuestra vida.

Fritz resopló. Se levantó y metió el meñique en el cazo.

—Aún le falta un poco —constató.

—Lo que más rabia me da, Fritz, no es perder la guerra, sino la ocasión de dar verdadero espacio de realización al ser, volver al modelo de los hombres servidores de la esencia, de los trabajadores que cuidan de la vida de sus conciudadanos.

El hermano pequeño se había quedado de pie delante de la estufa.

—Si quieres no me respondas, Martin. ¿Aún crees en Hitler?

Este lo miró con severidad.

—¡Claro! Alemania jamás había experimentado una metafísica política más renovadora que con el Führer. Nunca antes este pueblo de poetas y pensadores, de juglares y músicos, se había realizado en el ser-aquí con la plena convicción del momento y la trascendencia del acontecer como con Hitler.

Fritz calló y lo miró de reojo con una mezcla de tristeza y pena. Sabía que su hermano mayor no estaba de acuerdo con la mayoría de las atrocidades de Hitler y de su camarilla. Estaba convencido de que era un nacionalsocialista ideológico, que convertía en pensamiento el contenido político. Sabía que había visto en el movimiento una oportunidad para salvar a Alemania y su universidad. Fritz conocía a su hermano mayor.

—¿Quieres saber qué pienso, Martin? —Este tenía la mano derecha en el mentón y miraba la estufa—. Que Hitler y su camarilla de locos han llevado a nuestra amada Alemania a la ruina y al desastre más grande de la historia, y que algún día, que no tardaremos en ver, el mundo nos juzgará como unos bárbaros y unos asesinos inconscientes, y lo apostillo —aseveró Fritz sin tartamudear.

Berlín, Alemania, invierno de 1932-1933

En diez mil años de historia de la humanidad, entendida como tal, el mundo no parecía aprender de los episodios de muertes cruentas y fanatismos homicidas. Hannah no podía creer lo que le contaban de Martin Heidegger, aquel hombre al que aún amaba en el rincón más íntimo de su corazón, a pesar de estar casada con Günther. El profesor que había forjado en ella una manera muy concreta de aproximarse al pensamiento y de vivir el amor.

¿Podía Martin excluir y ningunear a sus alumnos y colegas judíos? ¿Se había dejado llevar por aquel discurso fanático y tramposo del nacionalsocialismo que detrás de la proclama de la sangre y de la tierra disimulaba una egolatría hedonista, supersticiosa y superficial? ¿Era aquel el nuevo suelo y espacio que él podía crear para la filosofía?

En la Alemania de 1932, ser judío era un problema muy serio. Algunos aún no querían verlo. Hannah estaba con los que anticipaban sin lugar a dudas que Hitler se haría con el poder y que su pueblo peligraba.

Su esposo, Günther, estaba de acuerdo, aunque quizá no tuviera un convencimiento tan claro. Él había volcado su interés en la erudición y en la escritura, a la vez que militaba en las filas comunistas. El ideal marxista iba más allá de las predeterminaciones de raza o religión.

A Hannah, que entonces escribía artículos y militaba con los judíos, el auge del NSDAP como espacio político le preocupaba. El tema del poder era clave en filosofía.

El frío berlinés era más soportable que la atmósfera política. La Potsdamer Platz estaba cubierta por un velo de nieve muy fina y helada que adquiría un efecto especial en el tejado en forma de cúpula de los almacenes Wertheim. Hannah se asió al brazo de Günther porque los zapatos le resbalaban. Él calzaba unas botas con suela de goma que se agarraban al suelo con más seguridad.

Habían llegado a la bulliciosa plaza en metro y su destino era la cervecería Siechen. A contraluz de las altas farolas se veían los diminutos copos de nieve, insuficientes para amedrentar al imponente edificio que alojaba una de las cervecerías más emblemáticas de la ciudad.

Antes de cruzar la puerta del establecimiento, Günther se rascó el bolsillo y sacó un billete de veinte y dos monedas de marco imperial. Miró a Hannah con una sonrisa triste.

—No es mucho, pero podremos tomar una cerveza.

La pareja pasaba dificultades económicas. No tenían trabajos estables, en especial él, e iban tirando como podían gracias a los artículos y escritos de ella.

La luminosidad y la decoración de madera clásica del local transmitían bienestar. Costaba admitir, allí dentro, que Alemania había padecido la hiperinflación de Weimar.

Se sentaron a una mesa redonda que había dejado una pareja y se deshicieron de los abrigos. Hannah se quedó mirando el artesonado de madera y las luces colgantes en forma de pecho invertido.

—¿Te preocupa algo, Hannah?

Günther le había puesto la mano sobre la suya, que tenía

encima de la mesa. Lo miró en silencio. Examinó su fisonomía. Descendió desde el brillante cabello castaño, pasando por una frente estrecha, hasta unos ojos vivos detrás de las gafas redondas. En ellos, leyó preocupación e insatisfacción disimulada. Entonces se deslizó por su nariz aguileña hasta los labios estrechos. Y desde allí se dejó caer hacia el mentón anguloso, que le estilizaba la cara.

Günther era muy atractivo. ¿Cómo era posible que no lo amara? Compartían aficiones literarias y humanistas, físicamente le gustaba, entonces ¿por qué no se había enamorado de él, a pesar del tiempo que habían pasado juntos?

Su marido captó su atención de nuevo:

—¿Qué te preocupa? ¿Puedes confiármelo?

—Dudo que quieras saberlo —contestó ella con una sonrisa resignada.

Un desmayo de mirada que Günther supo interpretar.

—¿Heidegger? ¿Te ha escrito de nuevo?

—No —respondió Hannah, mirando al suelo—. Esta vez he sido yo quien le ha escrito para preguntarle si era cierto que perjudicaba a sus compañeros y colegas judíos.

Günther retiró la mano y se tensó levemente. Se quitó las gafas, las dejó sobre la mesa y se frotó los ojos.

—¿Es que no puedes olvidarlo?

Se entreveía cierto rencor en el tono.

—Si te soy sincera, no del todo.

Günther suspiró y se puso las gafas otra vez. Iba a decir algo, pero un camarero los interrumpió para anotar la comanda. Dos jarras pequeñas. Günther habría pedido una mediana o grande, pero no se lo podían permitir. Hacía dos meses que no pagaban el alquiler.

—Puedo comprender que Heidegger te sedujera, igual que

a mí y a muchos otros alumnos, con su hondura vacía. Puedo llegar a entender que tuvierais una historia, movida por la admiración...

Hannah sabía qué estaba a punto de decir y lo interrumpió:

—Pero no puedes entender por qué lo sigo queriendo, ¿no?

—¿Tienes el descaro de confesármelo? ¡Estamos casados!

Günther había levantado la voz y ella lo miraba con gravedad.

—Lo siento, Hannah, pero comprenderás mi descontento con este asunto.

Había hablado con el corazón en la mano. Günther era un buen hombre. Quizá demasiado, pensaba de vez en cuando Hannah, para hacerla olvidar a Martin. No era justo. Lo había utilizado. No podía seguir siendo cruel con él, que sí la amaba.

—No me tienes que pedir disculpas —lo eximió ella, tomándole la mano entre las suyas sobre la mesa—. No he sido honesta contigo, Günther. Te he utilizado para dar celos a Martin y me casé contigo para tratar de olvidarlo.

Günther callaba. Sentía dolor. Y, a pesar de todo, amaba a aquella mujer que se sinceraba con una honestidad desnuda y afectuosa.

—No he podido olvidarlo y te he traicionado. Es la realidad, Günther. Es lo que es. No puedo cambiarlo. Hoy, antes de venir, le he escrito. Hacía mucho tiempo que no lo hacía. Solo quería preguntarle si son ciertos los rumores de su fanatismo. A mí no me mentiría.

—¿Y por qué necesitas saberlo?

Hannah suspiró antes de responder.

—Ya te he dicho que, en el fondo de mi corazón, aún lo quiero.

El ambiente de holganza de la Bierhaus Siechen desdecía de aquella escena, pero los dos eran lo bastante fuertes y sentimentalmente maduros para entender la situación. La aceptación era harina de otro costal, pero entenderlo no era complicado.

—No volvería a vivir con él —reconoció Hannah—, si es lo que te preocupa, pero quizá acudiría a una cita si me la pidiera. No puedo mentirte ni mentirme. Es crudo. Quiero olvidarlo del todo y no puedo. Cuando menos me lo espero, vuelve a mi vida.

El camarero dejó las dos jarras de cerveza y las cobró del billete de veinte que sacó Günther. Este cogió la mano de su esposa y la espoleó:

—Gracias por la sinceridad —dijo, proponiéndole un brindis.

Tenía los ojos rojos, contenía el llanto y levantaba la jarra, disimulando. Hannah estaba inmersa en una tristeza calma.

—Gracias a ti por entenderme —le devolvió el agradecimiento, chocando su jarra con la de él.

Se llevaron las cervezas a los labios al mismo tiempo. Hannah tenía los párpados bajados. Él deseaba que Heidegger desapareciera de la vida de los dos por siempre jamás, y ella continuaba preguntándose si era cierto que Martin se había enceguecido con el mensaje nacionalsocialista. ¿Se contagiaría del odio antisemita y lo proyectaría también sobre ella?

Zähringen, cerca de Friburgo, Alemania,
invierno de 1949-1950

El cuerpo humano es el lugar de la inscripción efectiva de los sucesos históricos. Martin Heidegger pensaba en ello, sentado en la silla de la terraza de su casa, mientras se miraba las manos. Las veía envejecidas, transmitían cansancio y angustia. Esta última había sido una de sus motivaciones ontológicas, la angustia del ser-aquí, el vacío existencial que se abría en una vida consciente de la certeza de la muerte.

Si pudiera retroceder en el tiempo y mirárselas, por ejemplo, en 1930, poco después de ser nombrado catedrático de Friburgo, ¿tendría la misma percepción? ¿Eran aquellas manos las mismas, o era la percepción del ser-aquí en sus vaivenes quien lo experimentaba? ¿Se había impreso el suceso histórico de la caída personal en aquellas manos, o solo era un filtro de la conciencia del ser?

La panorámica de los bosques y montañas en la distancia lo intimidó, y reculó la mirada a su jardincillo, el espacio de esparcimiento que tenía detrás de su casa. Unas escaleras nivelaban el terraplén hasta el pequeño estanque rectangular donde Hermann y Jörg hacían navegar barcos fabricados con cáscaras de nuez. El césped estaba segado y una farola de forja situada detrás de un castaño silvestre iluminaba la mayor parte del jardincillo.

El vértigo de la panorámica. El confort de lo próximo, de lo conocido.

En el fondo, estaba seguro de que Elfride acabaría aceptando aquella traición con Hannah como un regalo, un espacio de libertad donde el amor se manifestara con el consentimiento y cuidado de los tres.

Se sentía satisfecho de haber reparado aquella grave negligencia para con su mujer, a pesar del dolor que le había causado la revelación. ¿Hannah era feliz con su esposo en América, o, como le pasaba a él, tenía vértigo de la panorámica y de tanto en tanto lo recordaba?

El tiempo siempre cincela las aristas de los objetos más contundentes y esparce la compasión como el campesino que siembra el campo de semillas. El amor es un volumen en perpetuo hundimiento y conflicto. Hannah quizá lo recordara. Quizá.

Justo cuando se disponía a entrar, apareció Elfride. Se sentó en silencio a su lado, y las luces del día, como si fueran conscientes de la escena, se aflojaron. Se había puesto la ropa de andar por casa y se había recogido el pelo. Los ojos húmedos la delataban.

—¿Seguro que no has vuelto a verla desde entonces? —desconfió con voz firme.

—Sí, llevamos sin vernos unos diecisiete años.

No se miraban. Tenían la vista fija en el estanque y más allá del jardín.

—¿Qué tenía de especial aquella perra judía? —inquirió, esta vez con rabia contenida.

Martin no respondió. De hecho, la pregunta le molestó. El sustantivo «perra» referido a Hannah.

Elfride repitió la pregunta en un tono más alto y acentuó el sustantivo en cuestión.

Martin se vio obligado a mentir, para que su esposa no explotara.

—Nada especial, Elfride.

Eso la tranquilizó. Aunque fuera mentira. Ya se sabe que la verdad se diferencia de la mentira por el momento y el lugar en los que se formula. En esencia son lo mismo. Palabras.

Oyó que entraba en casa, dejándolo de nuevo solo en el porche. La proliferación de los sucesos desagradables y en especial la privación de la docencia le estaban confiriendo un estado anímico más bien apático. No había sentido aquel vacío personal ni un desánimo tan grande desde su estancia en la Konradihaus de Constanza, el último año de seminario. Por esos días había perdido la fe en Dios. Entonces parecía que había perdido la fe en la vida.

Friburgo, Alemania, febrero de 1950

«¡Si Jaspers supiera que he citado a Martin en un hotel de las afueras de Friburgo, donde pernoctamos aquella maravillosa primavera del amor! ¿Por qué me he mentido y engañado a Heinrich sobre quedar con Martin, si él es un admirador de su obra y no es un marido celoso? ¡Si él mismo me animó a reencontrarme con él!».

Hannah se había alojado en aquel hotelito de estilo colonial y había escrito a Martin para proponerle un encuentro. Había llovido mucho desde su última carta, en 1933, y más aún desde su último encuentro, en 1930.

El destino del amor nunca es desaparecer del todo, sino convertirse en polvo de recuerdo diseminado en la memoria. ¿Cómo podía disiparse una energía tan poderosa? ¿Cómo podían haber muerto aquellas proclamas de amor que habían ido más allá de la muerte y de la vida?

Había conseguido la dirección de Martin en Zähringen, a las afueras de Friburgo, a través de un amigo común, Friedrich. Y no pudo resistirse a escribirle. Le comunicó que lo esperaba en un hotel donde se habían citado en el pasado, lo que era una provocación abierta y desenvuelta.

La cuestión era: ¿él le correspondería? ¿Se avendría a estar con ella? ¿Aún mantenía interés por su «traviesa ninfa del bosque»? Quizá Hannah, para él, ya era agua pasada, una historia archivada y caduca. ¿Y si Martin hablaba mal de ella, como lo había hecho recientemente de Jaspers, el tercer amigo del triángulo? En Wiesbaden se había enterado de que Heidegger ninguneaba al nuevo héroe filosófico de Alemania, el país derrotado.

Fuera como fuese, la mejor manera de probar el destino era tentarlo. Provocarlo. Sin tapujos. Con mucha malicia: un hotel del pasado, una cita al atardecer.

Hannah encendió un cigarrillo y se sentó en el borde de la cama de matrimonio. Se descalzó y puso los pies sobre la moqueta tibia. La carta que había enviado no la recibirían, seguramente, hasta el día siguiente.

Un espejo rectangular le devolvió su imagen, fumando. Hizo un par de posturas para mirarse. «¿Aún le gustaré?». Una vez Martin le había escrito que lo que hacía más grande el amor era la espera. Había sido en una de aquellas cartas bulliciosas de la primera primavera, cuando los dos paseaban clandestinamente su relación por Marburgo.

Hannah se dejó caer de espaldas sobre la cama. Dejó la mano levantada para no agujerear la colcha con el cigarrillo. La espera agranda el amor. Ella lo esperaba, veinte años después, como si hubiese sido ayer.

SEGUNDA PARTE
«Esta velada y esta mañana son la confirmación de toda una vida»
1950-1967

«Esta velada y esta mañana son la confirmación
de toda una vida. Una confirmación, en el fondo, nunca esperada.
Cuando el camarero pronunció tu nombre
(de hecho, no te esperaba, porque no había recibido tu carta),
fue como si de golpe se detuviera el tiempo».

HANNAH ARENDT, CARTA A MARTIN HEIDEGGER
DEL 9 DE FEBRERO DE 1950, DESDE WIESBADEN

Friburgo, Alemania, febrero de 1950

Cuando lo vio, después de diecisiete años, a Hannah se le cayó la venda de los ojos. En el tedio del olvido impuesto, nunca había conseguido olvidarlo del todo. En las sábanas de otros hombres nunca había extraviado su perfume. En las conversaciones serenas con sus dos esposos nunca se había extinguido el fuego de sus poemas. Al contrario de aquel primer encuentro en febrero de 1925, era Martin quien estaba más nervioso.

El abrazo bajo el marco de la puerta de la habitación de aquel pequeño y discreto hotel fue tan espontáneo como si solo hubieran pasado tres días el uno sin el otro. Él tenía sesenta, y ella, cuarenta y tres. Él había engordado, el tiempo le había empolvado de ceniza el pelo y aclarado la frente. El rostro de ella reflejaba las arrugas del sufrimiento, y sus ojos continuaban vivos, pero embargados de nostalgia.

La vulgaridad no puede convivir con el amor, tampoco el ridículo. Ridículas podían haber resultado estas palabras de él:

—¡Hannah, he venido a ofrecerme en cuerpo y alma!

Ella intensificó el abrazo.

—Te he extrañado mucho, Martin.

Recularon los dos hasta el borde de la cama y entonces Hannah se fue deshaciendo de aquel abrazo memorial. Martin se soltó al mismo tiempo.

—¡No te esperaba! Cuando el camarero me ha anunciado que estabas abajo, ha sido como retroceder veinte años de golpe.

—Te había escrito invitándote a casa, como respuesta a tu carta repentina, pero al no recibir noticias tuyas, no he podido contenerme y aquí estoy —confesó él, visiblemente emocionado.

—Mi querido Martin. —Le puso la mano en la mejilla, en un gesto más maternal que amoroso.

Él sollozó un par de veces. Se mantenía firme para no verter ninguna lágrima, cuando lo que quería era llorar.

—Estoy aquí, Martin, contigo, en Friburgo —musitó Hannah con una delicadeza exquisita.

—Sé que es real, pero necesito tiempo para aceptarlo.

Suavizada por la emoción del instante, le buscó los labios. Él los tenía fríos y cerrados, pero se abrieron con el calor conocido.

—¡Tengo tantas cosas que contarte! —exclamó él.

—Yo también. ¿Y si te pones cómodo?

Martin no se había quitado la gabardina beis, debajo de la cual llevaba un traje gris, jersey a juego, camisa blanca y corbata negra. Dejó el abrigo sobre una silla, y encima, doblada, la chaqueta.

Mientras tanto, Hannah encendió un cigarrillo y se sentó en una de las dos butacas.

—Había resuelto marcharme de Alemania sin verte, Martin, pero ahora me alegro de no haberlo hecho, y estoy convencida de que en lo más hondo sabía que deseaba este encuentro.

Él se sentó en la butaca de al lado. Hundido en el asiento, se le notaba más el volumen que había ganado en esas dos décadas.

—Yo no esperaba que me volvieras a escribir después de lo que sucedió entre nosotros, y menos aún después de tu última carta. Pensaba que mi trayectoria política y los rumores sobre mí te alejarían para siempre.

—Cuando me enteré de lo mal que te habías portado con mi querido Edmund Husserl y con mis hermanos judíos, creía que nunca más querría saber de ti.

Una quieta luz mortecina que provenía de la lámpara de la mesilla, combinada con el silencio, añadió tensión a la escena. Si a alguien podía confesarle él sus pensamientos, era a ella. Solo Hannah podía ser capaz de entenderlo.

—¿Y crees que si fuera antisemita, tal como se me tilda, estaría regalándote mi cuerpo y mi alma? —le preguntó con los brazos extendidos y las palmas mirando hacia el techo, abiertas.

—¿Por qué no defendiste a Husserl? ¡Tú eras el rector! ¡Pertenecías a la casta de profesores afines a Hitler! Por cierto, aún no entiendo cómo te dejaste hipnotizar, ¡tú, el más listo del claustro alemán!

Martin suspiró y recogió los brazos.

—¡Yo pretendía, como nuestro amigo Jaspers, renovar la universidad, acabar con aquella panda de impostores togados que solo creaban engendros para la burguesía acomodada y su progreso decadente! Yo quería, Hannah, una universidad nueva, que recuperara el paradigma griego de los inicios, que forjara hombres y mujeres preparados para el encargo del *Dasein*, del ser en la total extensión y...

Hannah protestó con la mano alzada.

—¡Martin, por favor, no me hables como si estuviéramos en clase! Y no rehúyas la pregunta: ¿por qué consentiste y participaste en el hundimiento de tu mentor?

La miró gravemente, hecho que ella percibió.

—¡Husserl chocheaba! ¡Él y su fenomenología moral! Estaba oscureciendo el ser con sus cábalas más matemáticas que conceptuales.

Lo dijo alterado, enfadado, en tono de protesta y amenazándola con el dedo.

—¡Ni siquiera fuiste al entierro! —soltó ella, moviendo la cabeza y después de soltar una bocanada de humo.

Martin se frotó la cara con las dos manos. A Hannah le parecía que había perdido parte de la arrogancia de antaño.

—Ese alcahuete de Jaspers te lo ha dicho, ¿verdad?

—Él, Jonas y otros que sí estuvieron. Husserl era un buen hombre, y sus enseñanzas me aportaron nuevas herramientas de análisis.

Eso le escoció, y mucho, porque quería que ella le fuera totalmente fiel en el ámbito humanístico.

—Entiendo que este dolor que nos estamos infligiendo es necesario para honrar el amor puro que hay entre nosotros —se redimió él, con las dos manos pegadas a las rodillas y mirando la moqueta.

—No, Martin, estamos expiando juntos. ¿Dolor, dices? Tú me rompiste el corazón y por eso partí de Marburgo, por nada más. Si me hubieras pedido que me quedara a tu lado porque dejarías a tu esposa, lo habría hecho.

Él la miró con los ojos como platos.

—Pero a ti te daba igual que flirteara con otros hombres y que me acostara con ellos, siempre y cuando siguiese acudiendo a tus citas clandestinas.

—¡No es del todo cierto! ¡Enloquecí de celos cuando Jonas me contó que te habías casado con ese inútil de Günther!

A Hannah la complació aquel arrebato de celos.

—Y después de aquella triste carta de 1933 en la que te ex-culpabas y me lanzabas injurias acerca de mi trato a los colegas judíos, no te preocupaste por mi desdicha.

—¡Eso no es cierto en absoluto! ¡Nunca he dejado de pensar en ti!

Hannah pegó un salto y fue hacia la ventanita que daba a la estrecha calle lateral del hotel y se quedó mirando el reflejo de la luz de la farola en el escaparate de una zapatería.

—Estuve en el campo de Gurs y no caí en manos de la Gestapo de milagro, Martin. He caminado noches enteras para escapar, con el miedo royéndome el hígado. Incluso he sentido la tentación de quitarme la vida y acabar con el sufrimiento, como el pobre Walter Benjamin. Y todo porque soy judía y a tus amigos no les gustábamos. ¿Sabes lo que es no recibir noticias de los tuyos y vagar sin más equipaje que un triste cepillo de dientes?

Había cólera en ella. Sobre todo por Benjamin y por los amigos a los que había perdido en aquella persecución demoníaca y cruel. Estaba convencida de que Martin no sabría qué responderle, pero, sorprendentemente, lo hizo:

—Puedo comprenderte porque mis dos hijos cayeron prisioneros. Jörg está aquí, pero Hermann fue capturado por los rusos, se lo llevaron y no tenemos noticias de él. Y como ya debes de saber, también soy un perseguido: me apartaron de la cátedra y no puedo enseñar. No tenemos demasiados ingresos y vamos tirando como podemos.

Hannah se volvió hacia él.

—Siento lo de Hermann.

Martin movió la cabeza.

—Con el ser no hay nada que hacer. Nada de nada —se resignó con un delgado hilo de voz.

Zähringen, cerca de Friburgo, Alemania, febrero de 1950

Cuando Hannah estaba a punto de entrar en casa de los Heidegger, en el número 47 de la calle Rötebuckweg, le sobrevino ese cosquilleo en el vientre de las ocasiones circunspectas. Martin le había pedido el día anterior que acudiera para hablar los tres: Elfride, ella y él. El sol se había aliado con la estampa y se mostraba huidizo hacia media mañana, y una telaraña de nubes se esparcía como una borrasca.

¿Qué podía explicarle ella a Elfride? ¿Que había amado a su esposo en la clandestinidad y que si hubiera sido posible habría vivido con él? ¿Que había querido quitárselo? A menudo el amor es desalmado y sublime. Cruel para quien lo pierde y excelso para quien lo disfruta. El amor es un invento ascético del egoísmo humano. Y Hannah lo sabía. Sabía que el único amor que era cierto era el que se sentía hacia uno mismo, por más tesis doctoral de san Agustín que hubiera realizado. «Ama y haz lo que quieras». Esta frase del de Hipona disfraza un egoísmo tramposo. Ama —se entiende— al otro, pero «haz lo que quieras» es solipsismo amoroso. Desde la atalaya del amor, haz lo que te venga en gana, porque se supone que si amas no harás nada malo. Trampas al solitario. Palabras.

Hannah contempló aquella casa forrada de escamas de madera blanca con ventanales de marcos a juego antes de tocar el timbre.

Se aclaró la voz con un carraspeo. Se le había hecho un nudo en la garganta. Le resultaría menos incómodo confesar que había pasado la noche con Martin a Heinrich que a Elfride. Y, al fin y al cabo, los dos podían considerarse traicionados. La diferencia residía en el hecho de que su esposo era liberal en este aspecto y, por lo que había oído de Martin, la anfitriona de la casa era una mujer difícil, por no decir huraña y celosa.

Martin abrió la puerta, con una sonrisa de complicidad apenas disimulada.

—Buenos días, Hannah.

—Buenos días, Martin.

Él se apartó y la invitó a entrar con un gesto.

—Elfride y yo te esperábamos. Puedes dejar la gabardina y la bolsa en el perchero. Hemos preparado café y té, y también unas galletas de mantequilla.

La connivencia de miradas, los gestos y el tono de voz delataban una complicidad entre ellos que iba más allá de una amistad.

Hannah lo siguió hasta el comedor y, justo cuando iban a entrar, desde la primera planta resonaron por el hueco de la escalera las campanadas de un reloj. Diez toques detuvieron a Hannah en el marco de la puerta.

—Es un reloj de la familia paterna de Elfride, fabricado en Hellerau. Le tenemos mucho afecto por su sonido —le explicó, al captar la sorpresa de Hannah.

La primera impresión que tuvo cuando vio a Elfride en el sofá de dos plazas de estilo Biedermeier, como el resto del mobiliario de la estancia, no fue buena. La mujer tenía el rostro tenso y estaba sentada en la punta del cojín con las rodillas juntas, las piernas ligeramente inclinadas hacia la izquierda, las manos sobre la falda y el cuello estirado.

—Buenos días, señora Heidegger —la saludó Hannah, con una cordialidad impostada.

—Señora Arendt, siéntese, por favor —le respondió esta, señalando una butaca del mismo estilo que estaba al otro lado de la mesita redonda.

La esposa dolida que fríamente marca la distancia física, pensó Hannah. Martin se sentó al lado de su mujer, que no quitaba ojo a la invitada.

Sobre la mesita de centro, que iluminaba una lámpara de vitral colgada del artesonado de madera, había una bandeja de plata con un plato de galletas de mantequilla, una tetera humeante, un cazo de leche, una cafetera, una azucarera de porcelana y tres tazas sobre tres platitos con sus respectivas cucharillas.

—Si se quiere servir algo, señora Arendt, adelante.

Seguramente en otras circunstancias habría sido la anfitriona quien habría servido a la invitada. Pero los antecedentes no la motivaban.

—Es muy amable, pero ahora mismo no me apetece —declinó Hannah, con un tono de incerteza.

Ella y Martin se miraron. ¿Por dónde comenzaban? ¿Cómo iniciaban aquella vista ante un juez implacable, una esposa herida?

—Por estrafalaria que pueda ser la situación, confío en que el sentido común y sobre todo el amor presidan este encuentro, tantas veces soñado —comenzó Martin, que también estaba en la punta del cojín del sofá.

—Pero antes —casi lo interrumpió Hannah—, quisiera pedirle disculpas, señora Heidegger, por haber visto a su esposo sin su conocimiento ni consentimiento.

Elfride mantenía el cuello estirado y la postura inicial. Un fuego devastador le quemaba el estómago.

—¿Sabe una cosa, señora Arendt?, hace unos días *su* esposo —dijo Elfride, señalando a Martin— me explicó el alcance de su relación y no puedo más que pensar que es usted una sinvergüenza.

Elfride había separado las manos y gesticulaba.

—Se presenta aquí como si nada. «Discúlpeme por haber irrumpido en su matrimonio en secreto durante años». ¿Se cree que por el mero hecho de confesar su felonía ya está todo arreglado? Pues sepa, perra judía, ¡que no se lo perdono, ni se lo perdonaré nunca!

Seguía amenazándola con el índice. Hannah se levantó, dispuesta a marcharse, pero Martin la llamó a la calma.

—Por favor, Hannah, siéntate —insistió él.

Obedeció, pero no estaba dispuesta a soportar más insultos de aquella nacionalsocialista malherida.

—Me siento porque me lo pides, Martin, pero, usted, haga el favor de medir las palabras. Este insulto, con lo que ha pasado aquí en Alemania, es imperdonable en boca de alguien que aún se aferra al nacionalsocialismo.

Elfride se echó hacia delante.

—¡Es una judía miserable!

Martin cogió el brazo amenazador de su esposa con fuerza.

—¡Ya basta de insultos, Elfride! Estamos aquí para hablar y dejar-ser unos hechos que nos afectan en nuestros seres. Puedo entender que estés dolida, pero déjame convencerte de que deberías estar feliz.

Elfride lo miró, desconcertada.

—¿Feliz de ser una cornuda? ¿Ha oído a *su* esposo, señora Arendt? ¡Dice que debería estar feliz de saber que se acuestan juntos!

Era la segunda vez que Elfride se refería a Martin como el

esposo de Hannah, y eso le disgustaba tanto como el maltrato por el hecho de ser judía.

—Sí, Elfride, deberías estar feliz —subió el tono de voz Martin, de pie—, porque entre nosotros el amor ha fecundado la bondad del respeto por nuestros seres. Hemos dejado ser lo que era y es, no lo hemos obstruido con los prejuicios de la moral burguesa y nos hemos mostrado tal como somos realmente.

Elfride lo miraba, consternada. Había oído a su esposo hablar así muchas veces, pero ¿cómo podía disertar sobre la traición conyugal?

—¿Tienes la osadía de filosofar sobre esto, Martin? —le reprochó con cara de pocos amigos.

—¿Y tú podrías seguirme de verdad por una vez en la vida, Elfride? ¡Necesito que lo entiendas! Solo así podrá ser, y el ser sin máscaras es felicidad, paz.

Elfride se sintió ofendida, pero calló su odio para escucharlo.

—Te quiero, Elfride, has sido mi esposa y mi baluarte durante todos estos años y te lo agradezco mucho; te necesito, mi ser se aviene con tu complacencia y generosidad. Pero también necesito a Hannah, porque también la quiero, de otra manera.

Martin comenzó a caminar mirando el suelo mientras las dos mujeres lo seguían, contritas, cada una a su manera. Había adoptado la pose circunspecta de las clases, de la tarima, del catedrático monumental del ser. Parecía que no hablara él, Martin, sino el profesor Heidegger. Parecía que no fueran palabras humanas, sino apuntes de conceptos fundamentales que habían caído del cielo de Todtnauberg, que amenazaba tormenta.

—Hannah y Elfride, existe un arrepentimiento por taciturnidad que no tiene nada que ver con la falta de confianza, esa confianza que vosotras dos habíais depositado en mí. Escuchar libera, y lo que es bueno requiere la bondad de corazón. Como seres humanos tenemos que experimentar la articulación más interna del ser. Lo que es meramente anecdótico, como los celos o el egoísmo, debe desfallecer ante la bondad salvadora del amor. Y el amor ha estado con nosotros tres, disipando casi hasta ahora cualquier malentendido. El regalo que os he ofrecido a las dos, y que me habéis devuelto con vuestra entrega confiada, solo puede quedar enturbiado por este arrepentimiento culpable de ocultamiento.

Martin se plantó delante de Hannah y la miró:

—A ti, Hannah, te pido disculpas por las leyes silentes de nuestra relación, por mostrar aislamiento a veces y por alimentar una falsa esperanza.

Después fue hacia su mujer, que seguía descolocada por aquella escena.

—A ti, Elfride, te pido perdón por el ocultamiento de la bondad del ser en esta manifestación amorosa entre los tres, que entiendo que ahora se te muestra agresiva por la confusión vertiginosa del esclarecimiento.

Hannah tuvo que esforzarse para no sonreír. La hipertrofia de esa dramática escena rozaba el disparate. Conocía bastante bien a Martin como para saber que hablaba desde el fondo y desde la situación, pero entendía la cara de descontento airado de su esposa. Pero Hannah comprendió enseguida que Elfride no estaba para conciliaciones ni para relaciones consentidas.

La señora Heidegger se levantó y apuntó al rostro de su esposo con la punta de la nariz. Su mirada echaba chispas de fuego bilioso.

—En lo que a mí respecta, Martin, no esperes que acepte que calientes la cama de las dos impunemente. ¿Has perdido el juicio? ¡No estoy dispuesta a compartirte, y mucho menos con esta judía degenerada!

Wiesbaden, Alemania, febrero de 1950

El mundo nunca se detiene. A pesar de que no hay tiempo, porque aquello a lo que damos ese nombre es una entelequia mental. El mundo es un instante que cambia enseguida. En ese instante cabe todo el mundo, y eso es una buena muestra de la amplitud de la conciencia, que es quien concibe el mundo.

Hannah habría firmado aquella misma noche, al salir del número 47 de la calle Rötebuckweg, donde vivían los Heidegger, eso mismo, que el mundo no se detiene, porque su percepción del ambiente familiar de Martin había cambiado tras aquella charla con Elfride.

Había llegado, conduciendo el Escarabajo de alquiler, al hotel de Wiesbaden, en la zona estadounidense, donde debía pasar un par de días antes de partir hacia Berlín. Se había pasado las tres largas horas de viaje, con una sola parada en Karlsruhe para repostar y estirar las piernas, analizando el encuentro con el matrimonio Heidegger.

Hannah siempre se había imaginado a Elfride como una especie de versión actualizada de Jantipa, aquella esposa que atormentaba al sufrido Sócrates, autoritaria, inflexible y gruñona. Aquel estereotipo de mujer sargento que complace a su marido siempre y cuando todas las aguas pasen por su molino. Una imagen que se había forjado de los relatos de su amante antes de

1933. Lo que no imaginaba es que Elfride mostrara esa aversión por los judíos, ese antisemitismo que tenía consternado al mundo a raíz de los crímenes nacionalsocialistas. Ni tampoco su escasa inteligencia.

Estaba preparada, poco antes de entrar en casa de los Heidegger, para presenciar una escena melodramática de esposa herida y traicionada, de celos hacia ella, la amante más joven. Se había mentalizado para un recibimiento hostil en este sentido, pero nunca habría imaginado que al lado de un hombre de una inteligencia tan proverbial viviera una mujer de razonamientos tan simples como reflejaba aquel antisemitismo irracional y banal.

Por esta muestra de falta de inteligencia y por una especie de sentimiento de solidaridad femenina con ella, Hannah soportó la mayor parte de las agresiones verbales en silencio. Tampoco quería agravar la situación de Martin, que, sin duda, tenía por delante unos días de tormenta.

El sol descendía cuando Hannah se acostaba en la mullida cama de la habitación del hotel, y solo se oían los pasos de algún otro huésped sobre la madera enmoquetada del cuarto de arriba.

Allí tumbada, contemplando el artesonado de madera, pensaba en la ligereza de los seres humanos, en la laxitud de su carácter, su inexplicable volubilidad, su inverosímil incongruencia. ¿Cómo podía Martin convivir con aquella esposa de mente tan primitiva? ¿Cómo podía aquella mujer querer subyugar a un genio del carácter de su marido? ¿Cómo podía Elfride, después de los horrores recién descubiertos del holocausto nazi, mantener esa actitud antisemita? ¿Cómo podía Martin mostrarse tan ególatra como para pretender convencerlas de la bondad de aquella relación a tres bandas? ¿Cómo podía ella misma haberse prestado a aquel juego surrealista de visitar a la esposa cornuda?

Una montaña de preguntas la acosaban sin tregua ni respuesta. Por suerte, había aprendido de Jaspers en Heidelberg que no siempre era idóneo forzar una respuesta. Quizá porque su exprofesor combinaba la psicología con la filosofía, y la primera tenía menos pretensiones axiomáticas que la segunda.

Se levantó de un salto y deshizo la bolsa de viaje. Dejó sobre la mesilla el manuscrito del *Heráclito* que Martin le había dado antes de marcharse, al despedirse bajo el pequeño porche de la casa. Hannah sonrió al recordarlo. Había sido la única escena agradable de la visita. Después de un buen rato de tensión en aquel claustrofóbico comedor de muebles para su gusto horribles, se despidieron y Elfride subió a la planta superior, donde, de vez en cuando, un reloj marcaba las horas como si fuera el campanario de una iglesia de pueblo. Martin la acompañó hasta el segundo recibidor, el que lucía un perchero amplio donde ella había dejado la gabardina; la miró de frente y le mostró el camino de salida, sin palabras, pero con miradas cargadas de palabras. Allí le dedicó una sonrisa nostálgica por la despedida y a la vez ardiente, que ella correspondió con un abrazo breve pero caluroso.

—¡Espera, Hannah! —solicitó Martin, como si de golpe estuviera en otro lugar y nada de lo que allí había sucedido estuviese aún encima de ellos como un cielo plomizo y triste.

Entonces desapareció como una anguila, subió las escaleras con rapidez hasta la planta de arriba, mientras ella aguardaba bajo el pequeño porche de la entrada, en el segundo peldaño, subiéndose el cuello de la gabardina para resguardarse del frío.

Pero Martin no tardó en aparecer con un pliego de folios cosidos a mano, que le entregó con ceremonia:

—Aquí tienes, un manuscrito del *Heráclito*. Por favor, sé clemente en cuanto a las posibles negligencias de este borrador. Es mi definición de logos actualizada según Heráclito. Me extiendo con los problemas filológicos que plantea la traducción de conceptos griegos, en especial con el logos.

Hannah estiró la mano y le sonrió.

—Me gustaría que me leyeras como en otro tiempo, con tu claridad y criterio.

—Lo haré, querido Martin, pero quizá no sea el momento más adecuado para entregármelo. No hace mucho tu esposa me recriminaba que estuvieras en deuda conmigo por haberte leído y hacerte de consejera y crítica con más celos que recelos.

—Nunca he trabajado con tanta fe y persistencia como cuando tú me leías, Hannah.

Se le habían encendido los ojos oscuros y ella asintió, agradecida, con la cabeza.

Desde el hotel de Wiesbaden, Hannah sonreía mientras acariciaba el manuscrito sobre la mesilla. A pesar de Elfride, su relación con Martin continuaba viva después de muchos años de silencio. Entonces pensó que tal vez ella pudiera pasarle los manuscritos de la obra que estaba escribiendo sobre el origen de los totalitarismos, pero enseguida se convenció de que no era buena idea. ¿Por qué? Pues porque hacía muy poco tiempo que Martin Heidegger había sido militante nacionalsocialista. Se tiraría del pelo si leyera el texto. En él, con el bisturí de una cirujana de la historia y del tiempo, analizaba sin rodeos los orígenes del nazismo y de otros totalitarismos, la conversión perversa del individuo en una masa abstracta para manipularla e incluso exterminarla. Hannah era consciente de la fuerte carga política de su obra. No pasaba lo mismo con la mayoría de los manuscritos de Martin. Tal vez debería acostumbrarse a esa dinámica si quería mantener viva la relación. A leerlo unívocamente y mantener inéditos sus propios escritos. A no poder contar con su opinión para no desbaratar la relación.

Con aquella contradicción de no verse con ánimos de dejar leer su obra a Martin tal como ella leía la suya, le entraron el hambre y las ganas de fumar un cigarrillo. Decidió bajar al comedor del hotel para tomar un bocado antes de retirarse definitivamente al cuarto y leer y escribir algo. «*Primum manducare, deinde philosophari*», como decía Agustín de Hipona. Al fin y al cabo, se dijo Hannah, somos homínidos con ínfulas de metafísicos.

Zähringen, cerca de Friburgo, Alemania, febrero de 1950

Elfride se sentó un rato bajo el porche de la terraza del jardín. Estiró las piernas y se miró los zapatos de piel. Estaban bastante deteriorados, y eso que eran los más nuevos que tenía. Los había estrenado para la ceremonia de rectorado de su esposo, aquella primavera de 1933. ¡Cómo había cambiado todo desde entonces! En aquella fecha, Martin era el profesor de Metafísica más admirado de Alemania. El respetado autor de *Ser y tiempo*. Todo eran halagos y premios, conferencias e invitaciones a actos. Con el sueldo de rector habían acabado de pagar algunas deudas que quedaban de la casa e incluso habían podido ahorrar; ella era la que gestionaba las finanzas, la que cuidaba de la economía y de la casa, para que Martin solo se dedicara a pensar y escribir.

Elfride suspiró amargamente. Estaba sola. Su marido había salido a caminar, Hermann estaba en algún calabozo desconocido de Rusia y Jörg había ido a Friburgo con unos compañeros. Los ojos se le humedecieron. Estaba cansada de quitar importancia y tristeza a lo que era tristemente importante. Tenía bastantes motivos para llorar. Su esposo estaba sin trabajo, esperando la rehabilitación, si es que, desde el Ministerio de Educación, al final, la resolvían positivamente gracias a los informes favorables y a las presiones de gente importante, como Karl Jaspers; además, en mayo de 1949, el Senado de la Universidad de Friburgo, por mayoría simple, había acordado pedir al ministerio la rehabilitación de Martin. Se habían quedado sin los ingresos fijos de la nómina y habían agotado el colchón de los ahorros. Con el escaso dinero de los derechos de autor y las contribuciones a revistas, más los honorarios de algunas conferencias aisladas, no podían hacer mucho más que sobrevivir y, si no podía volver a ejercer, el panorama era muy oscuro.

Mientras Elfride lloraba, un par de estorninos bebía del estanque, ajenos a todo. Si la economía doméstica era un drama, el cautiverio en paradero desconocido de su hijo mayor, capturado en la retirada del frente oriental por los soviéticos y trasladado a Rusia, era una tragedia. Allí se acababa el rastro del chico, como el de tantos otros jóvenes detenidos en el frente oriental.

Lamentaba amargamente su desdicha, aprovechando que estaba sola. Para más inri, su esposo, de quien ya sospechaba una cierta actitud de mujeriego, la había engañado con una mujer judía, lo cual habían confesado ambos la víspera.

Los dos estorninos, saciados, volaron hasta el castaño, acercándose más a la desconsolada Elfride. Con los pechos hinchados bajo el plumaje negro brillante, los pájaros imitaron el canto de unos petirrojos que se hospedaban a menudo en el granero de un vecino.

Ya nada sería como antes, pensaba ella. Ni siquiera Alemania.

Se echó hacia delante e inspiró profundamente para liberar el pecho de aquel nudo de tristeza. Se levantó y entró en la cocina dispuesta a fregar las tazas del desayuno y limpiar unas verduras. Desde allí oyó cómo el cartero dejaba una carta en el buzón de la verja. El ruido inconfundible de la tapa. Se secó las manos, que acababa de colocar bajo el chorro, con un trapo y salió hasta la puerta, al lado de la cual estaba el buzón.

Una carta dirigida a ella cuya remitente era Hannah Arendt, la amante de Martin. La acidez le subió a la garganta. ¿Qué quería aquella ramera judía?

Esperó a estar resguardada en el comedor para abrir el sobre, sentada en el mismo sofá que había ocupado en la visita, hacía poco más de veinticuatro horas, de aquella mala pécora que le había hecho algún encantamiento a su esposo.

Destripó el sobre con ira y a la vez intrigada, sacó la cuartilla y comenzó a leerla con los ojos como platos y el semblante enrojecido por la rabia contenida que no retuvo más al acabar de leer las últimas palabras: «Reciba usted estas líneas como saludo y agradecimiento. Suya. Hannah Arendt».

El grito espantó a los dos estorninos, que aún jugaban y cantaban en el castaño del jardincito. Hasta allí había llegado el bramido amargo de Elfride.

Lo más indignante de la carta era que aquella ramera no se disculpaba de nada. Se limitaba a decir que «Martin y yo probablemente pecamos tanto el uno contra el otro como contra usted. Esto no es una disculpa. Usted, por supuesto, no la esperaba, ni yo podría dársela». En vez de pedirle perdón, se escabullía con palabras como una serpiente, con la misma habilidad retórica que su esposo, las palabras bondadosas disimulando la violencia.

Además, Hannah le confesaba que había escapado de Marburgo traumatizada y dispuesta a no volver a amar a nadie, desvelando silenciosamente el mal que le había hecho su esposo, hasta llegar a exiliarse de la universidad. Pero lo que más la sacudió fue la ligereza con la que marcó la distancia entre las dos, no ocasionada, según ella, por «estas cosas personales» (infidelidad), sino más bien por «sus convicciones», su «credo, que hace que una conversación resulte casi imposible... porque lo que el otro puede decir ya está caracterizado y (usted perdone) catalogado de entrada: judío, alemán, chino».

Encima que le había puesto los cuernos con su esposo, aquella joven judía letraherida se permitía el lujo de juzgarla como intolerante y fanática.

Fuera de sí, Elfride escupió sobre la carta y vio cómo la tinta se corría bajo la saliva hasta desdibujar la palabra «*argumentum*», un latinajo que había escrito en la carta, «*argumentum ad hominem*», para pavonearse. Estuvo a punto de romperla en mil pedazos, pero en un arrebato de prudencia y lucidez la guardó en el bolsillo de la rebeca y volvió a la cocina.

Con las manos en el fregadero, limpiando las coles, inició un monólogo interior violento hacia su situación, que detuvo el ruido de la verja. Martin volvía a casa de su paseo de dos horas a pie por la campiña de Zähringen y había que restar importancia y tristeza a lo que era tristemente importante. Como era habitual en los últimos tiempos. Desde que se empezó a perder la guerra y su marido le había confesado su aventura con Hannah.

Basilea, Suiza, casa de los Jaspers, principios de marzo de 1950

Con el tiempo, su estado apátrida se estaba afincando en su ser. ¿Cómo podía Hannah sentirse alemana después de todo? Había inventariado el patrimonio cultural judío perdido en un trabajo incansable de investigación por las ciudades teutonas, y a menudo se preguntaba cómo podría superar el país aquellos terribles crímenes, el estigma en la sociedad del nazismo.

En su obra sobre los totalitarismos, que había terminado hacía poco, dejaba claro que la única solución radicaba en deshacer los conceptos de estandarización humana. El hecho de que los nazis matasen judíos como si fueran conejos de manera sistemática y organizada en los campos de exterminio solo se explicaba porque les habían extirpado su individualidad y humanidad y los habían convertido en un colectivo abstracto: «los miserables judíos». No mataban a Hannah Arendt, sino a una judía. No asesinaban a Walter Benjamin, sino a un judío. Sin nombres ni apellidos. Sin más identidad que una etiqueta. Solo ateniéndose a este proceso ideológico de alienación, compartido por todas las formas de totalitarismo, se podía llegar a esa monstruosidad.

Ateniéndose a eso mismo: ¿cómo podía dar apoyo a lo que estaban haciendo los sionistas en Palestina? ¿No estaban construyendo un Estado sobre la marginación de un colectivo: los colonos árabes? ¿No estaban haciendo de los árabes de Israel los judíos de Alemania en los años treinta?

Hannah había encendido un cigarrillo mientras conducía por Basilea. Estaba cansada. Habían sido muchos kilómetros y mucho trabajo. Emociones e impactos afectivos. Extrañamiento feliz por la confirmación de toda una vida con el reencuentro con Martin, a quien había vuelto a ver un par de veces, y desasosegada por la mirada miope y poco inteligente de Elfride, que aún no había trascendido la visión de etiquetar a las personas en colectivos, como le había escrito en una carta hacía unos días.

Cuánta paciencia estaba teniendo su esposo, Heinrich, al otro lado del océano, esperándola con ansiedad, atendiendo a Hilde y los asuntos de casa, buscando un trabajo estable y escribiendo y leyendo, las dos cosas para las que también él había nacido. ¿Le perdonaría las infidelidades? Estaba segura, incluso creía que podría comprenderlo. Él era inteligente. A diferencia de Elfride, él leía a Kant y a Kafka y a Hobbes y a Mann. El conocimiento pluralista daba otra perspectiva a las cosas. Posiblemente Elfride se hubiera quedado con el credo grosero del *Mein Kampf*.

Pensaba en esto poco antes de estacionar el Escarabajo en la avenida de Basilea donde vivían los Jaspers. Confluencia de emociones y sentimientos, de preguntas que surgían como las nubes sobre el cielo raso en los días de viento.

La visita a los Jaspers, obligatoria, necesaria y sofrológica, era la penúltima escala de aquella travesía. La seguiría París, y después el barco de vuelta a Nueva York.

Hannah sentía la necesidad de abrazar a Karl Jaspers, poco menos que un padre adoptivo para ella. Satisfizo esta urgencia afectiva e intelectual en el recibidor, bajo la luz de cristales y cueros, y ante la mirada condescendiente de Gertrud.

—Me hace muy feliz tu visita de despedida, Hannah —le confesó Jaspers, una vez que estuvieron sentados en el comedor.

En aquella casa se intuía el calor familiar. Hannah no pudo evitar comparar mentalmente ese comedor con el de los Heidegger. El de los Jaspers rezumaba afecto y confort. El de los Heidegger, un frío y una apatía que provocaba desasosiego.

—Habría sido un agravio imperdonable marcharme de Europa sin despedirme de vosotros.

—¿Te quedarás a comer? —le preguntó Gertrud, esperando un sí.

—Si no es molestia, me encantaría, pero no puedo marcharme demasiado tarde: tengo previsto hacer noche en Troyes y al día siguiente salir hacia París.

—¿Cómo ha sido el viaje por Alemania? ¿Qué tal la has visto? —se interesó Jaspers, curioso.

Hannah supuso que era una pregunta envenenada. Quizá quería averiguar si había visto a Martin, pero, a pesar de la confianza y el afecto que dispensaba a Karl Jaspers, había decidido ocultarle el reencuentro. En primer lugar, porque ya era bastante adulta como para saber que esa clase de relaciones, a cierta edad, son cosa de dos. En segundo lugar, para no entrar en el juego de un triángulo amistoso, vicioso y peligroso. Jaspers había recuperado el contacto epistolar con Heidegger, pero, aunque lo admiraba como pensador, lo consideraba un lacayo inconsciente de los nazis. Por otro lado, Martin tampoco le dispensaba demasiada simpatía a Jaspers, había hablado mal de él públicamente porque lo consideraba un humanista tibio e incluso un cobarde por haber abandonado el país después de la guerra. Además, Heidegger —aunque esto aún no lo sospechaba Hannah— envidiaba a Jaspers porque lo había destronado como profesor admirado de los alemanes por su férrea resistencia al nacionalsocialismo.

—La ciudad que más me ha impactado ha sido Berlín. Está casi en ruinas. A pesar de todo, conserva el ambiente universitario de antes de la guerra, y también la vida nocturna.

—Costará mucho sudor y esfuerzos volver a levantar nuestras ciudades —corroboró Jaspers, con un dejo de nostalgia.

—Yo creo que nada volverá a ser igual en Alemania —apuntó tímidamente Gertrud, que se había sentado entre los dos, como si fuera el juez de silla.

—Y ¿cómo estaban tus universidades de juventud?

La pregunta de Jaspers seguramente fuera maliciosa, pero ella no se amedrentó.

—Me han ofrecido una plaza de profesora de Ciencias Políticas en Berlín que, por supuesto, no aceptaré.

—¿Y cómo es eso? ¿Te quieres quedar en Nueva York? ¿Ya no tienes lazos con Alemania? —le preguntó Jaspers, insistiendo sutilmente.

—No, querido. Amaré siempre la tierra alemana, allí nací y me crie. El alemán es mi lengua, pero ya no me siento alemana. De hecho, ya no me siento de ningún sitio, solo de las personas y de los lugares donde me encuentro a gusto.

—¿Y tu esposo? ¿Estará de acuerdo en que os quedéis en Estados Unidos?

—¿Heinrich? Él está encantado, solo necesita un trabajo estable para sentirse bien. Puede resultar extraño que un comunista viva a gusto allí, pero Nueva York es tan cosmopolita y tan sumamente material que no hay más ideología que el consumo. Después de ser perseguidos, es un buen refugio, un lugar de salvaguarda y descanso.

Jaspers no podía quedarse con la duda y, en vistas de que Hannah se mostraba evasiva, fue al grano, a pesar de la presencia de Gertrud.

—¿No te habrás cruzado, durante las idas y venidas, con nuestro amigo Martin?

Los ojos de Jaspers la acosaban como un perro de caza.

—No, querido Karl. Ni rastro de él.

Jaspers estiró el brazo y cogió un libro de la mesilla. Se lo mostró con una sonrisa casi infantil.

—¡Aquí lo tenemos!

Era un ejemplar de *Caminos de bosque*, un libro que había visto la luz a principios de año.

Hannah le sonrió y se golpeó las piernas con las palmas.

—¡Sigues siendo su lector principal!

—¡Podríamos afirmar que sí, ahora que tú has dejado de serlo! —apuntó él, mirándola con aquel ojo más abierto, pícaro.

—Ya me contarás si merece la pena —declaró Hannah, en un tono manifiestamente indiferente.

Jaspers se echó hacia atrás después de devolver el libro a su sitio y posó la ancha espalda en el sillón. Cruzó las piernas y se quedó mirando a Hannah, que había iniciado una conversación con Gertrud sobre la cocina americana. El instinto analítico, de psiquiatra, le decía que su exalumna le había mentido y se había visto con Martin. El instinto de amigo lo regañaba por aquella sospecha: ¿cómo podía mentirle Hannah?, y ¿por qué? Le había dado suficientes muestras de afecto y de amistad. Le había confesado la relación con detalles importantes. Así que ¿por qué decidiría mentirle ahora? A Jaspers, que rumiaba en silencio mientras las mujeres seguían charlando sobre cocina, solo se le ocurría un motivo por el que Hannah podía no haberle revelado su reconciliación con Heidegger: el amor. Que aún estuviera enamorada del maestro.

Manomet, Massachusetts, Estados Unidos, julio de 1950

Hannah admiraba el azul del océano Atlántico desde las rocas resbaladizas de una cala de la villa costera de Manomet. Su esposo, Heinrich, estaba sentado bajo un parasol de paja, a unos trescientos metros de ella, leyendo a Malraux, *La condición humana*, hipnotizado por la prosa propedéutica del francés.

La asombraba esa capacidad suya de leer en cualquier sitio, porque ella necesitaba concentración y recogimiento. Mientras Heinrich devoraba aquel premio Goncourt, ella se estremecía con el azul estival del océano y la dispersión de centellas de sol sobre las aguas. Aquel baile de chispas de luz sobre el espejo marino la mantenía hipnotizada, de pie, con el bañador gris y una camisa de hilo blanca que revoloteaba al compás de una brisa terral suave y salobre.

Después de los semestres que había pasado con Heidegger, la mirada de Hannah no era la misma. Martin, que estaba al otro lado del charco, le había enseñado a dejar que el océano fuera. Esta conversión de las cosas en el ser de las cosas, en algo más que la categoría, siempre la había fascinado. Este dejar-ser, dejarse mostrar, era una actitud que retiraba la voluntad cognitiva del ente, de la cosa, echando atrás también la violencia que comporta poseer el objeto para analizarlo.

Una vez, Jaspers le había mencionado que no entendía cómo desde la impureza de Martin se podía pretender alcanzar la pureza de las cosas, de los entes, de ser manifestándose. O dicho de otra manera: ¿cómo podía un simpatizante nacionalsocialista ver el ser de las cosas? Ella estaba de acuerdo, pero hizo notar a su mentor que este planteamiento de aproximación había sido rescatado por Martin de la antigua Grecia. Habían sido necesarios siglos de historia para recuperar el pensar «desde» en vez de «en la cosa».

Correspondió al saludo de su esposo con un movimiento al aire de la mano derecha y reanudó el camino de vuelta hacia él.

Aquellas semanas de vacaciones en aquella villa oceánica habían sido idea de Heinrich, y muy buena, por cierto. La larga estancia en Europa, viajando arriba y abajo e inventariando sin cesar, había agotado a Hannah. Y si añadimos el desgaste emocional y físico de las adversidades precedentes, la continuada huida desde que había dejado Alemania, ese descanso en la costa de Massachusetts le parecía una ocurrencia excelente.

Le daba la impresión de que, de momento, su mundo se ordenaba, con la residencia estable en Nueva York, el trabajo y las publicaciones, un esposo atento y sobre todo comprensivo, el retorno de Martin a su vida mediante una correspondencia animada, la aniquilación del nazismo, un buen estado de salud y la muerte lenta y agonizante de Hilde, algo que la desasosegaba y la conmovía. Una amiga languidecida por la morfina terapéutica.

Hannah se sentó al lado de su marido, pero en el suelo, sobre un lecho de arena nívea, y él enseguida le entregó el brazo izquierdo, porque con la mano derecha sostenía el libro abierto.

—¿Es interesante? —le preguntó ella, acariciándole la mano izquierda.

—Es extraordinaria, Hannah, la constante contraposición del capitalismo y el comunismo, que de ninguna manera consigue salvar el destino del hombre frente a la soledad y el anhelo de trascender este aparente absurdo que es la vida.

—No me extraña que seas tan devoto de Martin. El *Dasein* lanzado al mundo, el ser-para-la-muerte.

Heinrich retiró suavemente la mano y dejó el libro sobre las piernas. Las miradas de los dos se encontraron en aquel punto intermedio de la complicidad lineal.

—No quiero ser pesado, pero no sabes cuánto celebro que hayas restaurado tu amistad con él.

Ella miró a la lejanía oceánica al oír el nombre de su amante.

—Solo los necios creen que el amor es ahogar a la pareja y no dejarle vivir lo que es. Y lo más grave es que en su estupidez lo llaman fidelidad.

—Ese aferramiento irracional y egoísta, posesivo, incapaz de aclarar la relación —apuntó él.

—Te agradezco que entiendas qué es un matrimonio, Heinrich, y que hayas comprendido mi supuesta infidelidad con Martin, como yo también he entendido las tuyas.

—El problema surge cuando la fuerza de gravedad de una relación es capaz de romper ese equilibrio matrimonial.

—Esa fuerza de gravedad, Heinrich, simplemente es amor.

—¿O sea que crees que un matrimonio se puede romper si el amor emigra a otra relación satélite?

Hannah se detuvo antes de responderle. Pensó en cómo, días atrás, en Wiesbaden y en Berlín, se había planteado quedarse en el viejo continente para estar cerca de Martin. Reflexionó sobre la brevedad de aquella tentación. Heidegger era la confirmación amorosa de toda una vida, pero Heinrich era el compañero adecuado para su madurez.

—Si un matrimonio se rompe por una relación satélite, como dices, solo se explica por el cese del amor. El amor, querido mío, no acepta el modo imperativo. Y justamente por este motivo otorga el estado de felicidad, porque no es impuesto.

Heinrich se puso las manos detrás de la nuca, abriendo la caja torácica.

—¿En algún momento sentiste la tentación de quedarte a su lado?

—No —le respondió de inmediato—. Pero tengo que confesarte que junto a él era como si todo fuera anterior y confortable, conocido.

A Heinrich se le dibujó una sonrisa casi imperceptible.

—¿Y qué pensará él cuando salga editado tu libro sobre los totalitarismos y vea que me lo has dedicado?

Hannah volvió la mirada hacia la lejanía.

—Martin no leerá esta obra. La consideraría ofensiva y le resultaría imposible entrar en ella. En cuanto a la dedicatoria, me gustaría que supieras que él siempre me dijo que yo había sido la musa de *Ser y tiempo* y que, si su situación civil y familiar lo hubiera permitido, mi nombre habría figurado en la dedicatoria.

Heinrich se levantó de la silla y se puso detrás de ella, sentado con las piernas envolviéndola.

—No plantearé el juego tramposo de preguntarte a quién elegirías si te vieses en esa tesitura, pero sí te querría importunar con otra pregunta: ¿soy el sucesor de Günther?, es decir, ¿hago de papel secante de una herida de amor, o nuestro matrimonio es independiente de cualquier herencia afectiva de Heidegger?

Hannah le acarició la mano derecha, que le había posado sobre el hombro, y, sin apartar la mirada del horizonte, de aquel punto donde cielo y mar son uno, le respondió:

—Te amo, Heinrich Blücher, y también amo de otra manera a Martin, pero me quedo contigo. ¿Y sabes por qué?

—¿Porque soy capaz de entenderte casi siempre?

—Porque me amas desde la certeza de la libertad.

Bühlerhöhe, Selva Negra, Alemania, verano de 1950

Hannah y Martin habían leído *La montaña mágica* de Thomas Mann en 1928, una novela contemporánea de éxito, y la habían comentado con fruición, como hacían siempre. Lo que no se imaginaba Heidegger es que algún día impartiría charlas en un sanatorio similar al de Davos. Porque incluso el fundador, el doctor Gerhard Stroomann, era una especie de estereotipo del consejero de la corte Hofrat Behrens, médico responsable del sanatorio de la novela de Mann.

Martin esperaba al doctor Stroomann sentado, junto con su hermano Fritz, en una silla en el jardín delantero del edificio estilo *Jugendstil* mientras observaba a los inquilinos de aquel complejo histórico edificado sobre un antiguo casino, que Stroomann había convertido en una especie de centro holístico, porque ofrecía en los tratamientos un «encuentro con el espíritu creador». Como en el sanatorio de *La montaña mágica*, donde había ido Hans Castorp, también se distinguían burgueses y gente de la baja aristocracia, por sus actitudes y vestimentas.

El profesor Stroomann había venido desde la Clínica Universitaria de Múnich para continuar la tarea de su predecesor, el doctor Schieffer, en aquel centro fastuoso rodeado de abetos y aire puro, pero centrándose más en el holismo.

Fritz Heidegger había accedido a hacer de chófer de su

hermano. Tenía curiosidad por ver aquel montaje del cual Martin le había hablado con una mezcla de admiración e ironía.

Mientras Fritz releía un diario regional, Martin no pudo evitar pensar en la paradoja que representaba ese lugar. Aquellas familias que acudían para ablandarse y buscar el ser con Stroomann eran las responsables, con sus negocios y su patrimonio, de los holocaustos de las guerras, de la moral depredadora burguesa y de su progreso como arma de aniquilación de la esencia y de la estandarización del individuo, ingredientes provocadores del conflicto armado.

La mayoría de aquellas estirpes asiduas al sanatorio, como los Toller o los Benn, obedecían casi militarmente al doctor Stroomann, una mezcla de chamán y médico, que tenía un poder de persuasión digno de resaltar.

Fritz dejó el diario sobre la mesa y estiró los brazos para mirar el reloj.

—¡Se acerca la hora, profesor Heidegger! —soltó con aquel dejo de sarcasmo tan personal—. ¿Me podría resumir de qué les hablará hoy a esta panda de esnobs pretenciosos?

—De la poesía como respuesta al progreso.

Fritz le sonrió y chasqueó los dedos.

—¡Eres un provocador, Martin! La alianza entre Hölderlin y, por ejemplo —señaló con disimulo a una septuagenaria que paseaba bajo un parasol negro con el cuello estirado y la nariz afilada apuntando a las varillas del paraguas—, esa dama de negro, viuda a juzgar por el duelo riguroso, es un engranaje tan difícil como inverosímil. Si el de Tubinga hubiera subido aquí, a pesar de no estar del todo bien de la azotea, me parece que habría durado menos que una manzana madura en una granja de cerdos.

—No te equivoques ni juzgues por las apariencias. En estas

«Tardes de los miércoles» que ha montado Stroomann me he encontrado sorpresas agradables.

Fritz lo miraba con cara de sarcasmo e incredulidad.

—En cualquier caso, y mientras no empiece a ejercer de profesor de nuevo en la universidad, estas conferencias y las del club de Bremen me proporcionan ingresos para ganarme el pan.

El hermano pequeño se inclinó hacia delante y echó atrás el sombrero de fieltro, una especie de acto inconsciente que reflejaba intimidad.

—¿Crees que a tu amiguita Hannah le gustaría impartir clases aquí?

Martin lo miró gravemente unos segundos, rindiéndose enseguida ante aquel rostro de bonhomía irónica y festiva.

—No es comunista, como su esposo. Hannah es una pensadora más bien socialdemócrata, y está abierta, como yo, a verter pensamiento donde se oiga el tintineo de los marcos. Ella misma me ha comentado que no le hace ascos a las charlas en las universidades católicas y asociaciones tradicionalistas.

—¿Cuándo volveréis a veros?

—La asociación judía para la que trabaja la quiere enviar de nuevo a Europa en un año, pero nos escribimos a menudo y le hago llegar mis manuscritos y también poesías.

—¿Lo sabe Elfride?

—No le hablo de ella. Parecía que había aceptado la situación, pero le dispensa un odio extraordinario que, de rebote, hace extensivo a todos los judíos.

—Lo siento por Elfri, pero ¡desde que has reencontrado a Hannah has recuperado tu ritmo de trabajo, hermano!

El doctor Stroomann interrumpió la conversación con una aparición wagneriana, por lo ceremonioso de la bienvenida, y con dos médicos como escolta, con sus batas blancas inmaculadas y debidamente abrochadas hasta unos cuatro dedos por debajo de las rodillas.

—Mi hermano pequeño, Fritz Heidegger, banquero —lo presentó Martin.

—Es un honor, Herr Heidegger, recibir su visita en este modesto complejo —lo correspondió con una reverencia y un apretón de manos.

—El honor es mío, doctor, y si me lo permite, el adjetivo modesto no se adecua ni a este edificio ni a su clientela ni a la exuberancia vegetal del entorno. Incluso me atrevería a decir que tampoco al profesor Martin Heidegger —dijo Fritz, guiñando un ojo a su hermano.

El doctor Stroomann le agradeció el halago disfrazado de ironía y los invitó a seguirlo hasta la sala de actos, donde tendría lugar la charla.

Esta era una prolongación de la versión alemana del *art nouveau*, con unos vitrales de colores que combinaban con el mosaico del suelo, de geometrías esféricas.

Aún no habían llegado a la mesa de conferencias, un mármol blanco montado sobre cuatro patas curvas de hierro forjado con dos sillas a conjunto con cómodos respaldos acolchados, cuando la gente comenzó a aplaudir. Era la segunda vez que los visitaba el profesor Heidegger, y algunos aún recordaban la primera charla y el enmudecimiento de la concurrencia al oír aquel huracán de palabras ininteligibles que, de alguna manera, zarandeaban el inconsciente, sobre todo las preguntas que dejaba en el aire para después intentar responderlas.

Fritz tenía reservado un asiento en primera fila, al lado de una dama de Friburgo, familiar de Lienhart Müller, asidua del sanatorio para erradicar una depresión crónica que se le había agravado con la muerte de sus dos hijos en el frente. La dama saludó al pequeño de los Heidegger y le preguntó si también era profesor de Filosofía, a lo cual Fritz respondió:

—Entre los textos de mi hermano mayor que he mecanografiado y los que he leído, casi me atrevería a responderle que sí, señora, pero en realidad soy banquero.

Stroomann se apartó el flequillo gris con los dedos de la mano derecha y se encajó bien las pequeñas gafas de pasta redondas antes de presentar a Martin. El traje beis de hilo y la camisa blanca le otorgaban un aire más de hombre de negocios que de médico. Mientras presentaba al invitado, fueron entrando algunos huéspedes más, hasta que la sala se llenó.

Cedido el turno de palabra a Martin, se hizo la calma. El ponente escrutó la sala en silencio, un silencio que se extendió a los asistentes. Parpadeó un par de veces y se levantó; Stroomann permaneció sentado a su lado, mirándolo.

—Señoras y señores, ¿qué disquisición es más grande que la voluntad de saber qué somos? —comenzó Martin, dejando unos instantes para que el público reflexionase.

El silencio se había hecho sepulcral.

—En un sanatorio similar a este, en la excelsa obra de Mann, Hans Castorp se formuló esta pregunta que todos nos hemos planteado alguna vez: ¿qué somos?

Martin miraba al fondo de la sala, como si quisiera fundir la pared, sin posar la vista en nadie en concreto.

—«En las aventuras de la carne y del espíritu, que acentúan tu simplicidad, conseguiste sobrevivir con el espíritu lo que no podrás sobrevivir con la carne... —Martin se detuvo unos segundos—. En esta fiesta mundial de la muerte, en este temible ardor febril que incendia el cielo lluvioso del ocaso, ¿también se elevará alguna vez el amor?».

Con estas palabras y esta pregunta finaliza la novela de Thomas Mann sobre su protagonista, Hans Castorp, en el sanatorio de Davos para tuberculosos...

Incluso Stroomann no disimulaba su fascinación al oírlo. La solemnidad en la palabra, la ceremonia del discurso.

—¿Qué somos, pues, sino seres-para-la-muerte? ¿Existe alguna certeza más punzante?

En la sala solo había una persona que no se había contagiado de la trascendencia hipnótica de la palabra heideggeriana: Fritz. Quizá porque habían crecido juntos y lo había visto en situaciones ridículas y cotidianas, en momentos de debilidad que le quitaban ampulosidad a la fachada académica. Tal vez porque era de los pocos que sabían que Martin tenía crisis personales y episodios depresivos notables. Puede que porque Fritz era la única persona que sabía que no se lo podía entender bien sin haber conocido a aquel monaguillo que devoraba libros y estudiaba para cura en la Konradihaus de Constanza.

Para Fritz Heidegger, Martin era un monaguillo adulto que aún no había encontrado su lugar en el mundo. Y si alguna vez había estado cerca de ello, ese lugar estaba presidido por una mujer inteligente que sabía entender a aquel cura frustrado con una oratoria y una semántica tan proverbiales como, en ocasiones, vacías: Hannah Arendt.

Friburgo, Alemania, mayo de 1952

El poder sofrológico de la música siempre había sido una especie de mito para Hannah. Como el cristianismo, que no por el hecho de ser judía lo consideraba una simple invención humana en el desasosiego existencial.

Sin embargo, esas dos concepciones míticas cambiaron a mediados de mayo, cuando, tras escuchar el *Mesías* de Händel interpretado por la Filarmónica de Múnich, Hannah salió del teatro conmovida hasta el punto de entender lo que significaba el mito del nacimiento de Cristo.

El *Aleluya* le golpeaba las sienes mientras se dirigía a la Universidad de Friburgo, adonde había llegado desde Múnich la tarde el 19 de mayo. Los *bächle*, los pequeños riachuelos de las calles, bajaban ufanos, la ciudad volvía a lucir la juventud propia de un municipio universitario, y los escaparates de las tiendas exhibían artículos de todas clases.

Para Hannah, Friburgo era algo más que todo lo que se descubría por sus calles y avenidas. Era Heidegger. La ciudad donde enseñaba el mejor pensador contemporáneo y a las puertas de la cual vivía su querido Martin.

Reencontrar a Heidegger le había conferido una fuerza insospechada. Le había permitido llevar de otra manera la relación con su esposo, relativizar sus infidelidades con Rose y encarar la tarea de pensar con la seguridad de tener como amante y colega al pensador más brillante de Alemania. También se añadía la amistad fraternal que la unía a Jaspers. Amparada por Karl y Martin, Hannah se sentía segura en el ámbito intelectual. Además, y esto no lo había maquinado, pero así eran las cosas, Jaspers era el ángel y Martin el demonio de una Alemania que tardaría décadas en superar la barbarie de los nazis. Poner una vela a Dios y otra al diablo era jugar seguro, a pesar de no haberlo planeado conscientemente.

¿Cómo estaría Martin físicamente? Hacía dos años que no lo veía, a pesar de su prolífica relación epistolar. ¿Seguiría Elfride, como suponía por sus cartas, en aquella actitud de falsa cordialidad?

Hannah mantenía que la trampa de Martin era su propia esposa. Con ella se había inmolado en una vida de ermitaño obediente. La trampa era la casa familiar y el visco afectivo que ella había vertido para retenerlo. El chantaje emocional de haberlo servido con fidelidad y abnegación para que él se dedicara únicamente a las tareas intelectuales. A él le había venido bien al comienzo, mientras la carcelera ignoraba el alcance de sus infidelidades. La caja de Pandora se había abierto con la confesión explícita de la infidelidad con Hannah y con la revelación de sus sentimientos ocultos: Hannah Arendt era la mujer más especial de su vida.

Si en Friburgo las cosas iban mal en este aspecto, en Nueva York sucedía al revés. Heinrich mantenía una curiosa actitud de consentimiento. Una aprobación morbosa, pensaba Hannah, que estaba convencida de que su esposo se sentía incluso orgulloso de que ella mantuviera una relación con el pensador que más admiraba. Solo así podía entender una aceptación que en ocasiones desembocaba en deslumbramiento.

Cuando se dio cuenta, ya estaba en la universidad, inconfundible por el tono rojizo de sus ladrillos. Un calor benigno le escaló hasta el cuello. Más aún cuando vio a Martin, que la esperaba a pocos metros de la puerta de la Facultad de Filosofía, con traje marrón, corbata negra y camisa blanca.

Martin paseaba con la cartera de piel en la mano derecha, saludando a algunos alumnos. Hannah quería gritarle para llamar su atención, pero se quedó un rato mirándolo disimuladamente. Se sentía muy feliz de que lo hubieran rehabilitado para la docencia. La filosofía no se podía permitir prescindir del gran maestro del pensamiento alemán, a pesar de su turbio pasado reciente. Ni tampoco la universidad alemana. Y mucho menos la de Friburgo.

Al principio, cuando se comenzó a hablar de rehabilitar a Martin Heidegger como catedrático y profesor en Friburgo, muchos pusieron el grito en el cielo. Otros incluso aventuraron que su pensamiento se había sobrevalorado y que su ontología era poco más que superchería vestida de palabras solemnes. Al final, y por escasa mayoría, casi por los pelos, Martin fue restituido por el Senado de la Universidad de Friburgo y unos meses más tarde rehabilitado por el Ministerio de Educación.

Había llegado a oídos de Hannah que, en su primer día de clase, el aula se llenó hasta los topes. No cabía ni un alfiler. Y los asistentes lo aplaudieron a rabiar cuando se presentó, y otra vez al acabar la lección. «El mago de Messkirch» volvía a deleitar a los alumnos como antaño.

Se acercó poco a poco a él, que buscaba la sombra de los castaños, y se fundieron en un abrazo, él sosteniendo la maleta como pudo para rodear a Hannah.

—¡Ya ves que he sido puntual, Martin! —le soltó ella, con una sonrisa radiante.

—No sabes la ilusión que me hace volver a tenerte de alumna.

—No me subestimes, Martin: seré oyente, no alumna —le aclaró, guiñándole un ojo.

Fueron hacia el aula del segundo piso, donde Martin impartía el seminario, y Hannah se sentó en primera fila.

El aula estaba llena, y las cortinas corridas protegían de la insolación. Algunos miraban con curiosidad a Hannah desde que la habían visto entrar amistosamente con el profesor. Surgieron algunas especulaciones, unos pocos comentarios que enseguida enmudecieron cuando Martin dio comienzo a la clase.

Sobre la tarima, Heidegger actuaba, como de costumbre, pero con una satisfacción añadida por la presencia de ella.

—En el «es», deviene palabra una exuberancia. Si en vez del «es» ponemos el «ser», el sustantivo, entonces surge la pregunta: ¿es el «ser» únicamente aquello más vacío, medido cada vez así o asá por el rasero de las otras cosas? ¿O es el «ser» la exuberancia?

Hannah miró de reojo las caras de los asistentes, que reflejaban extrañeza, confusión, admiración... Martin no había perdido la facultad de trastornar. Ella lo seguía, interesada, atenta a cómo matizaba los conceptos fundamentales.

El aula se fue llenando de palabras y de pensamientos que hacían el aire más pesado y a la vez más embriagador. Parecía como si lo que Heidegger denominaba el ser estuviera cerca y lejos a la vez.

Hannah no pudo evitar pensar en algunos alumnos de Martin que se habían suicidado después de asistir a sus seminarios. Resultaba curioso, pero se podía llegar a entender. Si profundizabas en la ontología heideggeriana, o bien alcanzabas la exuberancia del ser y eso resultaba gratificante, o bien te sumías en el vacío, una especie de abismo profundo de la nada que hacía pensar incluso en el suicidio.

Friburgo, Alemania, mayo de 1952

Resulta extraño comprender por qué las cosas son como son cuando hay expectativas de cómo deberían haber sido. Hannah pensaba en ello al despedirse de Martin después de una semana en Friburgo.

Y pensaba en ello porque se había encontrado una estampa más trágica de lo que preveía en relación con los Heidegger. Elfride la había recibido con mucha tirantez y escasa diplomacia. Martin reflejaba los excesivos celos conyugales, parecía adormecido y cansado, a pesar de haber vuelto a la universidad.

«¡Podríamos haber sido felices si hubieras dejado a esta bruja! —se decía Hannah—. Podríamos haber hecho un tándem académico imbatible».

No era tristeza lo que sentía después de aquella semana de convivencia. Era una especie de resentimiento hacia una esposa que asesinaba inconscientemente a su marido, castigándolo con el arma más antigua y más miserable de la humanidad: el remordimiento y la culpa.

Por otro lado, Martin le despertaba compasión. Él se había inmolado en una vida de destierro con Elfride, y solo podía respirar libertad en la cabaña de Todtnauberg, en el pensamiento contemplativo y con su única confidente: ella.

Hannah lo había encontrado más pesaroso y envejecido que nunca, y se marchaba con un regusto agridulce y una buena pila de manuscritos. Según la segunda ley de la termodinámica, el crecimiento interior no tiene por qué verse reflejado en la lozanía del cuerpo. Este era el sentimiento que se llevaba Hannah. Un Martin más florido que nunca de alma e intelecto viviendo un cansancio tedioso.

Pero ella se iba feliz. La esperaba otro *tour*: Basilea, Stuttgart, Múnich, Inglaterra y de vuelta a Alemania hacia finales de julio. Las sandalias al viento, como Rimbaud. El baúl lleno de gente y de vidas, como Pessoa. El corazón exultante, como san Agustín.

Mientras su coche se alejaba de Friburgo y atravesaba aquellos deliciosos valles verdes y húmedos, Martin cenaba en casa con Elfride. Un consomé de verduras con una cucharada de mantequilla. Cena frugal, como le gustaba al filósofo. Una moderación vespertina que ayudaba a dormir bien y a pensar mejor.

Cenaban en la terraza, bajo el porche. No hacía frío ni calor. Se estaba bien. Los cantos de los pájaros se columpiaban sobre las copas de los árboles y la fragancia de las flores y de los helechos casi envenenaba el ambiente. Elfride apenas lo miraba. Tenía los ojos clavados en el plato hondo, como si quisiera descubrir algo a cada cucharada enérgica. Martin estaba ausente. Triste por la marcha de Hannah. Toda la violencia interior de los dos se selló en los silencios. La tensión se hacía notar. Martin casi no había pisado su casa, salvo por las tardes. El motivo era que había exprimido los días con Hannah, y Elfride lo sabía porque su esposo no le mentía. Aquella sinceridad despojada, aquel exhibicionismo, aún enfermaba y daba más celos a su esposa.

—Con tu permiso, me retiraré un rato al despacho —manifestó Martin a los pocos minutos de acabar su cena.

Elfride estaba apurando la suya con la cuchara y lo miró por primera vez en mucho rato.

—¿Y si antes hablamos un momento?

Por el tono empleado, Martin sabía que quería jaleo. Él, que se había levantado, se volvió a sentar e inspiró hondo, como quien se prepara para algo hiriente.

—¿De qué quieres que hablemos, Elfride?

La esposa dejó caer la cuchara en el plato y se limpió la boca con una servilleta de encaje que procedía del ajuar de su abuela.

—No me gusta que te veas tanto con esa mujer, Martin, por más que esté casada y que su marido la espere en Nueva York.

—De momento, ya no tendrás que sufrir. Se ha marchado hoy, y vete a saber cuándo regresará.

Le había mentido, porque habían planeado una escapada a Constanza para el 5 de junio. Los dos solos. Sin nadie cerca que los influyera negativamente.

—Tampoco me gusta que le escribas tanto —añadió ella, conteniendo la ira.

—Nos carteamos básicamente para comentar nuestros escritos. No te ocultaré que también, por la estima que nos tenemos, comentamos temas personales e íntimos, pero el grueso de nuestra correspondencia es profesional. Somos pensadores y escritores, Elfride.

Ella lo miró con el fuego del Averno en las pupilas. A casa llegaban constantemente cartas de Hannah, que suponía que eran en respuesta a las que le debía de escribir su esposo. De estas últimas no había encontrado ninguna, porque Martin las tenía bien escondidas, fuera de su alcance.

—Me gustaría que, para corroborarlo, me dejaras leerlas.

Martin se levantó y puso las dos manos sobre la mesa.

—¡Ni lo sueñes, Elfride! La correspondencia entre dos personas contiene la belleza de la intimidad de la palabra escrita. Y ahora, si me disculpas, me retiro al despacho.

—Esa cerda judía te ha embrujado, Martin. ¡Ya no eres el mismo!

Le había dado la espalda cuando ella había formulado aquel disparate de frase y se detuvo al oírla. Se dio la vuelta poco a poco, como si tuviera un freno en la cintura.

—Solo tienes razón en una cosa: no soy el mismo. Ni tú tampoco, ni la casa donde vivimos, ni la luna que esta noche bañará los tejados de Zähringen. Tampoco Hannah. Pero te diré una cosa con una certeza absoluta: el ser es lo más dicho y, al mismo tiempo, el silenciamiento. El ser es lo más fiable y, al mismo tiempo, el abismo.

Elfride se mordió los labios. Cornucopias de palabras, sartas de sentencias detrás de las cuales se escudaba, porque allí, en aquel océano de frases y abstracciones, él era imbatible, él y su barco: el ser.

Lo siguió con la mirada hasta que desapareció por la puerta y se quedó sola, sentada a la mesa redonda bañada por la luz de aquella lámpara de vitral antigua y familiar, como el resto del mobiliario. Le entraron ganas de llorar, pero no lo hizo. El toque del reloj del primer piso se lo impidió. Nueve campanadas que resonaron en el hueco de la escalera e invadieron las habitaciones de una nostalgia febril.

Wellfleet, Massachusetts, Estados Unidos, verano de 1952

Mary McCarthy no era una mujer que se callara las cosas. Lo que tenía en la cabeza pasaba enseguida a la boca. Escribía de la misma manera. De forma abrupta y enérgica. Por este motivo, no le gustaban demasiado los malabares lingüísticos ni las acrobacias de pensamiento.

En este sentido, sorprendía que se pudiera llevar tan bien con Hannah, que se hubieran convertido en confidentes y cómplices. Quizá Hannah no lo supiera y le parecía bien que alguien, aparte de su Stups —apelativo cariñoso de Heinrich—, le planteara la realidad sin paliativos. Le ponía los pies en el suelo en algunos aspectos, porque su relación con Jaspers y, sobre todo, con Heidegger la mantenían en las nubes de la abstracción.

Mary era más alta que Hannah y un poco más robusta. Vestía a la moda, combinando los colores, y era bastante presumida. Tenía una risa ancha como el río Hudson y una frente abierta y lisa. Su tono de voz era grave, y cuando sonreía lo hacía desde el pecho, con intensidad, exponiendo aquella dentadura no demasiado agraciada de piezas separadas.

Paseaban por la Marconi Beach, los matrimonios Blücher-Arendt y Broadwater-McCarthy, conversando distendidamente, mientras las gaviotas hacían eses en el aire, alentadas por el día claro y ufano.

—Me exaspera pensar que Eisenhower y Nixon puedan ganar las elecciones —protestó Hannah, que se protegía detrás de unas gafas de sol y llevaba un pañuelo rosado en la cabeza, atado debajo de la barbilla.

—¡Estados Unidos no podría elegir un presidente peor! Si los padres de la Constitución levantaran la cabeza... —apuntó en esa misma línea Mary, que también llevaba gafas de sol y un sombrero de ala ancha.

—No quisiera abrir heridas, pero Nixon y Eisenhower me suenan a nazismo adornado de democracia *light*.

Aquel comentario de Heinrich inquietó a su esposa. Mary y Bowden no habían sufrido los colmillos del nacionalsocialismo. Heinrich y Hannah tenían sus estigmas en el cuerpo y en el alma. Sobre todo ella, que había estado retenida en el campo de Gurs y había sentido el hedor del aliento de la muerte durante muchos días.

—Lo que me parece más grave —añadió Bowden, que trabajaba como corresponsal para *The New Yorker*— es que no hay ideología detrás. Al menos, el nacionalsocialismo se sostenía sobre el barro cocido, frágil, de unas ideas estrambóticas y perversas. Pero ¿qué ideología representan los republicanos de Eisenhower?

—Ya te lo digo yo —se afanó Heinrich—: la consolidación de un estado de guerra permanente que garantice la estabilidad del dólar.

—Estoy de acuerdo con lo del estado de guerra —soltó Hannah—. El conflicto de Corea y la guerra fría estructural con la Unión Soviética legitiman este estado militarizado en alerta constante.

Se detuvieron junto al faro rojo que guiaba a los barcos desde aquella punta de cuerno que era Wellfleet, en el Atlántico.

—Quizá deberíamos movilizarnos si ganan los republicanos —puso sobre la mesa Mary.

—¿Cómo? —le preguntó Heinrich.

—No lo sé, con una nueva revista política, por ejemplo —sugirió ella, encogiendo sus amplios hombros.

—Ya hemos denunciado los totalitarismos en nuestros libros, y la gente, si quiere, tiene una amplia biblioteca de literatura democrática.

El tono de Hannah había sido escéptico. No creía que una nueva revista convenciera a los estadounidenses de las amenazas que podía suponer una involución republicana.

—Estoy de acuerdo —intervino Bowden, señalando a Hannah—. Escribir es importante, pero habría que llegar a la gente de una manera más directa.

Hannah cerró los ojos justo cuando estaban debajo del acantilado del faro de hierro y pensó en su desafortunado Walter Benjamin, cómo los podría haber ayudado si hubiera llegado a América en vez de escoger el suicidio. La vida no era de color de rosa, pero era vida, y siempre regalaba algún momento de calidad, como los que estaban pasando aquella semana como invitados de la familia Broadwater-McCarthy en aquella villa de unos mil habitantes.

—¿Os animáis a trepar por aquellas rocas hasta el faro? —los retó Heinrich, con entusiasmo casi infantil—. ¡Un poco de esfuerzo como colofón de la caminata!

—¡Yo me niego a hacer el cabra! Os espero aquí —le respondió enseguida Mary, que ya buscaba un lugar donde sentarse.

—Yo me quedaré contigo, Mary, por solidaridad femenina.

—¡Me temo que no puedo dejarte solo, Heinrich! —le contestó Bowden.

Las dos amigas se sentaron en sendas rocas. El mar estaba

bastante tranquilo, pero de vez en cuando alguna ola juguetona impactaba contra el roquedal y las salpicaba.

—¿Eres feliz, amiga mía? —le preguntó Mary, tan directa como siempre.

—Al menos puedo afirmar que vivo con cierta paz, a pesar de los republicanos —le respondió ella, sonriente.

—¿Aún se ven Rose y Heinrich?

—Supongo. Con intermitencias, pero sé perfectamente cuándo ha estado con ella. Instinto femenino.

—¿Y tu querido Martin? ¿Os seguís escribiendo?

Hannah se quedó contemplando el océano. Una mirada lánguida.

—Sí, pero no haber podido encontrarnos en Constanza, con la ilusión que nos hacía, reconozco que me dejó tocada.

—¿Por culpa de su mujer?

—Sí, ¡lo está ahogando! Martin me escribió para anular la cita porque no quería empeorar la relación con su esposa.

—Hay mujeres así, celosas hasta el punto de amortajar a los maridos como las arañas a sus presas. Nosotras tenemos el beneficio de la experiencia. Bowden es mi tercer esposo, y sé que de vez en cuando visita a una amiguita en el Bronx, pero eso no me quita el sueño, porque después vuelve a casa como si nada y esta pequeña infidelidad ayuda a refrescar nuestra relación. Tú también estás de vuelta. Heinrich es tu segundo o casi el tercero, si contamos a Martin. Por este motivo su idilio con Rose tampoco te afecta.

—Si te soy sincera, mi relación con Martin es lo que más me ayuda a no ver con celos la suya con Rose. De hecho, todo matrimonio llega a un punto en el que el amor pasional muere para convertirse en amistad.

—Cierto, Hannah, así es como veo a Bowden, como un amigo.

—Y pasando a cuestiones serias: ¿quieres que te confiese un secreto? —le preguntó Hannah, risueña.

—¡Soy todo oídos!

—Marx se equivocó al pensar que se podía fabricar la historia. Benjamin tenía razón: la historia son apropiaciones del recuerdo, tal como se puede comprobar en el instante de un peligro.

Mary hizo un gesto de desaprobación divertido y esbozó una mueca de asco.

—¡Ya está aquí la aburrida pensadora! ¡Y yo que pensaba que me ibas a confesar que Martin Heidegger tenía un pene proverbial!

Hannah rompió a reír ante aquel disparate. La vida era un camino hecho también de risas como aquella. Intrascendentes, pero tan históricas como los próximos comicios. Al fin y al cabo, como decía Heidegger, «somos caminantes que siguen viviendo cada día la experiencia de un pensamiento diferente».

Todtnauberg, Alemania, finales del verano de 1952

Martin Heidegger recordó a su viejo mentor y amigo, Edmund Husserl, mientras pasaba la mano por las rugosidades del tronco de un abeto inmenso que se alzaba a pocos metros de la cabaña. El viejo Husserl y la fenomenología habían sido el surco primigenio de su filosofía, con aquel «regresar a las cosas mismas», dejando de lado los prejuicios y las teorías sobre ellas.

Él lo había formulado de otra manera: «Dejar que las cosas sean», que el ser se muestre en ellas, que se revele a través de ellas. Incluso, apostillando al maestro Eckhart, del siglo XIV, despegándose de todo para dejar hacer al ser.

A medida que fue escribiendo *Ser y tiempo*, se dio cuenta de la distancia que tomaba con Husserl, aunque la fenomenología hubiera sido un buen punto de partida. «Regresar» era un acto volitivo y personal; «mismas», una redundancia innecesaria si se dejaba ser a las cosas. No obstante, en él mismo aún continuaba habiendo un punto volitivo: «dejar que las cosas sean».

Acariciaba el abeto con admiración. ¡Cuántos días habían sido necesarios para formar aquel tronco!

La luz de la aurora se extendía en silencio sobre las montañas. Elfride dormía en la cabaña, y él, como de costumbre, salía a admirar el milagro cromático del alba. Una brisa fresca movía el

184

molinillo de viento. Podía escuchar el chirrido a doscientos metros. Todo estaba en calma. El bosque se despertaba.

Martin pensaba en el viejo Husserl mientras enfilaba la subida hacia el camino principal. No había sido justo con él. No había hecho nada para protegerlo cuando los nazis lo destituyeron y se prohibió ejercer la enseñanza a los judíos. No acudió a consolarlo. Dejó que la editorial eliminara la dedicatoria de *Ser y tiempo* en las siguientes ediciones. No lo visitó más en su casa y, lo que era más grave, no hizo acto de presencia en su entierro.

Martin se detuvo para admirar una flor. Un narciso que crecía ufano en medio del prado. Así se consideraba él: como una flor en medio de la hierba. Nadie acababa de entenderlo. Nunca lo habían comprendido. Ni los colegas, ni los alumnos, ni Elfride ni sus hijos. Solo Hannah, y al principio Jaspers. Ellos eran las únicas personas que habían conseguido entrar de puntillas en su mundo.

Quizá sí que había sido injusto con Husserl y con otros judíos en la universidad. Sobre todo con Husserl. Pero él tenía una misión, una oportunidad única de dejar realizar el ser en la universidad alemana. No pudo ser. No lo entendieron ni sus colegas ni los nazis. Estos solo querían una fábrica de autómatas para las filas militares. Habían sido la perversión moderna de la «voluntad de poder».

Aún mantenía la esperanza de que nuevas amistades, como Jean Beaufret, lo entendieran, y también su silencio respecto del nacionalsocialismo.

¿No había suficiente con la *Carta sobre el humanismo* que había publicado a instancias de Beaufret en 1946? ¡Mediante su lectura se podía entender todo! Los que sabían leer, claro, que eran pocos, evidentemente.

Hacía tiempo que Jaspers lo buscaba a través de la correspondencia. Le pedía explicaciones de su militancia y de sus actitudes. Lo acorralaba como un cazador a su presa. Y con palabras amables, de salón de té, y con una cordialidad de amiguismo que lo estaba ofendiendo.

Karl Jaspers quería una explicación por escrito, y Martin ya no sabía cómo hacerle entender, tanto a él como al mundo, que no había sido un simple militante, sino un nazi de pensamiento puro, de trascendencia histórica. Y sintió tristeza y mucha vergüenza cuando se descubrieron las atrocidades del régimen de Hitler, la perversión deformada e inexplicable de los exterminios masivos y la decadencia política.

Le había escrito a Jaspers, un día de furia y añoranza, que había dejado de visitarlo en su casa de Heidelberg por vergüenza. Tal cual. Por vergüenza. Vergüenza para con su esposa, Gertrud, que era judía, y para con él mismo. Vergüenza porque no se sentía cómplice de aquella pandilla de bestias enloquecidas, a pesar de haber sido militante y de haber hecho propaganda en discursos públicos y actos protocolarios y académicos.

¿Qué explicación podía ser más humillante que esta: sentir vergüenza? ¿Qué más quería Jaspers? ¿Qué más le podía decir? Jaspers no había tenido bastante con esa confesión. Quería más. Seguía acosándolo. A veces, Martin había llegado a pensar que sentía celos de su relación con Hannah.

Pocos sabían que, a consecuencia de todos aquellos asuntos lastimosos y horripilantes, de la situación estrafalaria en la cual su nombre se había visto manchado, había sufrido un colapso importante en 1946. Suerte que había encontrado al psiquiatra Viktor von Gebsattel, que había conseguido recuperarlo. Suerte de los bosques de la Selva Negra, que habían sido capaces de absorber toda aquella maldad. Suerte del arzobispo de Friburgo, Konrad Grüber, que había intercedido por él en aquellos momentos oscuros de 1945, cuando los franceses entraron en Messkirch, donde él se refugiaba a finales de la guerra. Grüber había salvado muchas vidas de judíos y alemanes evitando a la Gestapo.

Martin dio media vuelta hacia la cabaña a unos trescientos metros de distancia. Se veía con bastante claridad el pilón alimentado por una fuente colina arriba y la cabaña de madera. Más allá, donde la vista se perdía, se elevaban los Alpes, majestuosos y difuminados en la lejanía.

No solo lo creía, sino que tenía la convicción de que allí prevalecía lo que era importante. En cada hoja que caía, en cada piedra o rodada de carro, en cada árbol o colina, allí, en Todtnauberg, habitaba lo que era grande y eterno. Allí, apartado de la superficialidad del hombre, de la técnica, de la vida moderna, se hacía presente el ser. Y lo hacía por este esclarecimiento.

En el espesor de la bruma o en la furia de los vientos de tormenta, allí el ser dejaba ver parte de su belleza. Martin se detuvo poco antes de acometer la cuesta. Miraba la cabaña. Pensaba: «¿No habré sustituido la metafísica por la metafórica? ¿No seré cautivo de mi confianza en el lenguaje? ¿Cuál es el sustrato último del pensamiento, sino el ser? No puedo estar de acuerdo con mis colegas de Fráncfort y los demás que esgrimen que la filosofía es el amor al bien. La filosofía siempre ha sido el amor a la sabiduría y no al bien, siempre, antes que los moralistas, Platón y Aristóteles, metieran baza».

Acabó de subir la cuesta que llevaba hasta el camino llano y lo siguió en dirección al cruce del roble majestuoso. Cerca de allí, en las mañanas en las que no subía la bruma, había una perspectiva maravillosa del valle.

Hannah estaba a tres mil millas, más allá del océano. Hacía tiempo que no sabía nada de ella. La última carta se la había escrito desde Messkirch, su pueblo natal. Había sido muy corta, seis líneas, con una petición dolorosa:

«El resfriado ha empeorado. Además, me siento muy cansado. Es preferible que no me escribas ni vengas. Todo es doloroso y difícil. Pero debemos soportarlo».

Así deshacía aquella escapada a Constanza, urdida con tanta ilusión. Desde entonces no había recibido ninguna carta suya. Ni él le había vuelto a escribir. Necesitaba este tiempo de silencio para tranquilizar a Elfride y hacerle entender que su relación con Hannah no ponía en peligro la estabilidad familiar.

Un silencio que se hizo eterno e hiriente, apaciguado únicamente por las lecturas y los paseos por la naturaleza releyendo a Hölderlin mientras, de tanto en tanto, cuando la añoranza le consumía, sacaba una fotografía clandestina que Hannah le había hecho llegar por carta en septiembre de 1950, donde estaba recostada, vestida, en una tumbona de playa en Manomet, Massachusetts. La foto se la había hecho su esposo, Heinrich Blücher, y Hannah tenía el mismo aspecto que cuando se tumbaba sobre la cama del hotel de Friburgo, donde aquel año se habían reencontrado.

La vida podía ser tan frágil como aquella imagen en blanco y negro, tan descolorida y punzante, y a la vez tan esperanzadora.

Mucho tiempo atrás le había escrito, en los inicios de su idilio, que la espera agrandaba el amor, lo magnificaba. Ahora, en cambio, también sabía que la espera podía resultar dolorosa. ¿Cuándo volvería a verla? ¿Cuándo retomarían la correspondencia?

Martin tenía aquella foto en las manos y la miraba mientras el mistral fresco le murmuraba palabras silenciosas de amor a las cuales él dio sonoridad. Versos de Friedrich Hölderlin. De amor. De nostalgia.

> *Vislumbro a lo lejos el mundo pasado,*
> *el grisáceo manto que cubre mis recuerdos,*
> *«pero nosotros pasamos por la tierra unidos como cisnes*
> *que satisfechos se aman cuando reposan junto al estanque».*

Martin besó la foto con los labios, secos por el viento fresco que lamía las colinas de Todtnauberg.

Hamburgo, Alemania, septiembre de 1959

Hannah tenía una sonrisa dibujada en el corazón tras su estancia en París con su querida Annuschka, mote afectuoso de Anne Weil. De todas sus amigas, era con la que más se reía, y más aún últimamente, pues Mary McCarthy estaba sufriendo el duelo de una ruptura sentimental.

La vida empezaba a regalarle todo aquello que, de muy pequeña, parecía haberle robado. Era cada vez más querida y admirada como pensadora, los editores se interesaban por sus obras, su Stups —tal como llamaban afectuosamente a su esposo Heinrich—, aunque se mostraba celoso de su éxito, la quería como mujer, y en su interior se estaba produciendo una reconciliación con su patria verdadera, Alemania, que le proporcionaba paz y serenidad.

Ella era judía, sí, pero alemana por la gracia de Kant, Goethe y Rilke. Y que la ciudad de Hamburgo la hospedara en el Senado, porque tenía que recibir el premio Lessing, era más que un honor. Era una satisfacción imbatible para cualquier filósofo germano.

Había llegado el día anterior a Hamburgo procedente de París, con la maleta dispuesta para viajar durante tres meses por aquella Europa que la volvía a fascinar después de la embriaguez de la guerra.

Decía Gotthold Lessing, el pensador y humanista que daba nombre al premio, que «el mejor de los hombres es el que experimenta la mayor piedad». A ella piedad no le faltaba. Ni para perdonar a Martin, ni para estar en paz con todo el mundo.

Ya en la estancia del Senado, pensaba en los momentos en los que había sido piadosa. ¿No lo había sido ya de muy pequeña con su padre, atribulado por aquella sífilis que al final le había provocado trastornos mentales? ¿No lo había sido con su esposo, que mostraba comportamientos tan machistas que hacían dudar de su genuina raíz comunista igualitaria? ¿No lo había sido con Martin, que la había utilizado casi siempre en beneficio propio y callaba ante sus publicaciones, como si tuviera celos de su talento como pensadora?

¿Por qué había atraído a hombres celosos, como Heinrich o Martin? Celosos de su valor, no en el plano sentimental. Esto último les daba igual, o casi, a ambos. Martin jamás mencionaba sus publicaciones. Ni una palabra. Como si nunca hubiera publicado nada.

Su esposo mostraba unos celos más generosos, pero le molestaba que ella tuviera más éxito que él, que las universidades la invitaran a dar charlas o que le llegaran cartas de felicitación y grandes premios, como el Lessing.

Y ambos, en el aspecto sentimental, parecían tolerantes. Martin no se inquietaba cuando algún compañero de Marburgo intimaba con Hannah, siempre que ella acudiese a su cita con él. Su esposo conocía su infidelidad con Martin y no era que no sintiese celos, sino que casi consideraba un halago y un premio que su esposa fuera amante y confidente del filósofo más importante de Alemania.

«¡Fumas demasiado!», se riñó a sí misma cuando encendió un cigarrillo en la terraza del cuarto. Se apoyó en la barandilla.

Hacía una temperatura agradable y trató de serenar la mente concentrándose en el tabaco.

Quería repasar el discurso de la entrega del premio, pulirlo y después enviarle un telegrama de felicitación a Martin por su cumpleaños. Setenta. Enfilaba el camino de la finitud ajeno al mundo, recluido en su universo de palabras e ideas, enjaulado con una esposa que, a la postre, lo aislaba aún más.

Un aislamiento que había repercutido también en Hannah, porque no mantenía correspondencia con Martin desde hacía cinco años. Era como si él se impusiera una condena, una especie de castigo o penitencia. ¿Por qué? ¿Los celos de su esposa bastaban para explicar aquellas retiradas? ¿O aquella taciturnidad amorosa formaba parte de su talante?

Hannah recordó el reencuentro en Friburgo en 1952. La explosión y el goce de los dos, desnudos sobre la cama de aquel hotel acogedor. Rememoró su oferta de quedarse allí con el consentimiento de su mujer. Otra utopía de las suyas. Elfride nunca habría permitido aquel trío. Ni tampoco ella misma. Se había acostumbrado a volar libre. Su Stups le abría la jaula de vez en cuando, y ella, como un jilguero sediento de primavera, desplegaba las alas y se marchaba, se alejaba un tiempo para después volver.

Pensar en lo que podía haber sido y las diversas variables no servía de nada, solo para afligirse o, todo lo contrario, para confortarse por no haberse metido en la boca del lobo.

¡El discurso del premio! ¡Tenía pocas horas para repasarlo! Debía pronunciarlo el día 28 y lo había titulado «De la humanidad en tiempos de oscuridad», con el subtítulo «Reflexiones sobre Lessing».

Se sentó a la mesilla y sacó de una carpeta de piel el texto que ya tenía escrito. ¿Por qué ella, que no era de exhibirse públicamente, se desnudaba en aquel discurso? Quizá porque partiendo de la máxima de Lessing según la cual el mejor hombre es el más piadoso, había sido el faro de ese juego de palabras y se había reflejado en el paria como modelo de hombre. El paria lanzado a la ira del mundo, donde debía sobrevivir cultivando la bondad y gracias a su vitalidad. El paria frente al superhombre y la voluntad de poder. El paria, como ella, como el pueblo judío, como otros colectivos que, humillados y ofendidos, salían adelante y ofrecían nuevos valores para vivir en paz y convivencia.

Encendió un Lucky y retiró la silla. Los parias deberían conquistar el mundo ahora que los hombres revestidos de la voluntad de poder habían fracasado. ¿Podría entender eso la humanidad? ¿No era eso lo que había dicho Jesús hacía dos mil años, al ofrecer la otra mejilla y dejándose crucificar por los suyos?

Una carcajada la hizo toser. «¡Fumas demasiado, Hannah! Y encima, mira por dónde, valoras el cristianismo primitivo, el reino de los parias, ¡eso es! ¿Qué diría tu abuelo de Königsberg, meticuloso judío, si oyera que meditas sobre una apología de Cristo, a quien su pueblo crucificó?». ¿No era eso mismo la dialéctica de la historia que construía la propia historia, como decía su querido Benjamin?

Nueva York, Estados Unidos, navidades de 1960

Mientras preparaba el relleno de los *strudels* para la noche, Hannah sonreía feliz. Había invitado a Mary McCarthy, a Anne y su pareja a cenar a casa. Cocinar para los demás la hacía muy feliz.

Su madre siempre le había advertido que el gran secreto del relleno de los *strudels* eran las nueces. De todos los frutos secos que acompañaban a las manzanas caramelizadas, las nueces, decía Martha Cohn, siguiendo la receta austrohúngara de la abuela de Königsberg, eran la clave de unos buenos *strudels*.

Tenía sobre el mármol de la cocina una copa de vino blanco del valle de Dry Creek, California, el mismo que tenía en la nevera para servir a los invitados, y la iba apurando mientras cocinaba.

Hannah se sentía feliz por primera vez en muchos años. La última visita a Europa, y en especial a Alemania, le había cargado las pilas. Se encontraba bien en su país natal. Tanto que sentía la necesidad de visitarlo de nuevo pronto.

Con la copa de Chardonnay en la mano, meditó sobre aquella necesidad de marcharse de casa y alejarse de su Stups, y en especial de pasar temporadas en Alemania.

Siguió mezclando el relleno en un bol, pero antes echó un vistazo a la oca que tenía en el horno.

¿Cómo es que en Jerusalén o en Tel-Aviv no había experimentado ese bienestar que había sentido en Fráncfort, Basilea o Friburgo? ¿Por qué la estancia en Israel la había desasosegado más que conmovido?

Quizá la respuesta fuera más fácil de lo que parecía: ella ya no se sentía de ningún lugar, sino de todos a la vez, y amaba por encima de todo a las personas, huyendo de cualquier compulsión nacionalista. ¿Por qué se sentía tan feliz en su nuevo apartamento de Nueva York, o en casa de los Jaspers en Basilea, o en Friburgo en compañía de Martin Heidegger?

Entonces ¿por qué no habría estado bien en Tel-Aviv en compañía de su querido Kurt?, se preguntó Hannah mientras envolvía el relleno con la pasta de hojaldre.

Cuando acabó, se secó las manos con un trapo y, antes de azucarar mucho los *strudels* que había colocado en la bandeja, bebió otro sorbo de vino y se quedó pensativa, mirando el horno donde se cocía la oca.

¡Música! ¡Le faltaba música! Accedió al comedor adyacente y miró por el ventanal, desde donde se veía el mítico río Hudson. Estaba contenta de haber comprado aquel apartamento, hacía tan solo dos años. Riverside Drive, 370, un edificio vigilado día y noche por los porteros. Quinta planta. Con vistas maravillosas al río. Confort.

Puso un disco en el gramófono que le había regalado recientemente Heinrich. The Platters. «Only you». Aquella canción se merecía un Lucky y más Chardonnay.

Se sentó en una silla a escuchar aquella maravilla. Cerró los ojos y repasó fugazmente imágenes románticas con Günther, Martin y su Stups. Tenía cincuenta y un años y había besado y hecho el amor con intensidad. No se podía quejar de su vida sentimental. Intensa siempre, de una manera u otra.

¿Cómo estaría pasando el fin de año Martin? Se lo representó triste, con corbata negra y camisa blanca, sentado en aquel horrible comedor de Zähringen, con aquella bruja intransigente a su lado, quizá también sus dos hijos y algún familiar más. ¿Por qué no se imaginaba pasar el fin de año con él, en vez de tener pensamientos fúnebres?, se riñó.

¿Hasta qué punto se había enfriado aquella relación? Ella le había enviado una breve carta, el 28 de octubre del año anterior, para decirle que había ordenado a la editorial que le enviasen un ejemplar de *La condición humana* a su casa de Zähringen.

Le explicaba que el libro en cuestión no estaba dedicado, pero que «si las cosas hubieran funcionado correctamente entre nosotros (quiero decir entre los dos, no me refiero ni a mí ni a ti en particular), te habría preguntado si podía dedicártelo; surgió de manera directa desde los primeros días de Friburgo y te debe casi todo, en todos los sentidos. Tal como están las cosas, me pareció imposible, pero de alguna manera he querido al menos hacértelo saber».

Hannah había recordado aquella carta con nostalgia en el pecho. No saludaba a Elfride, como otras veces. Era una carta hiriente. De confesión. «*La condición humana*, ¡te lo debo y te lo habría dedicado!».

Martin no acusó recibo, como hacía con las publicaciones que ella le enviaba, ni le respondió. La siguiente misiva que le había llegado era una tarjeta autógrafa impresa para agradecer las felicitaciones recibidas en ocasión de su septuagésimo cumpleaños.

Hannah volvió a la cocina, donde lo primero que hizo fue beber un sorbo de vino a la salud de su querido Martin.

El aroma que se había enseñoreado de la cocina era tan apetitoso que temía que cuando llegara Heinrich con las compras de última hora empezara a picotear de las bandejas.

Hannah abrió el horno y pinchó con un tenedor un par de veces la oca. Satisfecha, lo apagó y sacó la bandeja humeante, que desprendía un olor embriagador.

Regresó junto al gramófono y puso la aguja de nuevo sobre aquella canción de The Platters que, desde que había salido, en julio, estaba haciendo furor en Estados Unidos y en Europa. Justo en ese momento apareció Heinrich con una gran bolsa de papel en los brazos, enfundado en un abrigo largo de color azul y envuelto en una bufanda roja.

—¡Se siente el olorcito desde el rellano! —exclamó.

—¡Tienes cara de frío! —observó ella desde la distancia.

—Hace un frío de mil demonios, ¡cuatro bajo cero! Pero aquí se está bien, y con los Platters, aún mejor.

Se había quitado la ropa de abrigo y la había colgado en el recibidor.

—¿Te apetece una copa de vino?

—Sí, gracias —contestó, dejando la bolsa sobre la encimera.

Fue hacia la mesa y olió los *strudels* y la oca. Hannah le advirtió que no metiera la mano para probarlo.

—Esto tiene un aspecto inmejorable.

Ella le alargó la copa. Debajo del delantal, Hannah llevaba una blusa blanca con las mangas arremangadas y una falda estrecha gris que le caía cuatro dedos por encima de las rodillas.

Heinrich se acercó a ella con los labios mojados de vino. El «Only you» de fondo: «*Only you can make all this change in me. For it's true, you are my destiny*».

Heinrich le rodeó la cintura con el brazo derecho. Miradas encendidas. Los labios se acercaron. El sabor de manzana verde del Chardonnay en la boca. La lengua tibia. Un beso prolongado...

Era fin de año y por primera vez en mucho tiempo Hannah se sentía plena y feliz.

Friburgo, Alemania, primavera de 1961

Martin se sentó a la mesa, donde Elfride lo estaba esperando con la sopa humeante de cebolla. Tenía la radio encendida. Dos noticias acaparaban las ondas radiofónicas: el proceso de Adolf Eichmann en Jerusalén y la hazaña del astronauta ruso Yuri Gagarin.

—¿Es necesario que escuchemos las noticias mientras cenamos?

—Como tú casi no hablas, la radio me hace compañía.

La luz se reflejaba a intervalos en el plato de Elfride, y Martin la seguía, atento. Así era el ser. Fugaz. Imprevisible.

—¿Te molestaría apagarla? —le preguntó, como si no hubiera oído o no hubiera hecho caso del reproche.

—¡Pues sí! —le respondió en un tono de protesta.

Martin miró el plato y, simulando que no sucedía nada, fue dando cucharadas a la sopa.

—¡Ya no me cuentas casi nada! ¡Claro, el señor profesor ahora tiene a su amiguita americana judía con la que se cartea y no le quedan palabras para la que le lava la ropa, le hace la comida y las compras y le calienta la cama!

En ese momento, la emisora Bayerischer Rundfunk emitía información sobre el juicio de Eichmann. Dos periodistas alemanes iban comentando el juicio. Uno de ellos decía que el defensor de Eichmann, Robert Servatius, le hacía preguntas a Salo Baron, un profesor judío de historia hebrea de la Universidad de Columbia. Este había sido citado por el fiscal general para hablar sobre el antisemitismo. Al acabar, el letrado preguntaba al profesor: «Todo lo que ha dicho está muy bien, pero ¿cómo explica el odio que todo el mundo siente por los judíos?». La pregunta, según relataba el periodista, había provocado un silencio inquietante en la sala. Seguramente fuera una estratagema del letrado para descargar de responsabilidad a su cliente.

—¿Lo has oído, Martin? ¿Por qué todo el mundo odia a los judíos?

Él suspiró y dejó la cuchara dentro del plato.

—La pregunta no es cierta ni correcta, Elfride. Afirmar que todo el mundo odia a los judíos es lo mismo que decir que no hay nadie que no los odie, y lo cierto es que yo, por ejemplo, no soy judío y no los odio. Estas afirmaciones tan categóricas son tan teatrales como falsas.

Elfride lo miraba con ira.

—¡Claro!, ¿cómo los vas a odiar si has sido amante de una judía?

Martin, como era habitual últimamente, se hizo el sordo. Era la mejor forma de esquivar la polémica con Elfride.

Pero ella tiró la servilleta que tenía sobre las piernas encima de la mesa.

—¿Te has quedado mudo de repente? ¡Quiero hablar! ¿Lo entiendes?, ¡quiero que me cuentes lo que le escribes a esa cerda!

Martin cerró los ojos. La emisora seguía informando acerca del juicio a Eichmann. Habían puesto un corte de voz con declaraciones del acusado, que pedía ser colgado en público. Lo manifestaba en una cinta grabada antes del juicio, que había comenzado en abril.

—Creo que ya lo ha dicho todo en ese corte de voz, Elfride: quiere ser ahorcado en público.

—¡Pues no me parece bien! Aunque él lo pida. ¡Este juicio es ilegal! Lo raptaron en Argentina y lo llevaron a Israel drogado y por la fuerza.

Martin la miraba sin dejar de sorber la sopa de cebolla. Cucharadas espaciadas y medio llenas. Para saborearla. Si algo hacía bien Elfride, era cocinar.

—Argentina no expatria a los nacionalsocialistas que se refugian allí. Eichmann era la mano derecha de Heydrich en la solución final. El encargado de que las deportaciones fueran lo más eficientes posibles. Un funcionario de la muerte. Un ser-para-la-muerte. Si Israel busca venganza, el único recurso que le quedaba era raptarlo y llevárselo. El juicio es un acto teatral a gran escala para motivar a la juventud sionista. Un pretexto para la expresión del nacionalismo judío. Y no me interesa nada el tema. Podemos pasar a otra cosa, si te parece bien, como el cohete de los soviéticos, que también es una muestra de nacionalismo. Bien mirado, ¿por qué no hablamos del viaje que tenemos previsto a Grecia para el año que viene?

Elfride lo miraba con una mezcla de aprecio y rabia. Admiraba aquella capacidad de aislarse de lo que no le venía bien, de guardar silencio ante la polémica. Se podía pensar que Heidegger era un cobarde y, como el avestruz, metía la cabeza bajo tierra. Ella sabía que su esposo no era un cobarde, pero rehuía la polémica tanto como le era posible. A veces incluso dejaba al adversario plantado.

Acabaron de comer mientras comentaban la noticia de Gagarin y otros asuntos familiares intrascendentes, y Martin, como de costumbre, se retiró a su despacho.

Desde la mesa, por los ventanales, se veía la torre del castillo en ruinas de Zähringen, y más allá, las colinas salvajes de la Selva Negra.

Muchos alemanes estaban señalados y acusados por su pasado nacionalsocialista. Él mismo, sin ir más lejos. Algunos de sus colegas, en especial Theodor Adorno, de la escuela de Fráncfort, lo acusaban de pensador nazi. En sus últimas publicaciones, Adorno, que era el sanctasanctórum de los pensadores judíos exiliados y regresados a Alemania, no dejaba de mencionarlo.

No era un juicio como el de Eichmann, porque él no había matado a nadie, pero se sentía como en una sala de plenos invisible, acusado por los fiscales humanistas.

Jaspers casi le había retirado la palabra, a la espera de una explicación clara y concreta de su participación en el nacionalsocialismo. Alumnos suyos como Jonas o Löwith tampoco perdían la oportunidad de señalar a su maestro con el dedo de la vergüenza.

En *La jerga de la autenticidad*, Theodor Adorno aprovechaba para denunciar la metafísica heideggeriana como algo maquiavélico al servicio del totalitarismo: «La irracionalidad en medio de aquello que es racional es el clima empresarial de la autenticidad».

Entre las pocas voces que lo respetaban y cuidaban su obra, e incluso lo ayudaban en la difusión y traducción de la misma, estaba Hannah, tal vez la mujer que lo había sabido entender mejor y de quien se había distanciado por exigencias matrimoniales.

Sobre la mesa, en un rincón apartado, tenía el ejemplar de *La condición humana* que le había hecho llegar unos meses atrás. Según una breve carta suya, estaba dedicada a él de forma tácita.

Solo la había hojeado, como todo lo que ella había publicado. Le molestaban sus obras, su éxito, su pragmatismo filosófico.

Era consciente de que muchos de sus conceptos habían salido de sus propias ideas, que ella había disfrazado de voluntad pacífica e individualización, alejándose de la realización del ser.

¿Había amado a aquella mujer? ¿O había sido, sobre todo, una atracción física hacia un cuerpo más joven que, además, le regalaba conversación con sustancia? ¿Puro egoísmo, tal vez?

Cogió la pipa, la cargó de tabaco y la encendió, con la mirada puesta en aquella torre alzada tozudamente entre las ruinas. Sobre ella se proyectaba todo el pasado esplendoroso de Zähringen. La torre, pensaba él, dejaba que el ser fuera, en aquella actitud majestuosa. Eso es lo que tenía importancia de verdad, y no sus finalidades históricas: la manifestación del ser en aquellos sillares.

Lo mismo pasaba con la conciencia. No importaban sus vuelos de mariposa sobre el pensamiento político; lo que prevalecía con el tiempo era la conciencia del sí, y esta era la que era, como se había mostrado, sin ninguna floritura añadida de la razón o de la voluntad de poder que la disfrazara de otra cosa y desvirtuara la presencia del ser. En el ser también cabía el error. Formaba parte del acontecimiento de la manifestación. Hegel lo había visto claro: «Un calcetín remendado es mejor que uno roto. No diríamos lo mismo sobre la conciencia del sí».

Por eso mismo no perdía el tiempo con el juicio de Eichmann. Había sido un error del ser, pero, al fin y al cabo, era una manifestación de este. El hombre había pedido su propia condena para expiar la colaboración con aquellos crímenes execrables, incomprensibles, pero que habían ocurrido. Él mismo había sido víctima del error del ser. Había creído que el nacionalsocialismo era la oportunidad histórica de manifestar el ser en Alemania y de construir un horizonte nuevo.

Por eso callaba. No porque no se arrepintiese. El holocausto y los crímenes de Hitler lo horrorizaban, le provocaban náuseas. Sus discursos públicos en defensa del Führer habían ayudado a consolidar a unos verdugos en el poder. No lo había hecho conscientemente. Lo habían engañado, como a tantos otros alemanes. Allá por 1933 él no imaginaba la barbarie de Auschwitz, sino que veía en el nacionalsocialismo la oportunidad de hacer real la conciencia del sí de manera colectiva.

Pipó unas cuantas veces, con la mirada fija en esa torre que, como un falo excitado, se alzaba amenazante sobre el cielo claro. Por más que lo señalaran, había resistido firme, como la vieja torre. Tenía la misión de dejar que en él surgiera lo sorprendente del puro hacerse presente. Más allá de toda la cháchara intelectual. Más allá de los Adornos y de los francfortistas. Más allá de Elfri y de la propia Hannah. El ser...

Múnich, Alemania, primavera de 1961

Hannah había llegado a Múnich agotada, tras la feliz estancia en un hotel muy acogedor de Zúrich que estaba muy cerca de la ribera del Limago. Los meses que había pasado en Jerusalén, para cubrir el proceso de Eichmann para *The New Yorker*, la habían amodorrado y cansado más de lo que pensaba. Quizá tuviese razón Jaspers al reñirla cuando se enteró de que iría a Jerusalén para cubrir el juicio. Él creía, como así fue, que Hannah viviría situaciones muy desagradables.

Karl Jaspers era de la opinión, como mucha otra gente, de que el juicio no era legítimo. Erich Fromm y otras personalidades alemanas habían protestado por la detención del jefe de las SS y por cómo se había montado el proceso. Ella estaba de acuerdo con que Eichmann se sentara ante un tribunal y también entendía que los judíos lo hubieran casi raptado en un país que no aceptaba las peticiones de extradición de exnacionalsocialistas.

Jerusalén la asfixiaba. El orientalismo de la ciudad, que no había sabido aceptar el legado europeo de los nuevos colonos, y el ambiente de crispación religiosa y social le disgustaban. Era muy curioso, porque, cuanto más tiempo pasaba en Israel, más se alegraba de vivir en Nueva York y visitar a menudo Alemania y Europa. Si tenía clara una cosa era que por nada del mundo acabaría sus días allí.

A la pesadez del proceso de Eichmann y de todo lo que allí se cocía se añadía que los años no perdonaban, y aquel trasiego la consumía.

Sentada en un bar cercano a la pensión Biederstein, donde se alojaba, dejaba que su mente repasara aquel periplo.

La visita a Israel le había dejado un regusto agridulce. Reencontrarse con Kurt Blumenfeld era siempre una alegría. Mantenían una estrecha relación epistolar, casi paralela a la que mantenía con Jaspers. Era su hermano mayor sionista. El que estaba allí, en la tierra de Moisés, anclando la vida.

Kurt era uno de los muchos judíos que habían decidido establecerse en el nuevo Estado judío. A diferencia de ella, su amigo había hecho suya aquella tierra. Había dejado el nomadismo inconsciente de su pueblo para morir de manera sedentaria con un sentimiento firme de nacionalidad y pertenencia. ¿No era este el sueño inconsciente del pueblo hebreo? ¿Arraigar donde no molestara a nadie?

La embargó la tristeza. Ella no creía en aquel Israel. Había abandonado el anhelo de un Estado propio. Y eso Kurt no lo entendía. No podía comprender que los judíos, después de todas las adversidades vividas, no abrazaran la aridez de la tierra que les proporcionaba amparo definitivo, y se enfadaba con su amiga por el rechazo que a esta le provocaba la manera como se había construido el nuevo país, con el menosprecio y la marginación de los árabes y las formas totalitarias del líder sionista David Ben-Gurión.

Encendió un cigarrillo y miró el reloj de pulsera. Günther Stern era puntual, o al menos lo era, y mucho, cuando estaban casados.

Dio un par de caladas intensas y cruzó las piernas con agilidad. ¿Cómo es que había quedado con Günther y dudaba si encontrarse con Martin? ¿Qué clase de sentimiento se removía en su interior para haber dado preferencia absoluta a su primer esposo, a quien casi había hecho desaparecer del todo de su vida, por delante del hombre al que había decidido amar hasta la muerte?

¿Tal vez había sido ese distanciamiento que él le había pedido en 1952 al anular su encuentro romántico en Constanza? En su fuero interno, lo habría suscrito. Después del intenso reencuentro, las escenas de paranoia y celos de Elfride y aquella retirada angustiada y agotada de Martin la desconcertaron y la desilusionaron.

¿Sería capaz de marcharse de Alemania sin verlo? Solo llevaba unas horas en Múnich y no tenía intención de quedar con él.

¿No lo explicaría también que el hecho de que Martin le hubiese pedido espacio y silencio le había recordado viejos episodios de ausencia, en los primeros años de su relación, que se le habían clavado como espinas en el corazón?

Atribulada por aquella desidia hacia su antiguo amante, apurando el Lucky, desatendió la entrada de Günther en el bar.

Miró el reloj fugazmente para comprobar que su primer esposo seguía tan puntual como siempre. Solo pasaba un minuto de las ocho y media de la tarde.

El abrazo fue prolongado. Ella no era capaz de recordar aquel calor, había perdido fuerza con el tiempo, pero él seguía atesorando el aroma de Hannah y la amenaza de sus pechos contra el suyo.

Hannah imprimió distancia con el brazo derecho y dio un paso atrás para mirarlo.

—¡Estás casi igual, Günther!

Él sonrió y se ruborizó.

Era cierto. No había sido un halago. Günther seguía mostrando una figura esbelta y mantenía aquella cabellera espesa de antaño, solo que con alguna cana.

—¡Me alegro mucho de volver a verte! —confesó él.

Ella le correspondió con un gesto.

Con esta satisfacción casi de primera cita, cogieron un tranvía hasta la Marientplatz y desde allí caminaron hasta el número 9 de la Platzl, donde estaba la cervecería más antigua y concurrida de la ciudad: la Hofbräuhaus. Aún se veía por aquel núcleo antiguo de la ciudad alguna casa en ruinas a causa de los bombardeos de la guerra. Ya lo cantaban los poetas antiguos: la guerra deshace con facilidad lo que al amor le costó mucho levantar.

Dentro de la cervecería, de techo abovedado animado por frescos y lámparas inmensas que esparcían una luz generosa, se respiraba alegría y bienestar. Los seres humanos, por suerte y en general, tenemos una propensión marginal a la positividad. ¡Al mal tiempo, buena cara!

—Quién habría dicho, cuando estábamos en París, que acabarías impartiendo seminarios en Princeton, Harvard, la New School de Nueva York..., ¡y que los editores se pelearían por publicar tus obras y recibirías premios por tu tarea!

—¡No es del todo así, Günther! Puedo sentirme satisfecha, pero aún molesto a mucha gente como una mosca en la sopa.

Günther sonrió y después suspiró.

—Hannah, la provocadora.

—¡Y que lo digas! Lo que es triste es que solo trato de hacer justicia. ¿Y a ti cómo te va, Günther?

—¿Me convidas a un Lucky?

Hannah le pasó el paquete por encima de la mesa y él lo cogió con los dedos deformados por la artritis.

—¡Fuma tanto como quieras! Tengo otra cajetilla en la bolsa. Y tenemos que celebrar mi premio Lessing.

—¡Me alegro muchísimo! —la felicitó con sinceridad, antes de colgarse el cigarrillo en los labios.

—No me has respondido, Günther, ¿cómo te va?

—¿A mí? No tengo tanto éxito editorial como tú, pero quizá te gane en polémica.

—¿Me lo explicas?

—He regresado a Alemania, como te comenté, porque tengo previsto instalarme definitivamente aquí. En Estados Unidos, después de la publicación de *Más allá de los límites de la conciencia*, donde, con la colaboración con Claude Eatherly, el piloto que instruyó a los lanzadores de la bomba atómica sobre Hiroshima, analizó las alcantarillas del macartismo, me han declarado *persona non grata* y «despreciable comunista». Tengo casi todas las puertas cerradas, pero he descubierto que solo triunfan los imbéciles de poca profundidad.

Günther puso un gesto de triste resignación y dio una calada intensa.

—¡Lo siento! —le contestó Hannah, acariciándole la mano por encima de la mesa.

—No pasa nada. Para serte sincero, estoy bien solo, viviendo mi naufragio. No digo que no a ningún trabajo, de profesor o de peón o de lo que salga. Me rechazan los escritos porque no son adecuados para los tiempos de recuperación que vivimos, o así se justifican los editores. No venderían en el contexto actual. Y, además, me precede la fama de comunista, ¡algunos incluso me han tildado de anarquista!

—¿Te encontrarás a gusto aquí, en Alemania? ¡Los fantasmas del pasado te acosan!

Les sirvieron las cervezas artesanales; la Hofbräu era de las mejores de la comarca. Se elaboraba en Múnich desde que Guillermo V de Bavaria ordenó: «Ya basta de importar cervezas del norte de Alemania. ¡Ahora las haremos aquí!». Levantaron las jarras y brindaron. Hannah le leyó el deseo en los ojos.

—¿Y tú, Hannah? ¿Sabes algo de Martin Heidegger?

Se le ensombreció el rostro y suspiró antes de responderle:

—¡Claro! Nos hemos visto varias veces y mantenemos correspondencia.

La cara de sorpresa de Günther era un poema.

—¿Lo sabe tu marido?

—Sí, ya sabes que soy muy clara con eso. No le veo sentido a engañar a la pareja ni a ocultarle sentimientos.

—¿Cómo puedes estar con él después de lo que le han hecho a nuestro pueblo? ¿Después del holocausto? ¿Después de Auschwitz?

Hannah bebió un sorbo y encendió otro Lucky.

—No sé si podrás entenderme, pero trataré de ser franca contigo. Cuando me enteré de su militancia y de sus actuaciones universitarias, me horroricé. Llegué a odiarlo. Por lo que les hizo a Husserl y a los demás. Leí algo suyo después de la guerra y me entraron náuseas. Reconozco que tenía muchos prejuicios. Incluso cuando vine a Europa a inventariar el patrimonio perdido para la Jewish Cultural Reconstruction, me planteé no verlo.

Günther la miraba atento y conmovido.

—Así y todo, acabé citándolo en un hotel de Friburgo, pasamos la noche juntos y por la mañana incluso me invitó a su casa de Zähringen para hablar con su esposa, que estaba al tanto de nuestra relación.

Günther se había quedado helado, perplejo. Si lo hubiesen pinchado, no habría sangrado.

—Así son las cosas, Günther, ese reencuentro fue la confirmación de toda una vida.

—¿Puedo coger otro cigarrillo?

—Ya te he dicho que tienes vía libre.

—Gracias. Escucha, Hannah... No es que quiera desenterrar muertos ni airear alcantarillas del pasado, pero siempre me ha consumido haber sido una especie de sortilegio amoroso para olvidarlo. ¿De verdad no me quisiste nunca?

Günther tenía los ojos empequeñecidos detrás de las gafas y un ademán de desconcierto y tristeza.

—Querer es un verbo que hemos devaluado mezquinamente. ¡Claro que te quise! Eras como un hermano para mí, un confidente, un amante, pero nunca llegué a enamorarme de ti, Günther; si te dijera lo contrario, me traicionaría a mí misma, y también a ti.

Apuró la jarra de cerveza mientras la miraba a los ojos.

—Yo sí que me enamoré de ti y te confesaré que quizá aún estoy enamorado.

Al dejar la jarra, Hannah le cogió la mano con ternura y se quedó mirándolo un rato en silencio. ¿Por qué no había podido enamorarse de él? «Qué pregunta más estúpida», se corrigió enseguida.

—¿Lo visitarás esta vez?

—No lo sé, y no te miento.

—¿Y eso?

—Nos hemos distanciado un poco a raíz de los celos compulsivos y maníacos de su esposa.

—¡Elfride! La recuerdo —afirmó Günther—. Una vez Heidegger nos invitó a unos cuantos alumnos del seminario a Todtnauberg, y estaba su esposa. Pensaba que yo era alemán de pura raza y me echó una arenga, haciendo apología del nacionalsocialismo. Le dije que se equivocaba, que era judío. Cambió la manera de mirarme y se le borró la amabilidad del rostro.

—Es una bruja que odia a los judíos.

—¡Y en especial a ti! —soltó él, guiñándole un ojo.

—En especial a mí —confirmó Hannah, con una sonrisa divertida.

Se hizo un nuevo silencio entre los dos, pero no dejaban de mirarse.

—Me acuerdo a menudo de cuando vivíamos en París, en aquella habitación del 269 de la rue de Saint-Jacques, y nos pasábamos el día leyendo y escribiendo juntos —se sinceró él.

—No teníamos ni un franco y salíamos adelante con artículos de última hora y conferencias imprevistas. Eso nos daba para pagar el alquiler y comprar tabaco.

Él se rio.

—¡Qué estrecheces pasamos! Pero por la noche leíamos juntos a Kafka y, extraviados en el absurdo, nos olvidábamos de nuestra absurda y penosa realidad.

—¡Cierto, Günther! Aún hoy releo a Kafka y lo cito a menudo. Creo que nadie ha interpretado con tanta elocuencia metafórica el vacío de la existencia.

—Excepto Heidegger —apuntó él.

—Sí, el *Dasein* lanzado al mundo —afirmó ella.

De golpe, él chasqueó los dedos.

—¡Ay, casi se me olvida lo más importante!

—Dime.

—El Gobierno alemán ha abierto una línea de ayudas para reparar los perjuicios que ocasionaron los nazis. Estoy en pleno trámite y casi lo tengo todo, pero necesito testigos dispuestos a firmar.

—¿No se lo has pedido a Mannheim, Tillich, Jonas y los otros?

—Mannheim y Tillich están muertos. Con Jonas y algún otro... no me hablo.

Hannah sintió mucha lástima por él. Estaba derrotado emocionalmente y, a pesar de todo, aún alzaba el cuello como un pavo.

—¿Me estás pidiendo que te haga de testigo?

—Sí, eres la única que puedo añadir al expediente.

Ella suspiró y le lanzó una sonrisa.

—No me puedes invitar a la cerveza, ¿no?

—Si lo hiciera, pasaría un par de días sin comer.

Günther Stern, alias Günther Anders, la joven promesa filosófica, una de las plumas más afiladas, vivía casi en la indigencia. Heidegger no se había equivocado con él. Al principio le había dispensado atención por su valor, después lo había calado e, incluso, lo había llegado a aborrecer. Más aún cuando se casó con su «duende del bosque».

—¡Cuenta conmigo! Por los viejos tiempos y porque tú me ayudaste a obtener el visado para Estados Unidos. ¿Y ahora qué, señor Stern?

Günther estaba radiante. Había conseguido la promesa del testimonio de Hannah, una testigo de peso ideológico y mediático. Ella no lo había hecho ni por los viejos tiempos ni para devolverle el favor, sino por compasión. Hacía solo unos días había citado a Lessing ante un gran auditorio en Fráncfort: la compasión era la virtud más destacada del hombre bueno.

Mientras Günther rumiaba, ella encendió un cigarrillo.

—Ya lo tengo, ¿quieres celebrar bien tus éxitos y premios?

—Sí.

—¿Aún te gusta la música?

—¡Claro!

—Aquí cerca hay un local donde tocan unos chicos que versionan a Buddy Holly, Carl Perkins, Little Richard... ¿Por qué no vamos a tomar un cóctel?

¿Cómo podía negarse a esa propuesta tan entusiasta del hombre a quien había utilizado y manipulado para deshacerse del acoso emocional de Martin?

—De acuerdo, pero con una condición.

—Te escucho.

—No volveremos a hablar de Martin en lo que queda de noche.

—¡Hecho!

Y chocaron las palmas de la mano tal como hacían cuando habían conseguido algo mientras duró aquella historia suya de amor y carestía.

Isla de Delos, Grecia, verano de 1962

Todo lo que tiene una época dorada está condenado irremisiblemente a una época de decadencia. Es el latido inconsciente de la vida humana marcada por el ciclo biológico.

Martin Heidegger paseaba solo por la antigua ciudad de Delos, por las ruinas, para ser más preciso, pero podía vislumbrar aquel esplendor antiguo en cada rincón. Desde aquel emplazamiento privilegiado que habían escogido los antiguos, entendía el nombre de la ciudad: Δήλος, «dios visible», «lo manifiesto», «lo que emite luz».

Hasta que no pisó la isla donde la mitología decía que habían nacido Apolo y Artemisa, se había preguntado si quedaba algo más en aquellas ciudades que había visitado que el capricho de la representación.

Desde que había zarpado de Venecia, triste ciudad, acrónimo mercantilizado de la historia del norte de Italia, y visitado la antigua Cefalonia, Corfú, y también Ítaca, Olimpia, Micenas y Rodas, la inquietud de no poder atravesar «el umbral de los sueños» lo inquietaba.

Como experto en lengua y cultura griegas, como filósofo que reivindicaba la Grecia primitiva para volver a pensar de nuevo, se había forjado muchas expectativas acerca de este viaje, que, además, se había retrasado siete años desde el primer intento fallido en 1955.

El azul turquesa del mar Egeo se abría al corto alcance de la mirada y contrastaba cromáticamente con el blanquecino de las ruinas. El rastrojo seco y el sotobosque empobrecido de las suaves colinas parecían no querer robar notoriedad al mar y a la ciudad.

Elfride y el resto de la comitiva estaban en el albergue. Él se había levantado para ver la aurora, como los habitantes primigenios, desde la ciudad, y después paseó, solitario y meditabundo, dejando que Delos fuera y se mostrara como era.

No era casual que Leto, la bella hija de titanes, escogiera el lago próximo al río Inopo para engendrar a sus hijos, Apolo y Artemisa. El dios de las artes y la diosa de la caza. Arte y violencia en una misma cuna. Creación y destrucción como *leitmotiv* del cambio en la vida, del logos.

Martin se sentó en un banco del jardín de la que había sido una casa acomodada y cerró los ojos para perder aquel poder hipnótico del azul Egeo allí, en el estrecho que separaba la isla de su vecina, Rinia.

Se dejaba sorprender por el lugar, permitía que se manifestara y se hiciera presente lo puro, lo que los ojos no podían ver pero la mirada veía; lo que los oídos no podían escuchar pero el oído percibía. Lo que no era manifiesto y se manifestaba.

Delos no lo había recibido como un mero objeto muerto y extinguido de la historia. Había latido y vida allí, manifestación, presencia.

Solo allí, en aquel día claro, había entendido lo que explicaba sobre la tarima a diestro y siniestro desde que enseñaba metafísica. Solo entonces se le reveló del todo el secreto de pensar «desde» y no «en». Lo que había entrevisto en la Selva Negra, en la cima de Todtnauberg, allí, en Delos, se mostró como una revelación. Seguramente, pensó, fuese la misma experiencia que había descrito Nietzsche en la roca de Sils Maria. Las cosas, las entidades, parecían ofrecerse como en una hierofanía.

Trastornado por aquella revelación, Martin deambuló por lo que habían sido las calles empedradas de la ciudad milenaria. Esos adoquines los habían pisado sandalias míticas que él calzaba sin percatarse. Las de Odiseo, por ejemplo, que había pasado por allí en su periplo hacia Ítaca y había confundido una palmera joven con la bellísima Nausícaa, hija de Alcínoo, el rey de los feacios. Allí había atravesado «el umbral de los sueños». El viaje había valido la pena. Del bolsillo de la americana de hilo sacó un ejemplar de la *Odisea*, cuyo libro IV ya había leído en cubierta mientras el barco se acercaba, días atrás, a la antigua Cefalonia, el país de los feacios, y lo abrió por el fragmento donde se mencionaba la estancia del rey de Ítaca en aquella isla.

Al acabar de leerlo, se preguntó cómo era posible que aquellos canallas de Adorno y Horkheimer tergiversasen el mito de Odiseo en una metáfora de la explotación de los trabajadores por parte del patrón en el primer excurso de aquel indecoroso libro titulado *La dialéctica de la Ilustración*, donde se atrevían a manipular al mismo Immanuel Kant.

Sin que lo supieran, los gallos del corral de pollos de Fráncfort, se decía él, seguían analizando la historia y la mitología como forenses, en lugar de hacerlo como unos cirujanos que las consideraban vivas. Pensaban «en la cosa» y no «desde la cosa», evitando que la cosa se mostrara como era realmente. Deformaban con la «voluntad de poder» la dialéctica de la misma historia del conocimiento, como habían hecho Platón y Aristóteles. Habían traicionado el espíritu que se respiraba en aquella ciudad en ruinas y viva, palpitante.

Martin se demoró en el que había sido el teatro. Desde las gradas de mármol su mirada se podía perder en el azul inmenso del Egeo. Suspiró intensamente. ¿Cuántas tragedias y comedias se habrían representado mientras el vino esperaba el final dentro de las ánforas?

Se había levantado una agradable y templada brisa marina que cogió a Martin recitando aquellos versos de Píndaro dedicados a Aristómenes de Egina:

«En breve crece el gozo de los mortales e igualmente cae por tierra, sacudido por una esperanza descarriada. Efímeros somos, ¿qué es uno? ¿Qué no es?».

Basilea, Suiza, verano de 1961

Volver a Europa acompañada por su Stups le estaba resultando más gratificante de lo que había creído.

Hannah se había acostumbrado a volar y viajar sola, incluso le resultaba terapéutico alejarse de su marido, pero esta vez Heinrich le había pedido acompañarla para reencontrarse con el Viejo Continente, y en especial con Alemania.

Se habían encontrado en Zúrich. Hannah, procedente de Jerusalén, donde cada vez le costaba más estar, a pesar de que el proceso de Eichmann seguía en marcha. Heinrich había volado desde Nueva York y estaba impaciente por poner los pies en Europa después de mucho tiempo al otro lado del océano. En realidad, no había cruzado el Atlántico desde que había empezado la guerra.

Le hacía mucha ilusión encontrarse en Zúrich, porque allí residía su gran amigo Robert Gilbert, con quien quedaron y departieron durante unos días; Hannah disfrutó de la sensibilidad y cultura del compositor.

El nexo entre su esposo y Gilbert estaba reforzado por el distinto talante que poseían. Robert era sensible y muy atento a los sentimientos, mientras que Heinrich tenía menos profundidad afectiva y una ironía cáustica que cautivaba.

Jaspers no esperaba llevarse tan bien con el esposo de su querida Hannah. Tampoco ella. Los Jaspers los habían recibido con los brazos abiertos, con aquella cordialidad afectuosa que deja en un segundo plano la cordialidad. Nada más entrar en la casa, Heinrich percibió el calor acogedor del matrimonio. Se sorprendió porque, aunque Hannah le había dicho que Karl era alto, no sabía que lo fuera tanto.

Gertrud, como de costumbre, esta vez con la ayuda de Hannah, preparó una comida pantagruélica de bienvenida: una generosa *raclette* como primer plato y pato confitado de segundo. Mientras las mujeres se movían por la cocina, Karl y Heinrich se sentaron en el comedor.

Jaspers se alegró de encontrarse con un buen conversador.

—Y bien, ¿ya impartes clases de manera fija? —preguntó el anfitrión, tras encender la pipa.

—Así es, tengo una plaza definitiva en el Bard College de Nueva York.

—Y si me permites la osadía, como amigo privilegiado de tu esposa que soy, ¿qué hace un comunista antisistema en una universidad privada del tuétano del sistema?

—¡Básicamente ganarme el puchero!

Los dos estallaron en risas.

—Morder la mano de quien te da de comer es una actitud muy vieja en el humanismo —apuntó Jaspers.

—Para serte franco, me siento a gusto allí. Es una buena universidad, el claustro de profesores es interesante y tengo el río Hudson al lado para pasear por su orilla entre clase y clase.

—Una buena universidad es aquella que forma hombres y mujeres, y no piezas de engranaje para el sistema. No sé si estás de acuerdo.

—¡Totalmente! Y, de hecho, este es mi compromiso interior: formar humanos dentro de mis posibilidades.

—Las universidades, con el capitalismo, se han convertido en servidoras del sistema. Más aún después de la guerra, por paradójico que pueda parecer, porque ha sido la codicia capitalista la que lo ha ocasionado.

Hannah había aparecido en aquel momento con una copa de vino en la mano. La comida casi estaba lista, al pato le faltaban algunos minutos de cocción y había ayudado a Gertrud a recoger la cocina.

Se sentó al lado de Heinrich, mirando de frente a Karl.

—Estábamos diciendo que las universidades deben formar hombres y mujeres, no piezas del capitalismo —le comentó su esposo para ponerla en antecedentes.

—Estoy de acuerdo, pero ya sabéis que es difícil —observó ella—. Los planes de estudio son cada vez más específicos y menos generalistas. De alguna manera, ya limitamos la capacidad de abstracción de los individuos y los dirigimos a una tarea concreta.

—Ya no hacemos filósofos —intervino Jaspers—, sino pensadores para mejorar las cosas bajo unos axiomas de salida.

—Ahora me has recordado a Heidegger —dijo Heinrich con un guiño al anfitrión, que lo miró con sorpresa con su ojo más grande.

—¡El pensador monumental del ser! ¡El hombre que busca la pureza desde la impureza más grande! —apostilló Jaspers, con una dosis de rencor.

—¡Ten cuidado, que estás en minoría! —ironizó Hannah.

—¿Cómo? —se sorprendió Jaspers con un gesto teatral y exagerado—. ¿Tú también eres un acólito de ese nacionalsocialista disfrazado de monaguillo?

—Considero brillante su pensamiento, por lo que respecta a la alienación del hombre a raíz del progreso técnico —le respondió Heinrich.

—Mi esposo es un seguidor de Martin.

—¡Válgame Dios! ¡No me lo puedo creer, Heinrich! ¡Un comunista de corazón impartiendo clases en una universidad privada y adorando a Heidegger en vez de leer a la escuela de Fráncfort!

—Es lo que tiene haber sido un paria expulsado —se justificó, encogiéndose de hombros.

—¿Sabes que le envié un ejemplar de *La condición humana* y una carta para explicarle que se lo habría dedicado a él si no fuera por su esposa, sin mencionarla, claro, y, como de costumbre, ni me ha respondido?

La pregunta iba claramente dirigida a Karl.

—¡Es unególatra y, además, un machista! No soporta ver que la alumna supere al profesor. Un envidioso —sentenció Jaspers.

—Siempre he tenido que trampear con él en este sentido. Como si mi vida de pensadora y escritora no existiese. Incluso he callado algunas veces cuando habría podido rebatirle algún argumento. Me he limitado a ser la comentarista de su obra y a complacerlo. He fingido que solo sabía contar hasta tres o cuatro, como mucho, por una especie de miedo a disgustarlo...

El tono de Hannah fue tan triste que a Jaspers se le encogió el corazón. Heinrich comprendía la situación, porque él también sentía unos ciertos celos de su esposa. Sus escritos no habían pasado de los cajones de la biblioteca de su casa, mientras que los libros de su mujer circulaban por universidades y librerías. Conocía en primera persona la compleja anatomía de los celos.

—¡No es justo ni racional que le continúes enviando libros ni escribiéndote con él, Hannah! —la riñó Jaspers con una autoridad casi paternal.

—Lo sé, pero considero que se lo debía. *La condición huma-na* es el fruto de sus clases en Marburgo y en Friburgo.

Se hizo un silencio. Martin Heidegger tenía esta potestad: la de generar silencios cargados de sentimientos.

—Tenemos previsto marcharnos a Locarno para ver a Annuschka, y después ir a Friburgo, donde el profesor Joseph Kaiser me ha invitado a impartir unas clases de filosofía en la universidad —les contó Hannah, después de beber un trago.

—Me gustaría que me presentaras a Heidegger en persona —le pidió Heinrich.

Jaspers los miraba consternado. No acababa de entenderlo.

—¿Así que organizaréis un encuentro a tres bandas? —les preguntó con los brazos levantados y la pipa colgando de los labios.

—Me parece que no —respondió Hannah, mirando la copa vacía—. Estoy dolida por su silencio ante mi obsequio sincero. Quizá tenga que empezar a aprender a valorarme ante él y no seguir haciéndome pasar por la admiradora bobalicona de siempre.

Heinrich la miró con sorpresa. Le resultaba extraño ir a Friburgo con ella y perder la ocasión de conocer a Heidegger.

—¿Sabes qué es lo que más me irrita de Martin? —preguntó Jaspers, clavando los ojos en Hannah.

Los dos se quedaron mirándolo, esperando una autorrespuesta.

—Su cobardía, su silencio ante sus actuaciones fascistas en 1933, ante tus publicaciones, la ausencia en las ocasiones que requieren una presencia firme... Esa retirada cobarde y a la vez arrogante de quien quiere estar por encima y no dignarse ni a dar explicaciones, ni a exculparse, ni tan solo a explicar sus motivos. ¡Como si la cosa no fuera con él! Doy apoyo a Hitler, pero después me lavo las manos como Pilatos sobre Auschwitz. En-

gatuso a mi mejor alumna y después, cuando me supera, igno-
ro su obra. Alemania me señala con el dedo y me escondo en
Todtnauberg, eludiendo cualquier responsabilidad. Un amigo,
o sea, yo, me pregunta el porqué de mi actuación y doy la calla-
da por respuesta o alguna banalidad, como la vergüenza...

Jaspers se aclaró la garganta con un carraspeo antes de acabar:

—A veces pienso que su monumentalidad del ser solo es una
fábula expiatoria de su cobardía humana infantil.

Friburgo, Alemania, octubre de 1961

A Hannah, el otoño le recordaba su juventud en Marburgo y sus paseos sobre alfombras de hojas multicolores por los bosques cercanos a la buhardilla. El otoño representaba el inicio del recogimiento de la vida para hibernar, una metáfora de la madurez. Las tardes anestesiadas, la naturaleza ralentizada, las auroras alargadas...

Se había comprometido a impartir clases en la Wesleyan University, en Middletown. Los honorarios eran suculentos, y la única pega era que, debido a la distancia, tenía que residir en una pensión durante la semana y volver a casa los fines de semana, donde su Stups la recibía con los brazos abiertos en el flamante apartamento junto al Hudson.

De hecho, Hannah había postergado aquella oferta de trabajo porque debía cubrir el proceso de Eichmann para *The New Yorker*, pero se había medio comprometido para el otoño.

Parecía que la economía de los Blücher-Arendt, que tenían dos nóminas fijas como profesores y remuneraciones variables procedentes de los derechos de autor y de conferencias y artículos de prensa, iba mejorando. En cuanto a su situación sentimental, después de su reciente viaje a Europa, la pareja estaba incluso más consolidada.

Pero como dice el adagio: «No se puede tener todo en la

vida». Mientras que la economía y el amor parecían presentes en su vida, la salud chirriaba.

Unas terribles migrañas asaltaron a Heinrich, hasta el punto de que no eran síntomas intrascendentes. Un aneurisma dejó fuera de juego al bueno de Stups mientras Hannah estaba en Middletown. Por suerte, Charlotte Beradt, una amiga de la pareja, lo encontró en casa, tumbado en un sofá, descompuesto y lleno de ceniza de tabaco.

Fue ingresado de urgencias en el hospital presbiteriano de la ciudad, y el neurólogo le explicó a Hannah que su esposo tenía un pronóstico incierto: un cincuenta por ciento de posibilidades de salir ileso.

Y allí estaba ella, a su lado, de baja del trabajo, acompañando a su Stups, angustiada y nerviosa por el posible desenlace.

Mientras paseaba por el jardín del hospital, pensaba en la fragilidad humana. Los dos habían pasado penurias importantes, ella incluso había deseado la muerte en el campo de Gurs, y en aquel momento la atormentaba la posibilidad de que le llegase la hora a su esposo.

¿Qué hace que a veces una persona desee el final y otras, cuando este asoma la cabeza, se aferre a la vida? ¡El bienestar! Eso, creía Hannah, era lo que determinaba la conciencia de vivir. Como seres lanzados al mundo y abandonados en el mismo mundo que hemos construido, tenemos que librar no solo la batalla de las relaciones con los demás y con lo que nos rodea, sino también nuestra propia batalla interior, y la de la salud. Desde una atalaya de bienestar físico y económico, las cosas se veían de una manera distinta que desde la carencia y el sufrimiento. No obstante, Hannah había percibido esperanza en Gurs, allí donde solo había miseria y padecimiento. ¿Qué o quién podía alimentar aquella esperanza en una situación tan trágica?

Se sentó en un banco y encendió un cigarrillo. Lo miró y se repitió por enésima vez que debería dejar aquel mal hábito. Un viento, más bien fresco, removió la alfombra de hojas del suelo y la luz se iba extinguiendo por la proximidad del sol a su lecho. Deseaba de todo corazón que su Stups se recuperara. Era un hombre tozudamente fuerte. Esto jugaba a su favor. Como también la ironía con la que miraba la vida en general, una forma particular de tomar distancia de ella.

Hacía solo unas horas, Heinrich le había soltado:

—¡No estés tan nerviosa! ¡No te olvides del otro cincuenta por ciento!

—¡No tienes remedio, Stups!

Le aferró la mano sobre la cama, el brazo con los tubos de los goteros.

—Si lo tuviera, no estarías conmigo, Hannah, la amante de las causas perdidas.

Se fue desvaneciendo la luz y también la contaminación acústica. Una bajada de volumen y brillo.

Morir era algo normal, se repetía. Somos seres-para-la-muerte, como decía Martin. Como mujer de cincuenta y cinco años, con una esperanza de vida mayor, la muerte era una idea prematura. Como filósofa, la muerte ya estaba aquí. Siempre había estado. Desde el nacimiento.

¿Por qué temer, entonces, a la muerte? De golpe, se dio cuenta. No temía su muerte, pero sí la de su esposo. Y eso solo tenía una explicación: con su fallecimiento el mundo desaparecía. Con el de Heinrich, ella se quedaba sola. Sola.

Y repentinamente, como si hubiera sido una defensa del inconsciente, en su memoria apareció la risa enigmática de Martin.

¿Por qué tenía que pensar en él? No le había respondido a su última carta, hacía un año y pico, en la cual le confesaba que

La condición humana estaba dedicada a él de manera tácita. No se había visto con ánimos de visitarlo durante su reciente estancia en Friburgo. Incluso se había enterado de que él tampoco deseaba verla. El profesor Heidegger le había casi prohibido a su compañero, el también profesor de Friburgo y exalumno suyo, Eugen Fink, que quedase con ella durante su estancia en la universidad.

¿Cómo podía seguir pensando en alguien al que le molestaba su éxito editorial y profesional mientras su esposo se debatía con la muerte? El viento se había intensificado y removía con más fuerza la alfombra de hojas. Las farolas se habían encendido y Hannah se dirigía al hospital para despedirse de su esposo hasta el día siguiente cuando una bandada inmensa de estorninos se dejó caer sobre plátanos y castaños como si allá arriba tuviera que acabarse el mundo.

Nueva York, Estados Unidos, octubre de 1963

Si había un filósofo al cual Hannah acudía siempre, este era Immanuel Kant. Había en él una parte oscura que dejaba sitio a las explicaciones más sombrías del pensamiento humano. *Das radikal böse* o «el mal radical», la tendencia natural del ser humano a ser malvado, expresada quizá por la razón depredadora o de dominio, era lo que hacía que los individuos pudieran alejarse de la ley moral universal.

Aquel domingo de octubre, en el apartamento de Nueva York, mientras Heinrich descansaba en el dormitorio, muy deteriorado por una arterioesclerosis galopante, a pesar de sus sesenta y cuatro años, ella leía las cartas que había organizado sobre la mesa del despacho y otra auxiliar, que glosaban las reacciones que había provocado su publicación *Eichmann en Jerusalén*, fruto del seguimiento que había hecho del juicio a Eichmann al que había asistido.

El proceso había acabado, como era previsible, con el ahorcamiento del reo en la prisión de Ramla la medianoche del 31 de mayo de 1962. La opinión pública casi al completo estaba de acuerdo con la sentencia. Ella también se había alegrado cuando había sabido que, definitivamente, lo colgarían. Lo que Eichmann había hecho como alto funcionario de las SS era ignominioso, de eso no podía albergar dudas nadie que estuviera en su sano juicio.

En abril del año anterior, se había encerrado con todas sus notas y la información que había obtenido como seguidora y testigo presencial del juicio para escribir el texto. Una actividad febril que duró tres meses y pico y culminó en un texto que los editores de *The New Yorker* aceptaron con entusiasmo. Publicarían aquel corto ensayo al completo en cinco largos artículos a partir de febrero del corriente.

Poco imaginaba, mientras escribía en la primavera y parte del verano anteriores, que el texto levantaría tanta polvareda. Tanta violencia. Tanta polémica. Tantas protestas. Tantos insultos. Tanta envidia. Tanta ignominia. Tanto fanatismo. Tantas amistades rotas.

Sus dos apoyos humanísticos epistolares más importantes, Karl Jaspers y Kurt Blumenfeld, las dos K, como ella los denominaba en conversaciones con su Stups, ya habían mostrado su disconformidad con aquel texto. El primero porque creía que los judíos no lo entenderían. El pueblo hebreo no estaba aún preparado para asumir su voluntad de singularización e individualización. Esto chocaba con la lógica necesidad de cohesión que sentía el pueblo castigado por el exterminio para fortalecerse. Ella veía individuos, mientras que Ben-Gurión y los suyos veían posibles agresores o aliados. Ella veía en Eichmann a un hombre alemán singular y banal; los judíos, a un verdugo nazi.

En cuanto a Blumenfeld, su Kurt en Israel, estaba dolido por el menosprecio que Hannah parecía dispensar al fiscal general, la punta de lanza del sionismo en aquel juicio, el títere de Ben-Gurión. El bueno y enfermizo Kurt tampoco entendía a Hannah, aquella actitud díscola contra su pueblo. No le importaba que estuviera o no de acuerdo con el ahorcamiento de Eichmann. Lo que lo ofendía era el desapego para con Israel y los suyos.

Hannah encendió un cigarrillo en recuerdo de Kurt, fallecido hacía solo unos meses, en mayo, ofendido con ella. Eso la entristecía. Que se muera uno de tus mejores amigos molesto contigo y se vaya sin recibir tu abrazo es hiriente en el ámbito afectivo y despierta una duda inconsciente de culpabilidad.

Se sentó en una silla, cerca de los ventanales del comedor, desde donde observaba el lomo gris del río Hudson, con el cigarrillo en la mano y un cenicero de cristal al alcance.

Había sido un año durísimo. Había escuchado lo que nunca había creído que podría escuchar. La habían insultado y amenazado por aquellos cinco artículos. Se había convertido en el ojo del huracán de la violencia ideológica del sionismo doliente.

Los judíos la habían censurado duramente. La habían vetado en revistas donde colaboraba, como *Aufbau* o *Partisan Review*. Podía emponzoñarse con el veneno del artículo de su colega Lionel Abel, en aquella última publicación: «La estética del mal: Hannah Arendt sobre Eichmann y los judíos».

¿Cómo habría leído su artículo Abel para llegar a la conclusión de que ella había convertido a Eichmann en una persona agradable y a los judíos en unos seres resentidos y malignos?

Ella tenía la conciencia tranquila. En ningún momento había dicho que Eichmann fuera un tipo agradable. Sí que había apuntado su falta de conciencia del crimen. Y se preguntaba, entonces, cómo se podía juzgar a un hombre que había cometido todas aquellas atrocidades sin tener conciencia moral de haberlo hecho.

El Consejo Central de Judíos en Alemania, colectivo de judíos alemanes emigrados, se opuso formal y públicamente a la concepción histórica de Hannah Arendt. La Liga Antidifamación, organización que velaba contra el antisemitismo, había emitido una circular que animaba a los rabinos a predicar en las sinagogas en su contra. Los rabinos de las universidades, en general, proponían a los claustros que vetaran su enseñanza.

Muchas veces, desde la tempestad, se preguntaba qué era lo que de su texto había hecho tanto daño a los judíos. Y a menudo se decía que posiblemente hubiera sido la salida a la luz de la colaboración de los mismos judíos en la masacre de su pueblo. Eso era lo que había hecho sangrar más la herida.

Se había documentado al respecto y había llegado a la conclusión de que los nazis no habrían culminado el exterminio sin la colaboración de judíos en esa aberrante tarea. Para un judío, saber que sus propios correligionarios habían desempeñado un papel en el exterminio era una verdadera puñalada.

El que había sido su pueblo y muchos de sus amigos hebreos habían tomado aquellos cinco artículos como una ofensa hacia Israel y el sionismo.

Podía recordar con aspereza el disgusto de Kurt, ya moribundo, con ella. De sus primos. Incluso de su amigo y compañero de estudios Gershom Scholem, desde un principio en contra del juicio, que había cargado contra ella primero en privado y después en público.

Una verdadera caza de brujas en la que ella era la responsable principal de los aquelarres.

El río Hudson bajaba tranquilo hacia el océano, reflejando la grisura otoñal, y los árboles se deshojaban, ajenos a las maquinaciones humanas. La naturaleza seguía su curso, como la grave enfermedad vascular de Heinrich, quien se pasaba cada vez más horas descansando.

Apagó la colilla en el cenicero y se levantó. Necesitaba exorcizar aquella tempestad de Eichmann. Se dirigió al gramófono y puso un disco de un grupo británico que estaba causando furor.

Tenían el nombre de un insecto: The Beatles. Cerró la puerta para aislar el comedor y no despertar a Stups.

«Twist and Shout». Las piernas se le iban solas. Sonrió. La música tenía ese poder. Podía elevarte o hundirte. Aquellos jovencitos de Liverpool hacían magia.

Con la alegría del *twist*, le vinieron buenos recuerdos. Como el recibimiento de quinientas personas en la sala de actos de la Universidad de Columbia, organizado en julio por el rabino de la institución académica. Un baño de multitudes en pleno vértigo Eichmann. También la había espoleado la carta de apoyo de su niñera de Königsberg o la del panadero judío del barrio berlinés donde había hecho su estancia universitaria.

Al acabar la canción, la aguja saltó, y ella, que movía las piernas al ritmo del *twist*, se dejó caer en un sofá del fondo de la estancia.

Con el silencio, los fantasmas inquisitoriales regresaron. Su excompañero Scholem. Un judío de prestigio moral que se había opuesto al ahorcamiento de Eichmann por motivos de procedimiento jurídico internacional. Su oposición, así como la del prestigioso psiquiatra Erich Fromm, también judío, no habían levantado ampollas.

Scholem había sido de los críticos más punzantes con ella por su sutileza. No se oponía a los prismas y enfoques de los cinco artículos, ni siquiera al papel de algunos judíos como colaboradores del exterminio de su propia gente. Lo que había criticado sin reservas había sido el tono de Hannah. Sarcástico. Malicioso. Maniqueo. Exagerado. Ligero y frívolo.

El juicio de Scholem escocía. ¿Frívola? Scholem la acusaba de emplear un tono frívolo y de escribir sin el toque del corazón, a su juicio necesario en un asunto como aquel, donde se ponía en juego el sentimiento, además del sentido común de los valores humanos.

Hannah se planteó si no le habían ablandado suficientemente el corazón los millones de muertos de los campos de exterminio. Los niños y niñas —más de un millón— que subían a aquellos trenes con los juguetes en la mano, pensando que iban a un lugar diferente donde tendrían más espacio para jugar u otras mentiras piadosas que les habían contado sus padres y horas después morían asfixiados y envenenados por el gas.

Ella no había sufrido ese horror. Gurs era un campo de prisioneros, no de exterminio. Un prólogo, eso sí, a un posible campo de la muerte. Y seguramente, si no hubiera huido en aquellos momentos de confusión de la invasión alemana de Francia, habría acabado en la cámara de gas.

¿Cuándo se acabaría aquella caza de brujas? ¿O quedaría marcada a fuego por siempre jamás, como las putas francesas del siglo XVII? Hannah, la ignominiosa enemiga de su propio pueblo. Hannah, la traidora. Hannah, la mentirosa y provocadora. Hannah, la redentora de nazis.

Estiró las piernas tanto como pudo. Era cierto que sus amigos de Nueva York, su círculo íntimo, la animaban y le hacían bromas al respecto. También Heinrich coincidía con su visión crítica. ¿Y Martin? ¿Qué pensaría él del juicio y de esta polvareda, si es que había llegado a su cueva el eco de su publicación?

Al fin y al cabo, ¿no era él una especie de Eichmann? Como millones de alemanes que habían ayudado a Hitler a alcanzar el poder. Millones de Eichmanns moralmente inconscientes de la maldad que se perpetraba. ¿Había que colgarlos a todos?

Era urgente ajusticiar a Eichmann, porque tenía pleno conocimiento de la solución final desde que se había sentado con Heydrich y los otros en el barrio de Wannsee hasta que se convirtió en el responsable de la logística del transporte de los judíos a los campos. Quizá en este punto radicara el quid de la cuestión:

¿cuántos sabían lo que pasaba realmente en Auschwitz o en Ravensbrück? Y, del mismo modo, ¿las actitudes antisemitas como la de Elfride no habían sido el combustible para urdir la solución final, la construcción de estos campos y el asesinato impune de tantos seres humanos?

¿No era Martin Heidegger responsable también de eso, por el mero hecho de haber ayudado a alguien que había orquestado la Noche de los cristales rotos y alimentado el antisemitismo?

¿Tenía razón Kant cuando hablaba del «mal radical»? ¿De la propensión marginal a la maldad de los humanos?

Con la cabeza bullendo de preguntas y dudas encendió otro cigarrillo. Fumar la serenaba y la mataba a la vez. Lo sabía. Igual que Camus, el mejor hombre de París según ella, o Sartre. Pero los tres seguían fumando. Quizá porque necesitaban paliar el desasosiego de pensar en los humanos y sus crímenes.

Con el corazón encogido, reconocía que aquel no sería el último homicidio de la historia. Estaba tan convencida de ello como de que el río Hudson bajaba grisáceo aquella mañana de octubre. Y así lo había escrito en su texto sobre Eichmann:

La espantosa coincidencia entre la explosión demográfica de nuestra época y el descubrimiento de procedimientos técnicos que, gracias a la automatización, harán superflua, aunque solo sea en el terreno del trabajo, a una gran parte de la población, hace que sea posible tratar esta doble amenaza mediante el uso de armas nucleares, al lado de las cuales las cámaras de gas de Hitler parecerán un juego de niños.

Un funesto presentimiento la embargaba. A ella, que se creía capaz de volver a creer en la humanidad. Seres lanzados al mundo y víctimas del mundo que hemos construido entre todos.

Solo si pudiéramos ver a las personas por lo que son, aisladas del colectivo o del prejuicio. Solo si fuéramos capaces de quitar las etiquetas de judío o nazi o... Solo entonces podríamos entrar en una nueva relación entre nosotros, donde no habría ni bien ni mal, ni naciones ni credos, ni...

Solo seres humanos. Solo personas. Eso bastaría para construir un nuevo mundo. El mundo de los individuos. De Hannah o de Martin, de Mary o de Karl. Un mundo de hombres y mujeres con personalidad y conciencia propias.

Basilea, Suiza, otoño de 1964

Aprovechando la agradable temperatura, Hannah se había sentado en la terraza del bar que había justo delante del hotel Krafft, cerca de la orilla del Rin. El sol bañaba la ciudad y lamía el río para refrescarse. Miles de fotones de luz se mojaban en las lóbregas aguas del gran río en torno al cual se había alzado aquella ciudad milenaria.

La fachada blanca del hotel, una mezcla de neoclásico arquitectónico y colonial europeo, resplandecía frente al Rin. Además de estar bien situado, el Krafft acogía a muchos hombres de negocios, y eso se traducía en un servicio atento y esmerado.

Jaspers no tardó en llegar a la cita. Esta vez Hannah había preferido quedar a solas con Karl para poder charlar tranquilamente. No había nada que ocultar a Gertrud. Nada que la buena esposa no pudiera escuchar, pero se sentía más a gusto confesándose en la intimidad.

Se besaron en la mejilla y se sentaron mirando al Rin y al hotel, que quedaba a su izquierda.

—¿Cómo estás? —le preguntó Karl, que llevaba un traje gris y una camisa blanca—. Me preocupa que no quisieras venir a casa como de costumbre.

—Necesitaba hablarte a solas.

—¡Te dije que no era buena idea cubrir aquella pantomima de juicio! ¡Te lo advertí más de diez veces!

Hannah movió la cabeza. Llevaba un pañuelo elegante que le cubría el cabello atado bajo la barbilla.

—No es únicamente el caso de Eichmann, Karl, Heinrich está gravemente enfermo y, a pesar de que tiene mucha fuerza y se ha reincorporado al Bard College, no está bien, se encuentra deprimido y triste.

Jaspers la escuchaba con cara de preocupación.

—La salud de Heinrich, la persecución de la que soy objeto por parte de los judíos, el asesinato de Kennedy y...

Se detuvo y sollozó. Tenía los ojos protegidos por las gafas de sol.

—¿Y qué más?

—¡La muerte de Kurt, disgustado conmigo por la publicación del reportaje sobre Eichmann!

Jaspers solo escuchaba. Presenciaba.

—Es como si, de golpe, el mundo se hubiera enfadado conmigo, Karl. Me siento sola y arrinconada. Una extranjera de mi hábitat.

—La salud de Heinrich es lo más importante, ¿no está bien?

—No, Karl, la arteriosclerosis es galopante. Está muy decaído, aunque muestra una voluntad férrea.

Una camarera acudió para ver si el recién llegado quería tomar algo. Jaspers se lo pensó.

—Un té con una nube de leche y nata —le pidió, como si se convenciera a sí mismo.

—El caso de Eichmann está tomando proporciones insospechadas. Además de los centenares de cartas que recibo llenas de amenazas e insultos, están las manifestaciones públicas de rechazo. La última y más dolorosa, la de Hans Jonas, quizá mi más antiguo amigo de la universidad, mi confidente de aquellos primeros tiempos. Tras cuarenta años de amistad fidedigna se apunta a la caza, acusándome de mentirosa y de manipuladora, y de tener la intención, a la vez, de mostrar una imagen malévola de los judíos.

Jaspers se sacudió una pelusa que el viento había posado en su chaqueta y le preguntó:

—¿No te has planteado que tal vez tengan parte de razón? ¿No crees que, desde el punto de vista de los judíos, tú, como parte de su pueblo, has podido molestarlos?

—No lo sé, pero Hans tilda el texto de inmoral. Y yo no percibí esa actitud en mí a la hora de escribirlo. Quizá el hecho de querer tomar distancia y ser objetiva me aleja de los sentimientos inherentes a la masacre. Hugh Trevor-Roper, experto en nazismo, me dice lo mismo, que exhibo ironía fría, gélida, y para más inri me echa en cara que la expresión «banalidad del mal», el titular que ha dado la vuelta al mundo, ¡no es una expresión mía, sino de mi esposo!

—Y ¿es cierto? ¿Heinrich es el autor de ese brillante eslogan?

—¡Sí! Trevor-Roper se enteró por boca de uno de los médicos del hospital en el que Heinrich estuvo ingresado cuando sufrió el aneurisma. ¡Es una avalancha de críticas hirientes!

—Mientras tanto, las editoriales quieren sacarle todo el jugo y te compran los derechos. ¡La polémica vende!

—Preferiría que no fuera así, Karl. El peaje es caro. ¿Sabes lo que significa que tus mejores amigos, como Blumenfeld, Jonas o Scholem, casi te retiren la palabra?

Hannah suspiró profundamente mientras Karl bebía un sorbo de su té. La terraza se iba llenando de clientes del Krafft. Las vistas al Rin eran fabulosas.

—Pensaba que el asesinato de Kennedy desviaría las miradas, pero la presión no ha cesado. El cónsul de Israel, en su visita a Nueva York, a la cual fui invitada, me preguntó cómo había sido capaz, como judía, de escribir con tanta hostilidad. O sea, que si lo hubiera escrito un alemán o un inglés no habría pasado nada, pero como lo ha escrito una judía, sí.

—Este punto —observó Jaspers, circunspecto— es importante en el debate que has iniciado. Algunos cometen el error de prescindir de la pretensión de objetividad y rigor histórico cuando el observador es un miembro de la comunidad afectada. Por otro lado, no creo que el pueblo hebreo hubiera encajado mejor que tu texto lo hubiera firmado un alemán, miembro de la nación de los verdugos. En cualquier caso, hay una toma de partido que desdibuja el paisaje.

—Tengo que confesarte que, en este sentido, me sorprendió el libro de mi exesposo, Günther Anders, *Nosotros, los hijos de Eichmann*, que leí este verano en Palenville, de vacaciones con Heinrich.

—Seguramente complicidad inconsciente...

—No, Karl: Günther no me menciona en ningún momento como exmujer ni como escritora, pero curiosamente se acerca a mi teleología de convertir a Eichmann en un individuo manipulado ideológicamente, como podría haber sido cualquier otro alemán; a él la comunidad judía le daba igual, pero creía en la tarea que llevaba a cabo. Según Günther, el engranaje del holocausto se sirvió de una buena pila de Eichmanns serviles con el cerebro lavado.

—Sabes que puedo estar de acuerdo en eso, porque creo en la alienación ideológica de un individuo hasta el punto de asesinar impunemente. Pasa en las guerras. ¡El otro es el enemigo de la patria y hay que acabar con él!

Jaspers bebió un largo sorbo y se removió en la silla.

—Por cierto —afirmó, bajando la voz, como si buscara intimidad—, no eres la única que polemiza con los judíos letra-heridos.

Hannah lo miraba intrigada.

—Nueva York queda demasiado lejos y el eco de ciertos asuntos europeos se pierde en medio del océano. Heidegger está manteniendo una discusión bastante animada con Theodor Adorno y la escuela de Fráncfort. Cabe decir —continuó Jaspers abriendo los brazos— que Martin se defiende y Adorno ataca.

Hannah sonrió.

—Has sonreído por primera vez, y ha sido al nombrar a Martin.

—Sonrío porque Adorno es un manipulador más mentiro-so aún que Martin. Te lo aseguro. Lo conocí en Estados Unidos, hace unos años.

—¿Seguro que no sonríes porque he rescatado a Martin del baúl de los recuerdos?

—No me ha escrito desde que le envié *La condición humana*, hace casi cinco años.

Esta vez fue Jaspers quien sonrió.

—Quizá te haya hecho un favor con este distanciamiento. Si ahora te acosan por Eichmann, imagínate si tus acusadores supieran que mantienes una relación estrecha con Martin Hei-degger, e incluso que habéis sido amantes.

—Sí, tienes razón. No creo que a Adorno le hiciera ninguna gracia. O tal vez sí, porque tendría más piedras que lanzarle.

Jaspers inspiró profundamente.

—¿Sabes qué decía Spinoza, Hannah?

—Martin opinaba que era difícil comprender el pensamien-to alemán sin él. ¿Adónde quieres ir a parar ahora, Karl?

—Spinoza fue un provocador, como tú, Hannah, y dejó escrito: «No me arrepiento de nada. El que se arrepiente de lo que ha hecho es doblemente miserable».

—Conocía la frase, Karl, e imagino el revuelo que se formó en una sociedad cristianizada, con el arrepentimiento y la culpa como cabecera.

—Si me hubieras escuchado, no habrías metido la nariz en ese juicio, pero, una vez hecho y escrito, no te arrepientas. Encaja las críticas de una forma menos personal y trata de hacer una revisión del texto con las aportaciones que merezcan la pena, como la de Scholem. Pero no te mortifiques o, como dice Spinoza, serás doblemente miserable.

—¿Sabes qué, Karl?

—Dime.

—Hay dos cosas de las cuales no me arrepiento en absoluto a mis cincuenta y ocho años. La primera es no haber ido a Israel a vivir y enseñar.

—Puedo imaginarme la segunda —la interrumpió él.

—¡Me sorprendes!

—¡Haberte distanciado de Martin Heidegger!

—¡Agua, Karl, agua! La segunda cosa de la que no me arrepiento nada es de haberme casado con Heinrich Blücher y de haber vivido a su lado.

Nueva York, Estados Unidos, primavera de 1965

Que te conozcan más por la polémica suscitada que por la profundidad y calidad de tu obra puede acabar siendo muy devastador para ciertos niveles de conciencia. Era el caso de Hannah, en el ojo del huracán de la controversia desde la publicación de *Eichmann en Jerusalén*.

Entrevistas no deseadas que debía atender. La filosofía convertida en un cotilleo rosa, en espectáculo. Foros mediáticos sin ninguna clase de pretensión metafísica ni moral. Solo *doxa*. *Doxa* y carnaza para las audiencias. Para alimentar la discusión y la polémica y hacer correr tinta, buscar los titulares que atraían más que reflejaban. El periodismo convertido en espectáculo que genera más espectáculo para ganarse el puchero.

Hannah odiaba las entrevistas, y más aún las motivadas por la polémica. Ella solo escribía para poder pensar. Tratar de comprender y ayudar así a comprender. La vocación prístina de los filósofos griegos.

Hacía menos de un año, en la entrevista para el programa *Zur Person* de la ZDF, se había mostrado muy poco interesada en responder a las preguntas del entrevistador. Era celosa en extremo de su vida privada. Lo había mamado desde muy pequeña, en Königsberg. La educación judía. Con el padre convaleciente de la enfermedad innombrable.

La rabia y la consternación de algunos titulares extraídos desde la ignominiosa mentalidad de comerciantes más que de periodistas.

De vez en cuando se llevaba alguna alegría o sorpresa. Como en aquella misma entrevista, que a ella le pareció lamentable por los primeros planos y toda la parafernalia televisiva, recogida en papel por Günter Gaus con un titular sustancioso: «Solo la lengua materna permanece». Un oasis en medio de tantas otras sobreactuaciones y pastiches periodísticos del caso de *Eichmann en Jerusalén*, que solo reavivaban el fuego encendido en el ágora judía y sionista.

A veces eran incluso montajes de circo. *Panem et circenses*. Como la entrevista ante un gimnasio lleno hasta los topes en la Universidad de Maryland con el director de la famosa revista *Politics*. Y siempre incidiendo sobre lo mismo. Sobre la presunta inocencia con la cual había relatado el juicio. Sobre justificarse hasta casi la redención. «Nunca he querido faltar al pueblo judío». Trataba de comprender desde la objetividad...

Poco antes de llegar a Riverside Drive, a casa, y abrazar a su Stups, Hannah, que volvía de Chicago, donde dirigía dos seminarios, uno sobre Platón y otro sobre Kant, se preguntaba por qué aquel día la correspondencia era menos numerosa.

Saludó al portero, que le abrió el ascensor, y percibió dentro la fragancia ofensiva a rosas de la colonia de Margarette, una vecina joven y viuda que dejaba un rastro de su perfume allí por donde pasaba.

Tenía ganas de llegar a casa, quitarse los zapatos de tacón, servirse un té tibio y estirar las piernas sobre el sofá mientras conversaba con su esposo.

¿Qué habría hecho sin aquel ombligo familiar con vistas al Hudson donde retirarse del mundo exterior y compartir el espacio únicamente con Stups? Mientras el ascensor se elevaba, se decía que no habría soportado todo aquello sin el apoyo total y absoluto de Heinrich y de su hogar. ¡Qué necesario era tener un lugar fijo de recogimiento para los nómadas como ella! Abrió la puerta con el habitual «Heinrich, ¡ya estoy aquí!» mientras colgaba la ropa de abrigo en el perchero del comedor. Había luz en el despacho de su esposo y oscuridad en el resto de la casa. Se frotó las manos y siguió el camino de la claridad hasta el despacho de Heinrich, que era un poco más pequeño que el suyo y no tenía vistas al Hudson, sino a la avenida.

Heinrich siempre le reprochaba que ella hubiese elegido el mejor despacho para trabajar cuando la quería enfadar, e incluso le echaba en cara, irónicamente, que por este motivo tenía más éxito, porque escribía en un escenario mejor que el suyo.

Aquella tarde Heinrich trabajaba en un artículo sobre el asesinato de Kennedy y el sentimiento de orfandad política de los demócratas.

—¿Cómo está mi Stups? —le preguntó Hannah, que lo besó detrás de la mesa del despacho, repleta de papeles y libros.

—Escribiendo mientras esperaba a la filósofa de la polémica —le respondió, mientras se levantaba y la abrazaba.

—¿Te encuentras bien?

—Sí, hoy he tenido un día plácido en lo referente a la salud, ningún órgano me ha molestado más allá de sus funciones vitales, y en el Bard College, todo perfecto.

Hannah se sentó en el sofá de piel donde Heinrich recibía a las visitas y a menudo echaba alguna cabezada. Se quitó los zapatos y estiró las piernas, pero él se las retiró para sentarse a su lado y se las puso encima.

La complicidad entre los dos era grande. Salvo los episodios de infidelidad consentida y de moderados celos hacía el éxito de ella, parecían estar hechos el uno para el otro. Mary McCarthy se lo había manifestado alguna vez a ella: «No me imagino a Heinrich con ninguna otra mujer ni a ti con ningún otro hombre».

A raíz de la polémica de Eichmann y de la enfermedad de Heinrich, el vínculo se había reforzado. Los celos profesionales de él se habían transformado en total complicidad frente a los agresores, y el cuidado que ella le dispensaba, a pesar de su trabajo académico, había acabado de convencer a Stups de que Hannah era su ángel de la guarda.

—Como hoy vengo con tiempo, como hoy es viernes y mañana no tengo, de momento, ningún compromiso, te haré una cena digna de un rey.

Él le acariciaba las piernas. Sobre las medias. Ella se dejaba mimar.

—¿Qué me cocinarás?

—¿Por qué te gustan tan poco las sorpresas?

—Quizá porque, como decía tu amadísimo Kant, «la inteligencia de un hombre está proporcionalmente ligada al grado de incerteza que es capaz de soportar».

Hannah lo miró con cara reprobadora y cómica a la vez.

—¡Tú no eres tonto, Stups!

Los dos rieron y la holganza acabó con un beso prolongado.

—Tengo un poco de ternera, ¿te apetece que la hornee? Haré también un puré de patatas para acompañarla, y unos champiñones.

—¡Mmmmmm, rosbif! ¡Genial!

—Y una botella de Saint-Émilion para regarlo todo.

—¡Me encanta la idea! —apostilló él, besándole el muslo.

—Pues déjame levantarme para que me cambie y me ponga en marcha.

La cocina era una afición cada vez más agradable para Hannah. Un laboratorio de los sentidos donde podía amansar la mente. Era un arte y permitía sosegar los malos espíritus. Allí todo tenía su tiempo y sus proporciones...

Cuando Hannah estaba en el vestidor anexo al dormitorio, cambiándose, Heinrich asomó la cabeza por la puerta con una especie de tarjeta en la mano.

—Por cierto, no te lo había dicho. ¿Adivinas de quién es esta tarjeta autógrafa?

El corazón se le aceleró. Desde donde estaba no podía leerla, pero aquel vuelco repentino de corazón era la señal de que era una misiva que rompía un largo silencio.

—¿Es suya? —le preguntó, paralizada por la emoción.

—Me temo que sí, amor, de Herr Martin Heidegger —le confirmó, sonriendo y agitándola en el aire.

Nueva York, Estados Unidos, primavera de 1965

Heinrich le alargó la tarjeta autógrafa y desapareció. Era bastante listo como para saber que ella querría leerla sola. Una señal que esperaba desde hacía cinco años. Martin había reaparecido como un espectro fantasmal.

Y lo hacía para agradecerle la felicitación por su septuagésimo cumpleaños. Breve y enigmático, como la bruma que surgía de repente en los valles de Todtnauberg.

Hannah se sentó en la silla del vestidor y leyó con manos temblorosas:

Los saludos, deseos y regalos que me han obsequiado por el último tramo del pensamiento son estímulos y, al mismo tiempo, señales que se refieren a lo inmerecido. ¿Cómo podría agradecer debidamente aquello que nos alegra? Excepto preguntando sin tregua: ¿qué significa pensar? ¿Significa, quizá, llevar el agradecimiento?

MARTIN HEIDEGGER

Un soplo de aire fresco le llenó de esperanza los pulmones. Martin, con su lenguaje y sus palabras, le estaba agradeciendo la felicitación y los libros que le había enviado, pero que no había leído ni comentado con ella.

Martin seguía estando ahí. Y eso era mucho para Hannah, que temía haber perdido aquella constatación de «toda una vida».

Releyó dos o tres veces la tarjeta y se vio allí, delante de él, con la camisa blanca y la corbata negra, el jersey de cuello cisne y el cabello ceniciento peinado hacia atrás. Los ojos oscuros y abismales como su pensamiento antiquísimo.

Martin se preguntaba a menudo: «¿Qué es pensar?». Esta era su piedra angular. El significado último de pensar que en aquella tarjeta se revelaba como agradecimiento.

Además, se declaraba no merecedor de los regalos que le habían hecho. Una confesión de arrepentimiento de la ausencia, del silencio hiriente...

Hannah olió la tarjeta con la esperanza de descubrir en ella el aroma de su piel. Ningún rastro de aquel perfume. La besó como quien besa un billete de veinte marcos encontrado de manera inesperada y fue a guardarla al cajón de la cómoda del comedor, donde acumulaba la correspondencia de Martin en una carpeta azul cerrada con gomas elásticas.

Heinrich estaba sentado en el sofá con un vaso de soda en la mano.

—¡Celebro que te haya vuelto a escribir! —le soltó con franqueza, y con un dejo de celos disimulados.

Ella se volvió para mirarlo una vez guardada la tarjeta.

—Sí, creía que no lo volvería a hacer.

—Quizá si algún día falto, os acercaréis aún más. E incluso... ¡quién sabe!

Fue directamente hacia él y se sentó a su lado, apoyando la cabeza en su torso.

—Sabes que te amaré hasta el último aliento y que he tenido la suerte de vivir a tu lado, Heinrich.

Él movió el cuello y le besó la cabeza.

—Lo sé —le contestó él con un hilo de voz, cansado—. Sé que me quieres.

Dejaron que un silencio agradable se enseñoreara de la estancia.

—¿No ibas a cocinarme un rosbif? —preguntó él, quitándosela de encima con delicadeza.

—¡Tienes razón! Me había olvidado.

—Me rugen las tripas.

—Seré diligente para complacerte.

Hannah lo miró con mucha luz en el rostro, como si todos los fotones que daban vueltas por el penumbroso comedor se hubieran concentrado en la piel de su cara.

—¡Tenemos que celebrarlo! —exclamó con satisfacción.

—¿Que te haya escrito? —inquirió él.

—¡Eso también! ¡Pero sobre todo que estemos juntos!

Y le buscó los labios como si hiciera mucho tiempo que no lo hubiera besado.

Friburgo, Alemania, septiembre de 1966

Al lado del timbre del número 47 de la calle Rötebuckweg había una tarjeta de cartulina blanca donde ponía: «Visitas, después de las 17 horas».

Digne Meller Markovicz, fotógrafa de la revista *Der Spiegel*, se había quedado mirando el cartel con un gesto de sorpresa y confesó a Georg Wolf, redactor del semanario: «¡Ya me gustaría poder exhibir una tarjeta así al lado del timbre de mi casa!». Este le sonrió la gracia sin comprender muy bien a qué se refería, pero no tuvo tiempo de pedirle aclaraciones, porque enseguida abrió la puerta Elfride, esbozando una sonrisa fingidamente amable.

—Buenos días, soy Georg Wolf, redactor de *Der Spiegel*. Tenemos concertada una cita para entrevistar al profesor Martin Heidegger.

—Buenos días. Mi esposo los espera en el estudio.

Los invitó a pasar y los saludó uno por uno. El redactor Wolf; la fotógrafa Digne, que había tomado unas instantáneas de la fachada de escamas de madera blanca; el periodista Rudolph Augstein, y el mordaz Heinrich Petzet, un entrevistador de aquellos que metía enseguida el dedo en la llaga y hurgaba hasta hacer sangre.

Elfride cerró la puerta y se puso al frente de la comitiva, que esperaba en el recibidor. Subió las escaleras hasta la primera planta. El reloj familiar marcó las horas para ellos. Martin los esperaba sentado en su silla de trabajo.

La señora Heidegger se apartó de la puerta y los invitó a entrar con el brazo extendido. Al frente, Wolf. El último, Petzet. Martin no se levantó para saludarlos, lo cual incomodó al entrevistador. Era un gesto tremendamente egoísta y comportaba un mensaje narcisista: «No me levanto por vosotros porque aquí la estrella soy yo».

Digne le preguntó si lo podía retratar durante la entrevista. Martin se arregló el nudo de la corbata oscura y dio su consentimiento.

—Lo que no haré, señorita, es posar y hacer gestos extraños. Soy un pensador, no un modelo —le advirtió él, con un tono más serio que irónico.

La fotógrafa asintió.

—No se preocupe. Me gustan las fotografías naturales.

Augstein y Wolf, según las indicaciones de Martin, se sentaron en el sofá de piel de los invitados, que no eran demasiados, por cierto. El que debía ser el verdugo de Heidegger, el entrevistador, se acomodó en una silla de despacho, a su lado.

Ambos se miraron a los ojos. Petzet calibró la profundidad de la mirada del profesor y se sintió ligeramente intimidado. Había un lobo estepario detrás de aquella imagen frágil de intelectual envejecido.

Wolf se levantó para dejar la grabadora en marcha sobre la mesa del profesor con el beneplácito de este, y Augstein sacó el bloc de notas.

—Le agradecemos que no nos haya exigido derecho de veto a las preguntas —dijo Petzet antes de comenzar.

—No hay nada que ocultar, señor Petzet —apuntó él, con las manos pegadas a las piernas.

Martin no había concedido demasiadas entrevistas. No era muy aficionado a salir en la prensa. Había mantenido una áspera polémica con Theodor Adorno y sus colegas de Fráncfort y estaba restituyendo su reputación académica y difundiendo su obra a nivel mundial.

En febrero, *Der Spiegel*, la revista más notoria de Alemania, había publicado una carta en la cual reseñaba un libro de Alexander Schwan recién salido del horno que versaba sobre la filosofía política en el pensamiento de Heidegger y hurgaba en la herida no cauterizada del pasado nazi del pensador y en la latente presencia del nacionalsocialismo en su obra.

Martin respondió con una carta indignada y colérica. Estaba harto de tener que excusarse y, sobre todo, de callar. Meses después, el semanario le solicitó una entrevista para aclarar conceptos, a la cual no se negó, a pesar de habérselo planteado. No le hacía ninguna gracia que lo mostraran como una momia nazi.

Petzet inició la entrevista y enseguida apuntó al pasado nacionalsocialista de Martin; él respondió con el sigilo y la abstracción marcas de la casa. En ningún momento se desdijo del nazismo. Para él era una monstruosidad tener que rendir cuentas de una aberración tan grande como Auschwitz.

Explicó con claridad la perversión que había supuesto aquello como desviación de la «voluntad de poder» moderna y también habló de la fascinación que el poder le había causado en aquella época.

Arguyó que el nacionalsocialismo lo había seducido porque se lo habían presentado como una especie de lucha contra el desarraigo de la tierra y de la naturaleza producido por el progreso técnico, así como la restitución de los valores históricos de la nación.

Cuando le preguntaron por qué había aceptado el rectorado de la Universidad de Friburgo explicó que su antecesor, el socialdemócrata Von Möllendorff, se lo había pedido. Que había aceptado para «evitar cosas peores», otros nombres que habrían hecho de la universidad un brazo educativo de las SS, mientras que él, a pesar de pertenecer al aparato educativo del nacionalsocialismo, era como una especie de «resistencia interna».

Parecía que Petzet no encontraba la grieta por donde hacerle daño, así que decidió dar un giro a la entrevista y pasar a la reciente polémica con sus adversarios, sin nombrarlos. Y se centró en la tesis contra el progreso técnico y la modernidad del profesor.

Wolf y Augstein se miraron cuando Petzet viró. Aquel hombre había derrotado e intimidado a su mordaz compañero. Mientras tanto, Digne iba fotografiando al personaje, los rincones y las vistas del estudio, sin perder ripio de aquella entrevista. No había ninguna duda de que era un sabio. Extraño y con un punto estrafalario, pero un sabio.

—Este tipo habla en cursiva —murmuró Augstein al oído del redactor, mientras Heidegger explicaba su teoría del retroceso en el progreso.

Petzet intentaba acorralarlo. Lo quería presentar como un tipo huraño antiprogreso, pero la argumentación del profesor iba en una dirección bien distinta, porque lo que acababa aislando a los individuos de sus congéneres y de la tierra era el propio progreso técnico como herramienta del capitalismo burgués.

Cuando parecía que Petzet ya había acabado la entrevista, Martin se alzó y movió las piernas sin levantar los pies del suelo.

—¿Quiere hacer alguna pregunta más? —solicitó con satisfacción moderada.

Augstein levantó la mano, como si estuviera en una rueda de

prensa. No lo sabía, pero en aquel sofá donde había acomodado el culo se habían sentado personajes como Karl Jaspers o Jean-Paul Sartre.

—La mayoría de los exmilitantes nacionalsocialistas se presentan como demócratas purificados. Usted no lo ha hecho en esta entrevista.

—¿Y por qué debería hacerlo? Me parece banal tener que justificar mi calidad de demócrata. Ya les he explicado el motivo de mi militancia nacionalsocialista.

Wolf se alzó, y detrás de él el que había preguntado.

—Además, señores, hay otra cosa —añadió Martin, solemne y ceremonioso—. En el ser también se considera el error como parte necesaria para su realización. Como siempre digo a mis alumnos: cuando llegamos al abismo del silencio en la profundidad más honda, nos damos cuenta de que «con el ser no hay nada que hacer».

Nueva York, Estados Unidos, otoño de 1966

Heinrich esperaba el vuelo procedente de Bruselas en la zona de vuelos internacionales de la nueva terminal del aeropuerto que llevaba el nombre del desdichado y añorado presidente Kennedy.

Estaba impaciente y nervioso por ver a Hannah. Cada vez se le hacían más pesadas sus ausencias por sus compromisos en Europa. Se había puesto la americana gris que a ella tanto le gustaba con unos pantalones beis de algodón y tenía las manos ocupadas con un ramo de rosas rojas y blancas y una caja de bombones.

Estaba agotado. El verano en Palenville, con Hannah, no había sido como el anterior. Se cansaba más de lo debido en los paseos y necesitaba reposar más de lo habitual. La mente había mimetizado el deterioro físico y vivía en una nube de desencanto que hacía más necesaria que nunca la presencia de su esposa a su lado.

Mientras tanto, Hannah, desde la ventanilla, contemplaba Nueva York a vista de pájaro. La monumental ciudad edificada en el delta del río Hudson, con los contrastes de los barrios perceptibles incluso desde el aire.

Aquel día de aterrizaje en Nueva York era su cumpleaños. Sesenta. Envejecía y, a pesar de todo, mantenía la energía vital necesaria para volar de aquí para allá para cumplir los compromisos editoriales y las invitaciones. También la gente de su entorno iba envejeciendo. El paso del tiempo iba empolvando a sus amigos y amigas. Heinrich, Anne Weil, con quien había estado en Bruselas unos días antes de regresar, Karl Jaspers...

Había encontrado muy envejecido a este último. Él lo notaba y se lo había hecho saber; ella le había quitado hierro al asunto y le había mentido. Le había dicho que su vitalidad no desfallecería nunca, salvo si llegaba a cumplir los noventa. Una mentira piadosa y bondadosa. La mentira era libertad, la verdad coaccionaba. Con una cosa tan simple como aquella se podía corroborar que la mentira no siempre resultaba maliciosa.

¿Cómo estaría Martin, a sus setenta y siete años? ¿Mantendría aquella energía boscosa? Hannah sonrió en silencio. El tiempo, que la metafísica cuestionaba, se podía ver en todos aquellos que dudaban y pensaban. Un triunfo agridulce de los empiristas. La acritud la aportaban los que escapaban de la conciencia sensorial y enunciaban propuestas inefables. Como Martin con el ser.

Poco antes de que el avión desplegara el tren de aterrizaje, Hannah se ajustó el cinturón de seguridad, como el resto del pasaje, y esperó aquel momento inconscientemente tan especial del aterrizaje.

El viaje a Europa, que había iniciado en septiembre, había sido, como siempre, un bálsamo. *La vieille Europe*. Su patria, Alemania, tierra de su lengua materna. Basilea, Bruselas... El corazón de un continente que latía con el suyo. No como Israel. De hecho, su familia de ahí acudía a Europa a visitarla. Si no le atraía nada el nuevo Estado antes del juicio, después de este, y con la publicación de *Eichmann en Jerusalén*, no le quedaban ganas ni ánimos de pisarlo. Y, no obstante esto y la disminución de los ataques judíos y sionistas hacia ella, en un término relativamente corto se publicaría su obra en hebreo. Esperaba que después de aquel huracán largo y violento, a sus «enemigos» se les hubiera acabado la munición. Sentía alivio. Como si la paz se hubiera instalado entre ella y los judíos.

El corazón se le abrió cuando vio a su Stups esperándola. Se fundieron en un abrazo mientras él hacía lo imposible para no dejar caer ni el ramo ni los bombones.

Ya en el taxi, relajados, acariciándose tiernamente las manos, él le confesó lo que ella ya sabía.

—Se me hace eterno tu regreso, Hannah.

Heinrich tenía los ojos menguados. Últimamente había transitado muchos callejones sin salida y adversidades de salud. Hacía solo un año, en un taxi como en el que circulaban entonces, el taxista había muerto de un infarto fulminante y él había tenido que reaccionar, apretar el freno y tomar el control. Era un milagro que estuviera vivo, pero eso lo traumatizó y empeoró su precario estado de salud.

—Esta vez ha sido poco tiempo, amor. Y cada vez serán menos largas mis ausencias, pero sabes que me debo a mi trabajo.

—¿Ha ido todo bien?

—Sí, salvo que todos están más viejos: Annuschka; su hermana, que se ha puesto como un tonel; Gertrud, y sobre todo Karl.

—El tiempo pasa para todos, ¡menos para ti!

—No es posible que me digas eso justo hoy, que entro en la sesentena.

—Me refiero a la vitalidad física. ¡Estás muy bien, Hannah!

Se calló que solo la preocupación por él y la batalla de Eichmann le chupaban la energía como unos vampiros insidiosos.

El taxi estacionó justo delante de la puerta de entrada del 370 de Riverside Drive. El taxista abrió el maletero para que el portero del edificio sacase el equipaje de Hannah. Luego este los acompañó hasta el ascensor, donde había dejado la maleta, y les pidió:

—Esperen antes de subir, ahora mismo les traigo la correspondencia.

Volvió con tres cartas y cinco telegramas dirigidos a Hannah, que ella cogió sin mirar los remitentes.

Cada vez que entraba en el apartamento después de un viaje, la embargaba un bienestar y una gratitud difíciles de explicar. Alemania era su país; el alemán, su lengua, pero aquel apartamento con vistas al Hudson era su auténtica casa.

No oyó que Heinrich la llamaba desde la cocina para enseñarle lo que había solicitado para su cena de cumpleaños. Dejó el ramo de rosas sobre la mesa y miró los telegramas por si entre los remitentes se encontraba su querido Martin. No era así. Más contrariada por las expectativas que decepcionada con él, volvió a la cocina. Su esposo había pedido la cena a los charcuteros del Bridge. Redondo con salsa de trufa y virutas de jamón. Al lado, una botella de vino tinto Châteauneuf-du-Pape y una de champán Veuve Clicquot.

El brillo de los ojos de Heinrich lo decía todo. ¿Qué más quería ella Un batiburrillo de emociones surcaba su cara. Lástima hacia él, que acusaba el cambio de un puesto docente en el Bard College por un puesto administrativo, más soportable para un enfermo casi en edad de jubilación. Paz y serenidad por tenerlo al lado y prestarle apoyo incondicional en todas sus batallas. Inquietud, ya que del amor en términos de enamoramiento ya no quedaba nada, todo era amistad profunda, complicidad.

Hannah lo abrazó con fuerza y presintió que desde entonces cada abrazo a su Stups sería un regalo.

Nueva York, Estados Unidos, otoño avanzado de 1966

La felicitación de Martin Heidegger le llegó unas semanas más tarde. Era una carta con dos anexos. La abrió sentada en el despacho, mirando al Hudson. El cuerpo pegado al respaldo, las gafas en la punta de la nariz, como si se le fueran a caer, y los brazos encogidos para tener la carta, a Martin, más cerca...

Cabaña, 6 de octubre de 1966

Querida Hannah:

Te saludo cordialmente por tu sexagésimo cumpleaños y te deseo para el futuro otoño de tu existencia el estímulo necesario para las tareas que tú misma te has impuesto y también para aquellas que, aún desconocidas, te esperan.

Una alegría primigenia invadió su cuerpo al leer aquellas primeras líneas. Era él, su querido Martin. Con su lenguaje poético y antiguo. Enigmático y perfumado. Siempre dejando que se mostrara lo desconocido. Siempre con las puertas abiertas al porvenir.

¿Y el tiempo? Qué manía con el tiempo: «Y, no obstante, muchas veces tengo la sensación de que lo que ha sido se concentra en un único instante que hospeda lo duradero». Esa diabólica obsesión de Martin por acabar con el tiempo lineal que daba paso al ser.

Le contaba brevemente que impartiría un seminario sobre Heráclito y Parménides y que había hecho un crucero a Grecia con Elfride, con Egina como centro de operaciones.

Antes de despedirse, hizo mención de la palabra griega *alétheia*, como «poder aún reinante de la presencia de todas las esencias y cosas. Y ninguna estructura de emplazamiento puede taparla».

Hannah se detuvo para pensarlo. *Alétheia* se podía traducir como «sinceridad, verdad». Martin reivindicaba esta fuerza de la etimología griega de la presencia de las cosas. Esta compulsión por recuperar los conceptos griegos con los que se nombraban las cosas en la filosofía presocrática y que acababan perdiendo intensidad en la traducción.

Martin consideraba esencial acudir a la primera voz sobre conceptos como *logos* o *alétheia*, la que las había alumbrado, para recuperar el sentido primigenio con el cual habían sido pronunciadas y escritas.

La despedida le puso la piel de gallina: «Pensando en ti. Martin». Una confesión sencilla y diáfana de que la tenía en mente. Una declaración de amor de tres palabras para remachar una carta de cumpleaños muy en la línea de Martin.

Hannah, que sabía que Martin siempre escribía con los seis sentidos, no solo con cinco, sabía que la frase final, la que aparecía después de la despedida, era de pura cortesía hipócrita: «Elfride también te saluda y recuerda. Cordialmente».

Elfride nunca la habría recordado cordialmente. Los celos la devoraban por dentro. Pero él representaba un papel. Y lo hacía después de la firma. Como si dijera: esto no lo firmo, me veo obligado a escribirlo, pero no lo rubrico con mi nombre.

Hannah se sintió intensamente feliz. Su querido Martin pensaba en ella. Como ella en él, a pesar de las muchas millas que los separaban.

En el primer anexo, un poema de Hölderlin titulado «El otoño», le hacía constar entre paréntesis que Friedrich Hölderlin lo había escrito un año antes de su muerte, el 12 de julio de 1842. Ella había cumplido los sesenta y Martin la situaba en el otoño de su vida. Un otoño que perfectamente podía ser una primavera tardía. Se sentía enérgica y con ganas de trabajar. No sufría ninguna enfermedad grave. Quizá fumara más de la cuenta, eso sí. Pero para llegar a los setenta y siete años que tenía él le quedaban aún diecisiete, que era toda una vida, con la intensidad con la que ella vivía. ¿O es que Martin le quería recortar la existencia?

El segundo anexo era una foto de una panorámica tomada desde el despacho de la cabaña de Todtnauberg que tenía escrita la dedicatoria por detrás: «Para Hannah por su sexagésimo cumpleaños. Martin».

Casi podía ver con los ojos de Martin aquella panorámica espectacular de la Selva Negra. Lo imaginaba allí, sentado a la mesa, ante aquella vista prodigiosa e inspiradora.

Cerró los ojos y sujetó sobre el pecho la carta y los dos anexos. Le agradeció desde la lejanía aquel reencuentro «en la distancia del instante», tal como él lo llamaba. Sintió que una lágrima se le deslizaba mejilla abajo. Una lágrima de satisfacción y de plenitud. Volvió a mirar la panorámica. Y murmuró: «A los que la primavera devastó y rompió el corazón, el otoño los cura».

Tel Aviv, Israel, verano de 1967

A veces se necesitan agresiones para cohesionar a un pueblo. La identidad colectiva unificadora frente a una amenaza. Lo que «el espíritu universal» de Kant no había conseguido con los judíos, ni había remachado del todo el genocidio nazi, lo hizo la guerra de los Seis Días de junio de 1967.

A Hannah la sorprendió el giro que había dado su visión del nuevo Estado de Israel a raíz de aquella violencia bélica que había empezado la liga árabe, formada por Egipto —República Árabe Unida por aquel entonces—, Siria, Jordania e Irak.

Ella jamás había creído en un Estado que no integrara a los colonos árabes, pero se fue dando cuenta de que el totalitarismo árabe era una «solución mucho peor» que el sionismo, si es que había gradaciones posibles en los regímenes totalitarios. Solo había que comprobar el papel de la mujer en Israel o en los países árabes, y sus grados de democracia.

Ella, que había sido lapidada verbalmente como una samaritana cualquiera por los suyos; ella, que había vuelto siempre de Israel con la boca áspera y el estómago revuelto. Ella, que había perdido la amistad de tantos queridos colegas, se alineó con Israel incondicionalmente, criticando aquella agresión e incluso elogiando la profesionalidad del ejército israelí, en especial la figura del ministro de Defensa, Moshé Dayán.

Aquella guerra que los suyos ganaron de una manera aplastante, aquella inflamación inesperada de patriotismo judío, la hicieron volver ese verano para visitar a su familia, los Fürst, en Tel Aviv.

En Israel se respiraba una euforia mesurada. El pueblo fustigado había puesto en su sitio a los árabes en solo seis días, y eso se celebraba y se notaba en el ambiente.

El héroe era el hombre del parche negro en el ojo, el infalible Moshé Dayán, el militar que lo había ganado siempre todo al frente de las tropas israelitas. Se veían imágenes suyas por todas partes, en el centro de la capital.

Hannah paseaba con su primo, Ernst Fürst, por el parque Yarkon, el más grande de Israel y posiblemente del mundo, de 350 hectáreas, y que llevaba este nombre por el río homónimo. Paseaban tranquilos por aquella maravilla mientras ella le contaba algunos de sus éxitos más recientes, como el título de profesora de Filosofía en la Graduate Faculty de la New School for Social Research de Nueva York o la elección como jurado del National Book Award, el premio literario más prestigioso de Estados Unidos.

—Aquí aún te tienen un poco atravesada —le corroboró él, con la sonrisa enmarcada en aquella cara tan pecosa y a la vez tan judía.

—¡No sabes la batalla que he librado a raíz de *Eichmann en Jerusalén*! La última en Francia, donde mi íntima amiga Mary McCarthy, de quien os he hablado a menudo, me ha ido informando y haciendo de abogada defensora.

—Ahora que estamos los dos solos, ¿por qué fuiste tan blanda con Eichmann en el libro?

Hannah se detuvo y lo miró, airada.

—Me parece que la gran mayoría no habéis entendido nada. Lo has leído, ¿no?

—Sí, claro, como todo lo que escribes —le respondió, con un gesto imperturbable y sereno.

—Aquel pobre diablo era un desgraciado sin criterio propio. ¿Te parece que se puede tratar peor a alguien que llamándolo pobre hombre sin criterio ni conciencia propia?

Ernst se pasó la mano por los rizos como si quisiera peinarse el flequillo.

—¿Estás segura? Era una persona inteligente que movía los trenes con una precisión formidable. Las deportaciones se hacían con una eficiencia sorprendente. Tenía hijos. Tenía que saber lo duro que debía de ser llevar a un niño en tren a un campo de la muerte. No puedo tragarme que ese tipo solo hiciera su trabajo de transporte y, cuando traspasaban las puertas de Auschwitz, se despreocupara de la suerte de los trasladados.

Lo había manifestado serenamente y sin ningún indicio de juicio moral o ira.

—Ernst —le dijo, cogiéndolo del brazo, como si implorara comprensión por enésima vez y para siempre—, ¡aquel tío no llevaba personas como tú o como yo a los trenes! No llevaba a Hannah Arendt, ni a Ernst Fürst, ni a Hans Jonas. Eichmann llevaba ganado, judíos. Y sus jefes, que eran su autoridad moral, le habían hecho renegar de su conciencia. Recuerda el juramento a Hitler, al Führer, de los militares y funcionarios. Lo habían convencido de que los judíos eran insidiosos y malévolos y que había que eliminarlos. Y punto. Él obedeció. Había jurado hacerlo. No tenía capacidad de discernimiento. Se la había regalado al Führer.

—Entonces ¿por qué algunos generales quisieron asesinar a Hitler? ¡Si fuera tal como dices, si le habían jurado fidelidad absoluta, no lo habrían hecho!

Hannah le soltó el brazo y suspiró, frotándose la frente.

—Porque esos pocos tenían criterio propio a pesar del juramento. Esos no habían sido tan bobos como para regalar su conciencia al Führer. Pero Eichmann, por muy inteligente que fuese, era de los que vivían como títeres del Führer y, además, sin conciencia. ¿No te das cuenta? Era uno más de la moral del rebaño nazi, sin discernimiento propio. Como dijo Heinrich, acertadamente: «La banalidad del mal». ¿Cómo puedes juzgar a un tipo así? ¿Cómo? ¿Lo juzgas por no tener conciencia propia? ¿Lo haces extensivo a todos los Eichmanns de Alemania?

Dejaron que el silencio tratara de acunar aquellas hirientes preguntas. Luego Hannah prosiguió:

—¿Sabes? Me alegré mucho cuando me enteré de la sentencia. Estaba claro y, no obstante, me alegré. El ahorcamiento de Eichmann no servirá para evitar futuros genocidios, pero un tipo así no merece vivir. La vida se debe vivir con la conciencia de la libertad.

Ernst le sonrió. Los ojos azules se le llenaron de luz y las pecas absorbieron toda la luz y brillaban como estrellas. Lo que decía su prima mayor tenía sentido. Claro que sí.

Retomaron el paseo. El día y el parque invitaban a hacerlo.

—Tampoco comprendo, Hannah, por qué te muestras tan fría y distante con nosotros, los tuyos, los judíos, y tan crítica con el fiscal general del juicio.

—El juicio fue un montaje de Ben-Gurión para aleccionar a los jóvenes. Salvo los testimonios de las víctimas y sus desconsoladoras historias, aquello era una tragedia orquestada. Para empezar, la jaula de cristal, con el tipo aquel vestido de oscuro y con cara de sepulturero. Y el fiscal general de actor principal, incluso robando protagonismo al reo, iniciando su intervención invocando a los miles de personas que querrían ocupar su lugar, ungiéndose como el mesías designado para fiscalizar...

Hannah se detuvo y encendió un cigarrillo.

—Perdona, Ernst, ¿quieres uno?

—No fumo, prima.

—Me alegro. Yo fumo cigarrillos, y Heinrich, puros y pipa. Mi marido, delicado de salud como está, fuma y bebe aguardiente y vino como si nada —negó con la cabeza, sonriendo—. ¿Dónde estaba, Ernst?

—En el juicio, me decías que era una tragedia escenificada.

—Sí, es cierto, más teatro que juicio. Propaganda para los jóvenes. Testimonios de resistencia al lado de dramas. Fortalecer el valor de la juventud...

—Quizá no haya sido tan descabellado el plan estratégico de márquetin de Ben-Gurión y los sionistas que tú tanto criticas. La prueba está en cómo ha resuelto nuestro ejército la agresión árabe en solo seis días y en cómo todo Israel, incluida tú, primita, ha aplaudido la acción militar.

—Quizá sí, Ernst, pero ¡tenemos que ir siempre con cuidado de no dejar que nos conviertan en Eichmanns!

—Pues yo me encuentro a resguardo aquí en Israel, Hannah. Siento que ya nadie puede herirme como judío. Estoy seguro bajo la bandera de nuestro país y duermo tranquilo con las tropas al mando de Moshé Dayán protegiendo mi sueño y el de los míos. Si nuestro país es fuerte, ya nunca más habrá otro genocidio judío.

—Y yo lo celebro. Yo no estuve en un campo de muerte, pero entiendo que los supervivientes y los que perdieron familiares necesitaban esto. Sin embargo, tenemos que evitar, como seres humanos con conciencia propia y libertad, que haya más genocidios, no solo contra los judíos, tampoco otros, y, sobre todo, no debemos convertirnos en verdugos de otros pueblos.

Avanzaron unos pasos. Hannah se sentía bien con su primo, a gusto. Era templado, sabía escuchar y no quería imponerse. Se detuvieron para ver cómo unas currucas jugaban entre los juncos. Aquel parque estaba lleno de pájaros de todo tipo. De variedades autóctonas y migratorias. Israel era el lugar de descanso de las aves que viajaban de Europa hacia África para evitar la crudeza del invierno.

—¿Puedo hacerte una pregunta íntima? —inquirió Ernst.

—¡Adelante!

—¿Vendrías a vivir aquí si Heinrich muriera?

—¡No! Soy una alemana de patria que está muy a gusto en su apartamento de Nueva York.

—También eres judía, ¿no?

—Sí, hija de padres judíos, Paul y Martha, ambos alemanes.

Ernst sonrió de nuevo y le dio un puntapié a una rama que había en medio del camino.

—¿Qué es lo que te da más miedo en estos momentos, Hannah?

Hannah se detuvo de golpe. Se ajustó el pañuelo en la cabeza y le respondió:

—Quedarme sola, Ernst, que Heinrich se muera y me deje sola.

—¡Sorprendente respuesta, prima! ¿Una filósofa no debería encarar la soledad o la muerte con valor? Como Sócrates al beber la cicuta...

Hannah se aclaró la voz con un carraspeo:

—«Ahora tenemos que partir, yo para morir, y vosotros para vivir, pero el mejor de los dos caminos solo Dios sabe cuál es».

Ernst hizo un gesto de interrogación, encogiéndose de hombros.

—Lo dice Sócrates al despedirse de sus amigos en la *Apología* que escribió después Platón.

—¿Lo ves, prima? Un filósofo no debería tener miedo a la muerte.

—Pues yo tengo miedo de quedarme sola, sin mi Stups, Ernst. Vivo con miedo desde aquella embolia que sufrió hace seis años. Acojonada. Soy filósofa, sí, pero también mujer y esposa.

TERCERA PARTE
«Para el 26 de septiembre de 1969, después de cuarenta y cinco años, como desde siempre»
1967-1976

«Porque la tempestad que atraviesa el pensamiento de Heidegger [...] no proviene de este siglo. Procede de lo antiquísimo y deja algo perfecto que, como todo cuando es perfecto, revierte en lo antiquísimo».

HANNAH ARENDT, CARTA PÚBLICA A MARTIN HEIDEGGER
DEL 26 DE SEPTIEMBRE DE 1969,
CON OCASIÓN DEL OCTOGÉSIMO CUMPLEAÑOS DEL FILÓSOFO

Friburgo, Alemania, julio de 1967

—¿Qué es pensar, Hannah? —le preguntó Martin, con esa sonrisa pícara no exenta de ceremonia y de solemnidad que esbozaba cuando se hablaba de filosofía.

Una copiosa bandada de palomas se lanzó sobre la Münsterplatz de Friburgo, como si huyera de alguna amenaza invisible. El cielo se desmenuzaba contra el azul raso de la atmósfera, y los aromas de las flores y de las plantas recordaban la *Belle Époque* de la Selva Negra.

Paseaban los dos, juntos de nuevo, la tarde del jueves 27, pisando los adoquines de la Münsterplatz, que ya había recuperado el esplendor de antaño, sin las cicatrices de la guerra. Ella llevaba un vestido vaporoso de color beis y una rebeca gris muy fina. Los zapatos de tacón marrones le combinaban con el bolso. Él iba ataviado con unos pantalones grises y con la camisa blanca con el cuello abierto, llevaba la americana doblada sobre el brazo derecho y un sombrero de mimbre al estilo de los campesinos de la comarca.

Si alguien los hubiera visto, tan distintos, tan peculiares, sobre todo él, no habría considerado que eran algo más que amigos. La diferencia de edad era manifiesta. Pero si alguien los hubiera escuchado, si hubiera podido ser testigo de sus palabras, no habría dudado ni un segundo en afirmar que eran algo más que amantes.

La pregunta de él seguía en el aire mientras ella rumiaba.

—Te responderé con palabras de Mallarmé, Martin, quizá las más adecuadas que se me ocurren aquí y ahora: «El pensamiento es donde las palabras deben dormir mucho tiempo con la finalidad de nacer nuevas y puras».

Esta cita provocó que él se detuviese. Estaban entre la catedral y la antigua casa de aduanas. La miró con aquella profundidad oscura e inescrutable, como los bosques de Todtnauberg.

—No podrías haber respondido más brillantemente. Eso es el pensar meditativo que intento transmitir a mis alumnos. La calma y el silencio de donde nace lo nuevo, lo renovado. ¡Veo que el pensar te ha acechado otra vez y has dejado de hacer política! ¡Enhorabuena!

Ella retomó el paseo.

—Resulta gracioso que seas tú quien hable de hacer política.

El tono había sido mordaz, pero Martin recogió enseguida el guante.

—Los de *Der Spiegel* me acosan en busca de mi pasado nacionalsocialista, y a ti el mundo judío te arrincona por minimizar a Eichmann. Los filósofos no deberían hacer política, tenemos los precedentes de Platón, Hegel o Montesquieu. Todos acabaron fracasando.

—¡No te puedes imaginar lo que me ha desgastado el proceso de Eichmann!

—Lo sé. Solo los alemanes pueden entender lo que pasó aquí.

Hannah le clavó los ojos, desafiante.

—¿Justificas a Hitler?

—No, de ninguna manera. Durante unos meses me dejé seducir por el poder y la grandeza, pero enseguida comprendí que eran unos farsantes. Eran la hipertrofia de la voluntad de poder, Hannah, simple cálculo, razón discursiva.

—¿Cómo puedes decir que solo eran razón discursiva, Martin? ¡Eran unos asesinos! —le recriminó en tono de protesta.

—Al principio, Hannah, entendía el nazismo como una respuesta distinta al nacionalismo alemán tautológico. Un soplo de aire fresco y la ocasión para poder realizar el ser. Un nacionalismo distinto, más allá de la indagación objetiva de las causas y los porqués.

Habían girado hacia la parte sur de la Münsterplatz. Se respiraba verano y alegría en la plaza principal de Friburgo. Los niños jugaban sobre los antiguos adoquines, no demasiado lejos de sus padres, y las jóvenes lucían camisetas de tirantes y sonrisas frescas.

—¡Sigo sin entender cómo podías vislumbrar el ser en aquella superchería inverosímil e irracional!

—Justamente, Hannah —dijo, señalándola y haciendo chasquear los dedos—. El nazismo primitivo, con la esvástica y los misterios de Thule, iba más allá de la razón. La razón es un obstáculo para el pensamiento. El pensamiento que accede al sentido del ser es una reflexión meditativa donde todo es sin-porqué, sin-fundamento. La razón es la enemiga más tozuda del pensamiento. El nacionalsocialismo primitivo era como la Grecia clásica. Dejaba ser a Alemania.

Hannah suspiró e hizo un gesto de incomprensión y de desacuerdo a la vez.

—¿Sabes, Martin? ¡No me cuadra! Eso no explica el antisemitismo, por ejemplo.

—El nacionalsocialismo se desvirtuó y se pervirtió a causa de la razón discursiva y de la voluntad de poder. Abandonó el desarraigo del hombre en la tierra, su naturaleza ctónica, y abrazó el progreso técnico como arma de destrucción y de voluntad de sometimiento. Al nacionalsocialismo le pasó lo mismo que a la filosofía después de Sócrates, que se convirtió en un asunto de la razón. La razón discursiva, en su estadio de causas y porqués indiscriminados, acaba convirtiéndose en una razón de sometimiento y dominio...

—¡El «mal radical» de Kant! —lo interrumpió ella.

—El alejamiento del ser por esta nueva doctrina del *nihil est sine causa* y *nihil est sine ratio* que consagró Leibniz.

Hannah se quedó pensativa. A diferencia de Martin, y a pesar de que últimamente se preguntaba más de la cuenta qué era realmente pensar, no abstraía tanto su pensamiento. Era más mundanal, más pragmática.

—¿Tú, Martin, habrías colgado a Eichmann?

Se detuvo y le dedicó una sonrisa de oreja a oreja.

—¡Claro! No estoy de acuerdo con la escenificación, pero aquel hombre era responsable de sus actos, por más adoctrinamiento que recibiera.

—¿Y Elfride también estuvo de acuerdo con la sentencia?

Martin carraspeó un par de veces, guardó silencio y retomó el paseo.

—He pensado mucho en ti en estos quince años, Hannah. Ha habido momentos en los que deseé que estuvieras a mi lado, como en la isla de Delos o en algún crepúsculo en los valles de Todtnauberg. Cada vez que recibía noticias suyas, directa o indirectamente, era como ese rocío fresco y vivificante de las auroras primaverales.

—Yo también te he extrañado muchas veces, Martin. Se me hacían eternos los silencios entre nosotros y recibía tus noticias con la ilusión de una adolescente.

Él alargó la mano hasta tocar la suya. Se cogieron. Ella sentía su pulso. Un pulso fuerte, contundente. Él notaba la lisura de su piel. A los pocos pasos de ir los dos juntos de la mano, ya eran uno.

—Al contemplar la foto de las vistas desde tu despacho de la cabaña me decía: «Ahora él ve estas colinas agrestes, mientras yo miro el Hudson».

—Y mientras tanto yo bajaba la mirada de esa panorámica para ver tu foto en la playa americana...

Giraron y Martin se detuvo y le soltó la mano después de un apretón. Bajando la voz, se justificó:

—No es prudente que nos vean cogidos de la mano. Estamos casados y aquí me conoce mucha gente, aunque menos que a Beckenbauer, cabe decir.

—Tienes razón, Martin. Por cierto, ¿quién es ese Beckenbauer? ¿Un profesor de la universidad?

Martin estalló en risas.

—No, Hannah, es un futbolista del Bayern de Múnich que juega de defensa y es muy elegante sacando la pelota desde atrás.

—¡Fútbol, claro! En Nueva York no existe esa afición. Allí se practica el béisbol, el baloncesto y también el fútbol americano, que es una especie de rugby. ¡No sabía que siguieras el fútbol!

—Me gusta mucho. De hecho, jugué de jovencito, en Messkirch, en el patio de la escuela. Jugaba de extremo, de delantero, era muy rápido y tenía un chute potente. Mi hermano pequeño, Fritz, me halaga cuando me dice que era de los mejores.

—¿Cómo está tu hermano?

—¡Bien! Como siempre, refunfuña cuando le entrego algún documento nuevo. Me dice que no le da tiempo a mecanografiar todo lo que escribo y que soy un desordenado. Mi hermano es un gran apoyo para mí.

—Lo sé, Martin, el tercer vértice de tu triángulo mágico: Todtnauberg-Friburgo-Messkirch, como la arista opuesta a la hipotenusa.

Martin suspiró y a continuación respiró hondo.

—Estoy encantado de poder ir a escucharte el día 9 en la universidad, Hannah.

—Y yo de que lo estés, Martin. ¡El pensador vivo más importante de Alemania escuchándome declamar en los atrios! ¡Todo un honor!

Se volvieron a parar. Esta vez en la Münsterstrasse, en dirección a la Kaiser-Joseph-Strasse.

—Podríamos pasar la noche juntos —sugirió él, con la mirada oscura dulcificada.

Ella suspiró.

—No creo que sea apropiado, Martin. Heinrich está enfermo, al otro lado del océano, y tu esposa recela a pocos kilómetros de aquí. Me encantaría, y lo sabes, pero no considero que sea el momento oportuno. Además, han pasado quince años desde la última vez y... necesito tiempo.

Él se quedó mirándola, en silencio, sopesando la duda.

—¿Sabes qué, Martin? Heinrich me sorprende a menudo. Es brillante. Tiene una facilidad inmensa para sintetizar y redactar titulares. Hace poco, hablando del compromiso como intelectual de Jaspers, a quien conoce y con quien tiene una empatía correspondida, me dijo: «La fidelidad es el signo de la verdad».

Martin bajó la mirada y la volvió a levantar, brillante y abismal:

—La verdad, *alétheia*, en griego «sin velo», la verdad como descubrimiento, la revelación de una ocultación. ¿Te das cuenta, Hannah? Para el pensamiento griego prístino, el ser se manifestaba con su ocultamiento y en el no agotamiento de mostrarse, en su misterio; aquellos filósofos mostraban una actitud de sorpresa. ¿Y qué puede exigir más fidelidad que mirar la revelación?

No es que la pusiera a prueba, sino que él era así: una tormenta de pensamiento más antiguo que el tiempo, una búsqueda de lo original más allá de todo pensamiento posterior al hecho. Los presocráticos pensaban antes de la filosofía, antes de que esta se convirtiera en tautología. Él, Martin Heidegger, el mago de Messkirch, pensaba después del final de la filosofía.

Hannah reflexionaba con la mirada perdida al final de aquella avenida de casi un kilómetro de largo que nacía en el núcleo histórico y acababa casi en el extrarradio de la ciudad.

Él parecía adentrarse aún más en lo que había desvelado, con las manos pegadas a la espalda y la nariz apuntando al suelo.

—Entonces ¿la verdad no requiere ninguna actitud personal? Simplemente es y necesita mirada de la revelación. Por tanto, ¿Aristóteles se equivocaba al decir «La verdad no se encuentra en las cosas mismas, sino en el entendimiento»? —inquirió Hannah.

Él levantó la cabeza y la miró, satisfecho.

—¡Exacto! Aristóteles supedita la verdad, el ser, al entendimiento humano, y su predecesor, Platón, la había convertido en una idea, *eidos*, frente a la cual el hombre debía mostrar conformidad. Y los dos manipulan la *alétheia*, la verdad. De hecho, la metafísica, desde sus padres, Platón y Aristóteles, ha pensado la cosa y no el ser de la cosa, es decir, han cosificado la verdad.

—Visto así, es muy alentador saber que no tenemos que hacer nada por la verdad. Estar tumbado y esperar que se muestre, si es que quiere hacerlo, y olvidar la rectitud del juicio o la conformidad con la verdad como acción volitiva —rio Hannah.

Martin hizo un gesto de asentimiento, contagiado de aquella alegría. Unos pasos más allá, rompió el silencio:

—Me encanta pasear contigo, Hannah, y mantener estas conversaciones. Creo que has sido un regalo, y en el invierno de mi vida desearía que estuviéramos más cerca.

Hannah se detuvo y lo miró reprobatoriamente.

—¡Pero si eres tú el que desaparece de repente y no vuelve a aparecer hasta que lo considera oportuno! ¡Te he enviado mis libros editados y aún no me has dicho nada, ni una nota con un simple gracias, ni un acuse de recibo!

—He dejado que el silencio entre nosotros limpiara lo que había de erróneo en nuestra relación. He tratado de poner a la vista esta llama sagrada, preservándola de la ira y de los celos de mi esposa y del posible recelo de tu marido enfermo.

Ella le cogió las manos y lo miró con los ojos brillantes.

—Cuando nos reencontramos la primera vez, después de la guerra, te dije que aquello había sido la confirmación de toda una vida.

—En el ámbito de este maravilloso juego entre nosotros que no podemos eludir, hacemos visible lo invisible, Hannah. Dejemos que simplemente sea. En este baño de luz, el alma azulada del cielo estival se estremece, inclinada a los amantes.

Ambos tuvieron que hacer un gran esfuerzo para no unir los labios en medio de la concurrida avenida de la ciudad de Friburgo.

Friburgo, Alemania, agosto de 1967

Dice el adagio que «cuando el discípulo está preparado, aparece el maestro». Eso sucedió el miércoles 9 de agosto de 1967 en el aula magna de la Facultad de Teología y Filosofía de la Universidad Albert-Ludwig de Friburgo.

Por primera vez en cuarenta y dos años de relación *interrupta*, Martin Heidegger se dignaba a asistir a una conferencia de su alumna predilecta: Hannah Arendt.

El adagio no hacía del todo justicia a su situación, porque Hannah hacía mucho tiempo que estaba preparada. Su palmarés académico era tan impresionante o más que el del profesor Heidegger. Su fama internacional superaba la de él. Y, sin embargo, Martin se mostraba, como siempre, esquivo y celoso de los éxitos de su pupila.

La sala estaba llena hasta los topes. Cuando Martin entró y se sentó en primera fila, en un lugar reservado, se escucharon algunos murmullos y risitas. La relación entre ellos ya no era un secreto. Había trascendido con el tiempo y ocupaba algunas conversaciones de cotilleo intelectual.

Hannah estaba sobre la tarima, al lado del profesor Eugen Fink, cuando Martin tomó asiento. Se regalaron una sonrisa cómplice.

Hacía veintidós años que había acabado la guerra, y Martin

Heidegger aún era un héroe y un canalla a la vez. Los constantes ataques de Adorno y los de Fráncfort, los artículos en revistas como *Der Spiegel* en los que se aireaba su pasado nacionalsocialista y las acusaciones particulares ensombrecían su tarea como pensador. Esta confluencia de reacciones nacionales e internacionales se reproducía en el claustro y en el alumnado de Friburgo. El Gobierno democristiano y conservador de Konrad Adenauer trataba de cauterizar la herida abierta en Alemania. El día a día resultaba complejo para los muchos exmilitantes del nazismo. Karma histórico. Había que demostrar que ya no quedaba nada de aquella ideología perversa para limpiar el legado que traspasarían a las futuras generaciones. Como diría Bertolt Brecht, otro exiliado y víctima del totalitarismo: «El regalo más grande que puedes dar a los demás es el ejemplo de tu propia vida».

Por si quedaba alguna duda del afecto que existía entre los dos y el respeto que Hannah sentía por el profesor, esta abrió el discurso con una cita de *Ser y tiempo*. Encabezaba la ponencia con una reflexión de Heidegger sobre la dialéctica y el lenguaje. Y lo hizo observándolo, como si estuvieran los dos solos en medio de aquella multitud.

Martin, nervioso, se removió un poco en la silla. Presagió algunas miradas celosas, e incluso, odiosas de compañeros y alumnos. Sintió los colmillos de la envidia y el rencor en la espalda, la daga del cainismo en el vientre. Hannah Arendt, doctora en Filosofía, judía alemana, autora de renombre de talla mundial, respetada por su talante abierto y democrático, ¡comenzaba citando al exrector nacionalsocialista!

El encabezamiento sirvió para encender el fuego de la exposición, brillante y bien estructurada.

Al acabar, Martin fue de los primeros en felicitarla. Rodeado de gente y de piropos, le alargó el brazo entre los cuerpos humanos, y le estrechó la mano con afecto.

—¡Enhorabuena, Hannah! Me ha parecido una conferencia fabulosa. Estaré fuera, junto a la biblioteca, esperándote para dar un paseo.

—Gracias, Martin, enseguida voy.

Martin salió. Hacía mucho calor. Friburgo era una de las ciudades alemanas más cálidas. Los castaños y los plátanos ofrecían al campus el alivio de la sombra. Martin se resguardó en una de aquellas imponentes sombras, mirando hacia la puerta de entrada de la Facultad de Filosofía, para, de esta manera, poder ver salir a Hannah.

Junto a las escaleras se apilaban muchas bicicletas. A ambos lados de los peldaños, donde antes había habido unos abetos en unos parterres, se emplazaban dos estatuas monumentales de bronce: una de Aristóteles y otra de Homero.

«Ojalá hubieran puesto a Heráclito y a Parménides», se dijo, aunque Homero también había vivido desde el *logos*.

Ella bajó las escaleras en medio de los dos bronces, acompañada de dos profesores que charlaban animadamente. Se detuvo en el último escalón, se despidió y paseó la mirada por los alrededores hasta que la detuvo junto a la portalada de la biblioteca, pues allí estaba Heidegger. Las manos detrás de la espalda y la nariz apuntando al suelo, meditabundo.

Se percató de su presencia cuando ella casi estaba a su lado.

—¿Y bien? —le preguntó ella, abriendo los brazos, esperando una valoración definitiva.

—Me ha gustado mucho, Hannah. ¡Enhorabuena de nuevo!

—He visto que parecías un poco incómodo cuando he comenzado con tu cita. ¿Es verdad?

—Un poco, sí. Hay muchas envidias entre mis colegas y los

restos del pasado, ya me entiendes. De hecho, a mis alumnos les digo muchas veces que me lean si quieren aprender verdadera filosofía; pero si lo que quieren es prosperar o hacer carrera, que me citen lo menos posible.

Hannah le sonrió.

—¿Quieres decir que las editoriales ya no me publicarán más?

—No, ¡tú tienes abiertas las puertas del mundo democrático moderno, Hannah! Y, sin embargo, has sido crítica con el progreso en la intervención. ¡Ya no se ve a demasiada gente que tenga el valor de decir las cosas como son!

Hannah miró el reloj de pulsera.

—Tenemos bastante tiempo para tomar un café y charlar, querido Martin. ¿Dónde quieres ir?

—Te invitaría a casa, pero no creo que sea muy buena idea, y me apetece estar a solas contigo.

—No lo entiendo —exclamó ella con una mueca divertida—. Si siempre me escribes «Saludos cordiales de Elfride» al final de las cartas.

Hannah notó que no le hizo demasiada gracia aquel comentario, porque no le siguió la corriente y, además, frunció el ceño, pero enseguida se recompuso y acordaron ir al café Schmidt, cerca de la universidad, en la Bertoldstrasse, al lado mismo de la iglesia universitaria de los jesuitas.

Durante el breve trayecto, Martin se mostró proclive a halagar su intervención, hasta el punto de que Hannah se sintió incómoda.

—Cuando alguien como tú se digna a perseguir los pasos del veneno de la *alétheia*, la «verdad», sin la finalidad de encontrar el mejor antídoto, cuando sube al estrado y lee la historia consciente de que lo que se ha dicho no ha guardado el sentido de entonces, sino que ha conocido rapiñas y astucias, cuando en los símbolos del pensamiento y las situaciones se puede encontrar la semilla de una flor maravillosa y a la vez el síntoma de una distorsión, entonces es una intervención magnífica y necesaria.

—Ojalá pudiera expresar desde tu profundidad científica mi mensaje, Martin. Asimismo, celebro que te haya gustado, porque ¿quieres que te sea sincera?

—¡Claro!

—No quería que esto abriera un debate sobre la procedencia y la causa, pues muchas veces me he callado y no he expuesto lo que tenía dentro acerca del pensamiento para no ofenderte.

Se encontraban delante de la antigua universidad, en la Bertoldstrasse, y tenían el destino a menos de cien metros, en la siguiente esquina.

—¿Me estás diciendo, Hannah, que no has compartido tus conocimientos por miedo a que lo considerara una especie de ofensa hacia mí?

—Así es, Martin. De hecho, aún no me has escrito, agradecido o comentado las publicaciones que te envié.

Habían llegado al café Schmidt, y Martin aún estaba reflexionando en busca de la respuesta. Aquella era una de las cafeterías más antiguas de Friburgo. El fundador, a cuyo apellido hacía honor el nombre de la cafetería, había sido un excelente pastelero, y sus dulces habían ganado cierta fama en la ciudad.

Se sentaron a una de las mesas exteriores que quedaban al amparo de un parasol verdoso. Hannah acercó la silla a la de Martin, que aún parecía rumiar la respuesta:

—Heráclito afirmaba que la característica principal del amor es la armonía. Que cuando un ser se une a otro es porque es su destino, bajo el influjo de esa armonía. ¿Crees entonces que si hubiera leído *Los orígenes del totalitarismo* se habría reproducido esta armonía entre nosotros?

—Por Dios, Martin —protestó Hannah, con un gesto de apartar el aire con la mano derecha—, ¿desde cuándo hemos evitado discutir sobre tus textos? ¿Por qué no podríamos hacerlo sobre los míos?

—En la *Carta sobre el humanismo*, que nunca has valorado, aunque creo que casi nadie la ha entendido, escribo que amar es la capacidad que radica en el hecho de que algo sea esencialmente en su originalidad. Y esto es lo que he hecho contigo, querida Hannah, dejar que seas en tu originalidad pensadora. Con la prudencia de quien no quiere desmenuzar lo que se ha dicho en un texto y someterlo al análisis discursivo, he optado por hojear tus trabajos sin más intención que el mero placer de la buena prosa ensayística y la momentaneidad del respeto por el ámbito de tu propia esencia.

—Para ser más claros, Martin, ¿has eludido el debate conmigo para no poner en peligro nuestra relación?

—No he dicho eso, Hannah. En ningún momento he indicado ninguna teleología a mi actitud de respeto hacia la esencia de tu pensamiento. Eso implicaría más violencia implícita que el hecho de debatir abiertamente.

—Así pues, en mi caso, y como me quieres, has dejado que sea sin ninguna clase de intromisión ni cuando tienes mi aprobación para hacerlo. ¿Es eso?

—Tampoco exactamente, pero no quisiera agotar la luz de la tarde aclarando este aspecto entre nosotros.

Hannah lo miró, airada.

—En tu obra, Hannah, tú también has olvidado el ser, como casi la totalidad de la filosofía occidental. En algunos capítulos de los totalitarismos te anquilosas en la mera historiografía, mientras que otros son pura tautología.

—¡Estoy contenta, porque al menos me has leído!

—¡No es eso! Simplemente he hecho algunas lecturas en diagonal.

—¿Sabes qué, querido Martin? Desde que estoy rodeada de enfermos, muy especialmente Jaspers y mi Heinrich, me pregunto con más intensidad qué significa realmente pensar y me interesa cada vez menos la política, o, como diría Montesquieu, «todo lo que es humano». Me gustan cada vez más el silencio meditativo y el aislamiento. Es como si la vida me apartara, como el mar a una chalupa, hacia un puerto desconocido e insólito.

Martin bajó los párpados, satisfecho. Hannah empezaba a experimentar el amor correspondido en la sabiduría de los presocráticos. El verdadero pensamiento. Y aquella era la mejor noticia que podía haberle proporcionado aquella tarde: la inexcusable pericia de pensar de verdad que se le acrecentaba por dentro.

Nueva York, Estados Unidos, 13 de junio de 1968

Aquel jueves estival, el sol se colaba por las ventanas bajadas del despacho de Hannah, en el apartamento de Riverside Drive, dibujando picos estirados sobre su mesa de trabajo. Ella fumaba con las gafas en la punta de la nariz, sentada al escritorio, deleitándose con la canción que estaba haciendo furor en el país, «Mrs. Robinson», de Simon & Garfunkel, sonando en la radio.

Tenía sobre la mesa el manuscrito de Heidegger *La tesis de Kant sobre el ser*. Lo saboreaba como un dulce. El tratamiento que daba su querido Martin al porvenir en cuanto aquello que «está por venir» y «nos alcanza», le había calado hondo.

Al acabar la canción, que tarareó como una colegiala en pleno período de exámenes, se aclaró la voz con un carraspeo y llamó a Heinrich, que trabajaba con la puerta abierta en su despacho, a unos metros de distancia:

—¡Stups! ¿Qué quieres que te prepare para comer?

Heinrich tardó casi un minuto en contestarle. Estaba preparando la clase para el Bard College y, a diferencia de su esposa, necesitaba más concentración en la tarea intelectual.

—¡Hay sobras en la nevera que deberíamos comer, o se estropearán! —le gritó, forzando la voz.

Hannah hizo un gesto de extrañeza. En aquel momento no recordaba que hubiera nada preparado en la nevera. Meneó la cabeza, decidida a ir a la cocina a echar un vistazo, pero se detuvo un rato en la foto de Todtnauberg que le había enviado Martin y que tenía siempre sobre la mesa de trabajo.

La panorámica en blanco y negro, sobria, austera, enigmática e ignota que su querido Martin veía desde su lugar de trabajo. A veces salía de aquel abismo natural su voz, transportada por un viento antiguo y solemne, y le dejaba algún mensaje.

Hannah se quitó las gafas, siempre a punto de caérsele, en delicado equilibrio, y encendió otro cigarrillo, empujando la silla con ruedas para poder cruzar las piernas.

Recordó el último encuentro que habían tenido, hacía un año, poco después de la conferencia de agosto que ella había impartido en la Universidad Albert-Ludwig de Friburgo...

Al día siguiente, después de haber pasado la tarde en el café Schmidt y paseando por el casco antiguo de la ciudad, se despidieron, a pesar de los deseos de fundirse en uno de aquellos hoteles íntimos donde habían estado.

Recordaba con una sonrisa en los labios, mientras el cigarrillo se columpiaba como una trapecista, las últimas palabras de su amante antes de dejarla a la puerta del hotel:

—Lo real es la realidad de algo posible. Y aún es posible que tú y yo podamos volver a estar juntos para sufragar mi prenda contigo.

Ella lo abrazó y disimuló un beso encendido en el cuello: pasaba mucha gente por aquella calle amplia donde estaba el hotel Victoria.

—Lo posible tiene la posibilidad de reconciliarse con lo real o no —corroboró ella con un hilo de voz sensual.

Desde Riverside Drive, podía ver a Martin alejarse por la Eisenbahnstrasse. Y con él, como siempre sucedía en las separaciones, un trocito de su corazón de mujer.

Hannah se preguntó, por enésima vez, por qué la vida y el amor jugaban aquella partida tan agridulce con ellos.

Al día siguiente, él la había ido a buscar, a eso de las diez, pero ella había madrugado y se había marchado a Basilea. Se lo había dejado escrito. También le había correspondido el agradecimiento. En lo que no se decía, en los silencios de las misivas, el deseo se acrecentaba. No era solo carnalidad. Era un inexplicable anhelo de estar piel con piel. A pesar de los años que los separaban. Él, camino de los ochenta. Ella, pasados ya los sesenta. Los cuerpos solo eran el vehículo de una comunión que se había forjado como una escultura de mármol, ora a martillazos, ora con cincel, hacía poco con la esponja pulidora, después con el cepillo...

No se puede detener aquello que es más que una posibilidad. Seguir el hilo complejo del amor es conservar lo que sucede en su propia dispersión. Y, así, se citaron para el 17 de agosto. En un hermetismo secular. En aquel hotel de las afueras desde donde se veían pastar las vacas con la mansedumbre de la paz resignada. ¿Qué convicción tan escrupulosa los hacía volver a estar juntos? Durante las épocas bárbaras del amor, el vigor de los amantes nunca flaquea. El cuerpo lleva, en su vida y en su muerte, el amor como testigo mudo. En el otoño de la vida, el amor ya no impone la maceración voluptuosa de los inicios, sino que la disfraza, ante la limitación física, con galas de baile de salón. La seducción de las palabras y de los gestos donde hace poco había bravura se convierte en la ofrenda de la pasión inextinguida. Pero lo que mantenía aquella pasión vigente era la distancia y la sutileza de lo prohibido.

Hannah lo tenía claro. La prohibición había hecho sumamente atractiva la manzana del árbol del bien y del mal. No el cuerpo desnudo de Eva ni el torso musculoso de Adán. Tenía claro que, con el matrimonio, en su caso, la pasión acababa siendo amistad.

Una amistad especial. La degeneración sistemática de la pasión matrimonial no era un síntoma de flaqueza amorosa, sino de transformación. La transformación requería nuevos inicios, prohibición o distancia.

Pasaron el jueves 17 de agosto juntos y ella lo rememoraba, apurando el cigarrillo hasta casi quemar la colilla. La dejó en el cenicero lleno y, como si con aquella colilla extinguida se hubiera acabado el recuerdo, se levantó, animada, para ir a ver si quedaba algo en la cocina, como decía Stups.

A Hannah le gustaba cada vez más cocinar. Cocinar y el silencio contemplativo. Cocinando también pensaba, porque esta actividad la relajaba, y con el silencio salían los mejores pensamientos. Abrió la nevera y solo había un plato con unas verduras salteadas del día anterior, que tiró a la basura.

El mes anterior habían hecho una revisión médica a su esposo y le habían dicho que no estaba demasiado bien de salud, que tenía que cuidarse, y eso implicaba descansar más, no fumar y no beber aguardiente ni licores. Y, sobre todo, comer sano. De esto último se encargaba ella, ya que las otras tres indicaciones eran inalcanzables, debido a la fuerte personalidad de su Stups.

Abrió el armario y fijó la vista en un pote de lentejas. Unas lentejas estofadas únicamente con verdura serían una buena opción.

—Heinrich, ¿qué te parecen unas lentejas estofadas para comer? —le preguntó, mientras se encaminaba al despacho.

La respuesta no llegó.

—Heinrich, ¿no me oyes? —le preguntó otra vez.

Cuando se plantó en la puerta del despacho, se asustó. Heinrich estaba tumbado en el sofá, con el rostro desencajado.

Se inclinó sobre él y le cogió la mano.

—¿Qué te pasa, Heinrich?

—El pecho, casi no puedo respirar —le respondió, con un hilo de voz, debilitado.

Hannah llamó al hospital, nerviosa. Enseguida le enviaron una ambulancia. Volvió junto a él y se sentó a su lado en el suelo, sobre un cojín, cogiéndole la mano.

—Tranquilo, no será nada. No te pongas nervioso, la ambulancia está de camino.

Él tenía la boca abierta y sudor frío en la frente. La mano, casi inerte al comienzo, se fue reanimando en contacto con la de su esposa.

«No te mueras ahora, Heinrich —le rogó en silencio—. Aún no, amor, te necesito».

Hannah cerró los ojos y le vino como un relámpago la imagen de su padre, Paul, cogiéndole la mano. Ella era pequeña y tenía dos trenzas. Su padre estaba en la cama. Tenía mala cara. Ella se había acercado, como casi siempre que su madre se lo permitía. Su padre tenía la piel de un azul muy tenue. En el suelo, al costado, había una palangana con unos trapos y un poco de sangre.

—Dame la mano, Hannah —le pidió, con un hilo de voz, delicado.

Ella obedeció. Su padre tenía la piel fría.

—¿Te mueres, padre? —le preguntó ella, un poco asustada por la visión de la sangre en la palangana.

Su padre le sonrió, efímeramente.

—Sí, Hannah, me muero.

Notó que su padre le apretaba la mano y, de golpe, la soltaba. Justo en aquel momento abrió los ojos. La mano que sujetaba era la de su esposo. Estaba tibia y se aferraba a la suya. Miró a Heinrich con los ojos mojados.

—No llores, Hannah, tranquila, esta vez no me moriré —la consoló con una sonrisa fugaz.

Basilea, Suiza, marzo de 1969

«Los muertos solo vienen a nosotros si los recordamos...».
Esta frase en boca de Hannah en el funeral de Karl Jaspers
había enternecido a todos. Era un mediodía soleado de finales
del invierno. Parecía como si el astro hubiera querido despedirse de Karl, el último gran pensador libre de sospechas de Alemania. El hombre a quien Hannah había querido como padre y
amigo, confidente y profesor, pero al cual nunca había confiado
demasiados detalles de su relación con Martin.

Jaspers había muerto, como todo el mundo; anciano y en un
exilio voluntario. En la visita anterior, Hannah lo había encontrado muy envejecido. «Soy un trasto viejo», le había dicho el
pensador. Se había ido de Suiza con la sensación de que Jaspers
había envejecido mucho, pero no que se moriría. Y la muerte
lo había venido a buscar unos meses después.

Desde el púlpito de conferenciante de la sala capitular de la
Universidad de Basilea, Hannah recordaba a Karl. Honestidad,
valores, inteligencia, bondad, amistad... Dicen que cuando uno
se muere siempre se lo pinta mejor de lo que era. No era el caso
del catedrático Karl Jaspers. Él había estado al pie del cañón de
sus propias convicciones sin vacilar. Sin excusas, aventó el nacionalsocialismo cuando comenzó a enseñar las garras bajo la
piel de cordero. Aceptó con dignidad la oferta de la Universidad

de Basilea y se trasladó porque no quería ser el héroe de Alemania y estar rodeado de lameculos y halagadores.

Gertrud estaba sentada en primera fila, entristecida. «La fidelidad es el signo de la verdad», citó Hannah al terminar. Una frase de Heinrich, el hombre de los eslóganes cortos, mientras entre el respetable a algunos se le escapaban gestos de asentimiento.

Hannah se detuvo un momento antes de acabar y miró al fondo de la sala de actos, que estaba llena. Pensó en su amigo y en los muchos eruditos que habían pisado aquellas instalaciones, entre ellos nombres tan ilustres como Erasmo de Róterdam, Paracelso, Nietzsche, Euler o Carl Jung.

«Todo hombre nace como muchos otros hombres y muere como uno solo», le salió. Era una frase de Martin. Jaspers había muerto esperando una explicación convincente del comportamiento de Heidegger en 1933. Esperaba un arrepentimiento, un argumento o algo más que aquel silencio. Y Hannah empleaba, sin citar *Ser y tiempo*, una frase de quien había sido amigo de Jaspers durante muchos años.

Se podría haber pensado que aquello era una afrenta al difunto, pero ella estaba convencida de que Jaspers la habría aplaudido. Hannah se encaminó al final:

—Karl Jaspers ha muerto solo, como todos nosotros, pero revivirá en el eco profundo e intelectual de su obra y en el recuerdo afectuoso de los que lo quisimos. La muerte no es una derrota definitiva de la vida en hombres como Karl Jaspers. Solo es un hasta pronto.

Se quedó absorta en los asientos de atrás, que estaban vacíos, dejando caer la lluvia de aplausos, y le pareció ver a Karl diciéndole adiós, como cada vez que se despedían cuando ella volvía a Nueva York tras la visita.

Ya fuera, en los jardines, Hannah y Gertrud se quedaron solas. La viuda quería que Hannah la acompañara a llevar el ramo de flores que le habían regalado a la tumba de su esposo, en el cementerio de Hörnli. El matrimonio no había tenido hijos, y a ella la querían casi como si fuese hija suya.

—El taxi nos espera fuera del campus para ir a Hörnli, Gertrud —le anunció Hannah, mientras caminaba con ella cogiéndole el brazo.

—Gracias otra vez por tus palabras, Hannah. Estaría muy orgulloso de haberlas escuchado. Karl te quería mucho y sufría por ti. Cuando todo aquello de Eichmann lo pasó realmente mal. Eras como una hija para él.

—Lo sé, y quiero que sepas que te visitaré igual que antes, como si estuviera vivo.

—Yo no podré complacerte con la conversación como él, Hannah, pero me hará mucha ilusión recibirte. Karl creía que últimamente te aburrías con él, que era un viejo que chocheaba.

Hannah le sonrió.

—Me dijo eso mismo hace unos meses, la última vez que lo vi, y le hice saber que cualquier frase suya tenía más sustancia que el discurso de muchos profesores.

—También apreció mucho a Heinrich y se emocionó al enterarse de su reciente infarto.

—¡Lo sé! Y se escribieron después. Heinrich le explicó que le habían dado el alta, que se encontraba bien y que seguía fumando puros y bebiendo brandi. Karl le llamó la atención, pero Stups es *sui generis*.

El sol quitaba fuerza al frío. La luz bañaba el césped y los lechos de plantas como si el frío no existiera. Las dos siluetas vestidas de oscuro avanzaban hacia el taxi que esperaba en la linde del campus.

—Ahora que ya no está, me gustaría confesarte una cosa, Hannah.

Gertrud había empleado un tono de confidencia y se le había acercado más.

—A Karl le daba un cierto respeto que te acercaras otra vez a Martin Heidegger. Lo consideraba un mentiroso y un manipulador capaz de hacerte daño.

Hannah notó un fuego en el brazo donde se aferraba Gertrud. No sabía nada de sus encuentros ni de las muchas cartas que se escribían porque Hannah estaba convencida del recelo entre ambos pensadores y de su rivalidad intelectual. Jaspers no le habría dejado ser lo que era, parafraseando a su Martin, y habría sido lo que no debía ser.

No se atrevió a decirle nada. No podía. Quería a Jaspers casi como a un padre y lo admiraba como maestro. También quería a Martin. Y lo necesitaba allí, en la distancia próxima. No tenía agallas para fingir delante de Gertrud ni para mentirle. Por eso optó por el silencio.

Siempre se quiere creer que las cosas son perfectas con los amigos íntimos, que los sentimientos surgen resplandecientes de las manos del espíritu o en la luz sin sombra del afecto. No se cree que la verdad siga siendo verdad cuando se le arranca el velo, y menos cuando se ha vivido bastante. A Martin le dispensaba la misma fidelidad que había preservado a Jaspers. En medio de los dos había esquivado la persuasión del recelo que existía entre ellos, del rencor tardío. Karl ya no estaba. Martin seguía allí, donde siempre. En aquel lugar que la hacía sentir especial y única. Un yermo más allá del bien y el mal.

Friburgo, Alemania, verano de 1969

Quería a Heinrich, pero su enfermedad crónica la hacía sentir como un jilguero incapaz de volar demasiado lejos a pesar de vivir en una jaula que tenía la puerta abierta. Últimamente priorizaba el mundo onírico frente a la vida, y el recogimiento del pensamiento frente a la actividad social.

La virtud no tenía ningún premio seguro. Cuidaba a su esposo por amor, siempre había estado enamorada de él; era su amarre, siempre. Ninguna pasión tenía su castigo. Martin también estaba siempre allí, mirándola, desde el otro lado del mundo, recordándole el origen en el ámbito filosófico y también personal, el ser y la etimología de la lengua materna.

Los Heidegger la habían invitado a tomar el té en su casa de la calle Rötebuckweg. Aquella horrible casa de escamas blancas con unos muebles horrorosos y una penumbra maliciosa.

Hay heridas íntimas que no sabemos distinguir si son del cuerpo, del alma o de ambos. Hannah pensaba que posiblemente la aversión que sentía por la casa se debiera a que esta se convertía en una proyección de Elfride, a la cual tenía por muy corta y políticamente incorrecta. Rancia como los muebles.

Hannah se había puesto un vaporoso vestido azul para la ocasión y una rebeca de hilo blanco. Elegante y seductora. Quizá no lo habría aceptado, pero la rivalidad femenina, allí donde no podía existir ni por la edad ni por el físico ni mucho menos por el intelecto, la había hecho escoger aquella vestimenta. La recibieron los dos. En la puerta. Él, encogido, al lado de ella, que estaba estirada como un chopo. Hannah notó que su rival la repasaba de arriba abajo con la mirada. Martin, por el contrario, tenía una luz de satisfacción en el rostro que lo rejuvenecía. Primero besó a Elfride. La frialdad de las mejillas. Un rictus tenso. Después a Martin. Calor. Acogida. Y una sonrisa cómplice que acababa en las pupilas.

Dentro, el olor a agrio y viejo no se había evaporado. Tampoco la penumbra, en un día soleado como el que hacía. Un cortinaje vetusto frenaba la luz.

Con la excusa del calor, aunque el sol ya estaba en su arco de declive, se sentaron en el comedor, en el mismo de siempre, con aquella lámpara más propia de un velatorio que de una sala familiar. Hannah preguntó si se podía fumar. La mirada de Elfride quemaba. Martin se levantó y le trajo un cenicero, bajo la desaprobación mal disimulada de su esposa.

—¿Te importa que te tutee, Hannah? —inquirió Elfride.

—De ninguna manera, incluso te lo agradezco —respondió esta, sentada en una punta del sofá de dos plazas.

—¿Te apetece un té con una nube de leche?

—Sí, gracias, Elfride.

Martin y Hannah se quedaron solos un momento.

—Estoy contento de volver a verte —la halagó, sentado en una silla frente a frente.

—¡Yo también! No estoy pasando una buena temporada. La muerte de Jaspers y el estado de salud de Heinrich...

—Yo también he pasado un invierno malo. Gripe, flebitis... El mes que viene cumplo los ochenta, y esto ya es tiempo de descuento.

—Pues yo, físicamente, te veo bien —lo piropeó, guiñándole un ojo.

No pudieron hablar mucho más, porque entró Elfride con una bandeja y un juego de té de porcelana que mantenía, según Hannah, la tónica rancia de la casa.

Elfride sirvió el té y la nube de leche a Hannah, después el té solo a su esposo y, en último lugar, se sirvió a ella misma, y se sentó al lado de la invitada, las dos frente a Martin.

La conversación fue amena. Como estaba Elfride, los asuntos filosóficos no prosperaban. Messkirch, Todtnauberg, Nueva York, Basilea... La charla viajaba a sitios familiares con personas familiares.

Por primera vez, Hannah se encontró relativamente cómoda en aquella casa. Hasta el punto de que fumó cuatro cigarrillos durante la conversación. Martin cumpliría ochenta años en breve y, aunque no le había pasado desapercibido el vestido vaporoso de Hannah y sus piernas esbeltas y bronceadas, ya no estaba para tirar cohetes. Elfride lo sabía y esto la tranquilizaba. La rival no constituía una amenaza real. Quizá onírica, pero no real. Y esto posiblemente hubiera sido lo que había provocado que Elfride le pidiera permiso para tutearla. Al final de la conversación, la señora Heidegger había cambiado del todo su actitud áspera.

Eran las siete y media cuando Hannah se levantó del sofá para marcharse. La despedida fue más fugaz que el recibimiento, pero también más cordial. Elfride parecía haber enterrado el hacha de guerra, y Hannah, que no había cambiado de opinión sobre ella, lo agradeció. Visitar a los Heidegger, de hoy en adelante, ya no sería un desafío personal.

No se volvió, pero ellos la siguieron con la mirada más allá de la verja. Un calor moderado se enseñoreaba de aquellos páramos. Hannah subió al coche de alquiler, que tenía aparcado a unos metros de la casa. Tomó el volante, satisfecha. Se había abierto un claro entre las nubes en su relación con Elfride.

Martin cerró la puerta cuando su esposa ya había entrado. La demora de unos segundos obedecía a razones obvias. También él estaba contento del aparente cambio de actitud e iba a comentarlo con ella cuando, de golpe, Elfride apareció con el cenicero en la mano y se quejó:

—¡Tendremos que ventilar la casa! ¡Apesta a tabaco! ¿Has visto cómo fuma? Cuatro cigarrillos en poco más de dos horas. ¡Y se traga el humo! Ya puedes ir abriendo. Si nos visitara cada día, quizá deberíamos prohibirle fumar. ¡Esto es una porquería!

La obedeció y abrió la ventana del comedor. Cautela: habían ganado una batalla, pero la guerra continuaba. En los castaños que se veían desde la ventana jugaban dos ardillas. Se quedó mirándolas. Envidiaba su agilidad y juventud. Su holganza. Era verano, pero él estaba en el invierno de la vida. Sin embargo, se podía dar por satisfecho. El ser no siempre se manifestaba en un cuerpo de ochenta años.

Nueva York, Estados Unidos, septiembre de 1969

«¿Solo puede tener sentido lo que es necesario?», se preguntaba Hannah, mientras despejaba la mesa del despacho para escribir la felicitación de los ochenta años de Martin.

«La verdad, para ser verdad, no debería tener nada que ver con la necesidad», se repitió mientras cogía unas cuartillas blancas, y pensó en aquella definición de la verdad que Martin había esbozado en una carta reciente.

En el despacho se acumulaba el olor del tabaco, intensificado por dos ceniceros llenos. Los papeles, manuscritos y libros campaban por la mesa y por los estantes en un desorden evidente. Quizá debería ordenarlo y limpiarlo, pero no tenía demasiadas ganas. En aquel caos se podía leer un intenso trabajo y una febril actividad intelectual, los mismos que casi no veían a los dioses en los poemas de Homero, es decir, la gente con perspicacia y sabiduría.

Estiró las manos por encima de las cuartillas y chasqueó los dedos. Un gesto que solía hacer para escribir a máquina y que reproducía a la hora de escribir sobre papel. Como una especie de estiramiento de un atleta antes de emprender una competición.

La semana siguiente, el 26 de septiembre, Martin cumplía ochenta años, y en Alemania le habían preparado toda clase de entrevistas y actos. Muchos no olvidaban el año 1933, pero otros solo veían en él al gran maestro del pensamiento metafísico. En cada momento de la historia se fija un ritual con ese tipo de dialéctica. ¿Tirio o troyano? ¿Bien o mal? Así se purificaba la historia y se consolidaban las reglas. Encarnizamiento calculado de futura sangre prometida, de nuevos conflictos que generasen nuevas normas...

Una emisora de radio bávara le había pedido a Hannah que le leyera una carta pública por radio, un texto escrito para la ocasión, ante la imposibilidad de acudir a los actos de celebración y estar al lado de Martin.

Le había corroído por dentro la tentación de ir, pero, por un lado, no podía dejar a Heinrich solo: su esposo estaba cada vez más debilitado, a pesar de llevar una vida aparentemente normal. Por el otro, no podía hacer plástica aquella relación triangular y ocupar un sitio al lado de Elfride. No era estético. La esposa y la amante. Podía resultar moral, pero no estético.

Hannah cogió el bolígrafo y miró aquella panorámica de Todtnauberg. Cerró los ojos y dejó que un soplo de viento primitivo la embargara para poder escribir. Siempre le daba resultado, pero aquel día no funcionó.

Dejó la pluma sobre las cuartillas y encendió un cigarrillo. Tomó el cenicero más vacío, fue hasta el sofá del estudio y se tumbó. Dejó el cenicero en el suelo, a su alcance.

Silencio. Recordó aquellas observaciones que le había escrito Martin sobre el uso transitivo del silencio y su hermenéutica. A continuación, la persiguieron algunos fragmentos del último libro suyo que había leído, *Acotaciones en el camino.* Lo había dejado sobre la mesa de trabajo, al lado de la postal de la panorámica desde la cabaña, como una especie de talismán. Luego llegaron algunas frases de seminarios antiguos en Friburgo y también en Marburgo...

Todo el mundo podía saber quién era Martin Heidegger, el

filósofo, adquiriendo sus libros y leyéndolos. Pero ¿quién lo conocía realmente?

Hannah sabía que eran pocos los que le conocían. Muy pocos. Carismático y afectuoso en las distancias cortas, mantenía su vida resguardada por el silencio. Un silencio que lo había protegido cuando había decidido abandonar los estudios eclesiales. Un silencio que lo había resguardado de las infidelidades. Un silencio que lo había amparado de su pasado nacionalsocialista. Un silencio que había extendido a sus escasas relaciones íntimas. Un silencio que explicaba la trastienda de su pensamiento. Silencio. Ser.

Cerró los ojos mientras fumaba. Actitud de espera. Aquella espera que él tanto le recomendaba para dejar ser.

¡Elfride! Unos meses atrás le había escrito. Y se sorprendió más aún cuando había leído la carta. Le pedía ayuda para vender el manuscrito original de *Ser y tiempo* para sufragar los gastos de una pequeña casita de una sola planta en el jardín trasero. La edad no perdonaba, y toda comodidad era bienvenida. La obra rondaba los cien mil marcos.

En la misma carta, después del saludo, también le ofrecía la posibilidad de vender los manuscritos de los cursos sobre Nietzsche...

La mujer que tanto la había odiado y que después la había aceptado con resignación le acababa pidiendo ayuda y consejo para un asunto económico y doméstico. «¿Por qué no me escribes tú, Martin? ¿Era rebajarte demasiado pedirme ayuda para este asunto, cuando siempre me has solicitado consejo editorial y literario?».

Fue leyendo y meditando sobre aquella carta del mes de abril cuando descifró el enigma que siempre la había atormentado: «¿Qué hacía Martin con una mujer como Elfride?».

Tenía la respuesta en aquella misiva. Ella era el puntal doméstico, quien se ocupaba de los asuntos ordinarios de la vida. Sin ella, a Martin le habría costado sobrevivir. Martin necesitaba una Elfride para el día a día y una Hannah Arendt como editora, consejera y amante.

¿Era acaso un egoísta? En caso afirmativo, ¿por qué se había avenido ella a aquel juego? ¿Por qué cuando llegaba una carta el corazón le latía como el de un toro? ¿Por qué no podía evitar visitarlo? ¿Por qué lo leía y releía con aquella devoción imposible de desentrañar?

«Porque soy humana e incoherente —se respondió—, y porque la verdadera humanidad es la incoherencia». Así había respondido también a Jaspers cuando el bueno de Karl le había explicado que había reiniciado la correspondencia con Martin y ella estaba dolida por su alejamiento y comportamiento. «Como soy incoherente, me alegro».

Desde el sofá y panza arriba, contemplando el techo blanco, delimitado con unas molduras de yeso, recordó los adornos del cuarto del hotel de las afueras de Friburgo donde solían encontrarse. Los dos mirando al techo, tumbados sobre la cama. Él explicándole que los filósofos pertenecían a la familia de los ascetas, los que velaban por la única gran meta de la verdad, del ser. Ella preguntándose cómo era posible que, después de hacer el amor, él volviera tan de inmediato a la filosofía. Él recreando la constelación de los horizontes de la esencia. Ella preguntándose si aquella no sería una relación de fragmentación y sintiéndose culpable...

Hannah retiró el cenicero del suelo para no volcarlo y se levantó. Se dirigió decididamente a la mesa y se puso a escribir. Era un vómito que empezaba a partir de 1919, cuando Heidegger empezó a impartir clases, y no desde su infancia en Messkirch o su juventud de seminarista.

Levantó la cabeza y dejó caer la pluma para relajar la muñeca. Encendió un cigarrillo y releyó lo que había escrito con la espalda pegada al respaldo y las piernas estiradas debajo de la mesa. Sonrió para sus adentros. Había nombrado como sus compañeros de rebelión a Jaspers y a Husserl. Curiosamente, Martin no había acabado bien con ninguno de los dos. A veces, recordar con objetividad ayuda a salir de las solemnidades de los orígenes. Husserl exhortaba a buscar «las cosas mismas» con la fenomenología. Martin aprendió de él a acercarse respetuosamente a las cosas, pero fue más allá, dejando que fueran las cosas las que se mostraran. En casa de Husserl, precisamente, se conocieron Jaspers y Heidegger. Enseguida congeniaron. Correspondencia febril. Todo muy bien hasta 1933. La fecha maldita. Entonces la amistad se fue aguando y borrando.

Aún en ese momento, Hannah se lamentaba de cómo la situación política y las posiciones de los tres en el tablero de juego habían destruido una amistad forjada, en palabras de Heidegger, en una visión similar de cómo «saber distinguir entre un objeto erudito y una cosa pensada».

Apuró el cigarrillo y cogió otra vez la pluma, inclinándose sobre la mesa. Siguió la carta con el mismo énfasis:

«Heidegger nunca piensa sobre algo; él piensa algo...».

Había llenado tres cuartillas más. Una carta extensa en la cual solo complacía al filósofo, al maestro. «¿No hablarás del hombre? ¿No es todo esto una poesía sorda del alma que solo se centra en el pensador?». Hannah releía el texto escrito formulándose estas preguntas y las silenció de golpe para proseguir.

«Sucede con la pasión del pensamiento lo mismo que en otras pasiones. Pensar es algo solitario. La pasión del pensamiento ataca de improviso a la persona más sociable y la destruye a raíz de este carácter solitario».

Se detuvo un momento. Ella se estaba volviendo más y más solitaria. Cada vez buscaba más el resguardo de la tormenta de las ideas. El recogimiento meditativo al que Martin siempre la exhortaba. Abonar la capacidad de sorprenderse. Como afirmaba Martin: «La facultad de sorprenderse de la sencillez».

«El propio sorprenderse genera y difunde silencio. El pensamiento, asevera Heidegger, es llegar-a-la-proximidad de la lejanía».

Un nuevo descanso. Otro cigarrillo. Algunas bagatelas mientras repasaba. Y continuó.

«Por eso ya Aristóteles, con el gran ejemplo de Platón aún vivo en su mente, recomendó con insistencia a los filósofos que no quisieran jugar a ser reyes en el mundo de la política».

Un guiño a su cagada monumental de entrar en política en 1933.

«Todos saben que también Heidegger cedió a la tentación de cambiar de lugar de residencia y de intervenir en el mundo de los asuntos humanos. Y el mundo le sentó bastante peor que a Platón, porque el tirano y sus víctimas no estaban en ultramar, sino en su propio país. A nosotros, anhelantes de honrar a los pensadores, aunque nuestra residencia se encuentre en medio del mundo, nos cuesta no considerar sorprendente y enojoso que tanto Platón como Heidegger se acogieran a la protección de los tiranos y del Führer cuando desembarcaron en los asuntos humanos. Porque la tendencia a la tiranía puede demostrarse teóricamente en casi todos los grandes pensadores (Kant es la gran excepción), y si esta tendencia no puede comprobarse en lo que hacemos, solo se debe al hecho de que muy pocos de ellos estaban dispuestos ir más allá de la "capacidad de sorprenderse frente a la sencillez y aceptar esta sorpresa como residencia"».

Hannah dejó caer la pluma y suspiró. Se levantó y fue hacia la cocina con la cabeza gacha. Tenía una espina clavada en el corazón. No había nada muy personal en la carta. Ningún guiño a su pasión. Admiración filosófica y justificación de su paso por el nacionalsocialismo. Una capa de barniz a aquel hecho que aún muchos señalaban y en su próximo cumpleaños sacarían a relucir. Ella lo vestía de galas filosóficas y lo equiparaba a Platón. ¿Maniqueísmo? Quizá sí. Con el tiempo todo se relativizaba. Hechos importantes se convertían a menudo en notas marginales del libro que se escribió.

Se sirvió un vaso de agua y lo bebió casi de un trago. Se bebió otro y se apoyó en la encimera, mirando hacia el comedor.

«¿Qué dirán a Martin con ocasión de su ochenta cumpleaños? ¿Qué le podría decir yo que no le pudiera decir el mundo?».

Con él se había sentido mujer siendo joven y había aprendido qué era pensar. Él le había inoculado el veneno del silencio y del recogimiento, y le había proporcionado la capacidad de querer amar como antídoto. Martin le había enseñado a cerrar los postigos al mundo y relegar a un después la vida que la oprimía. Con él había conquistado los siete palmos de la noble tierra de dejar ser las cosas. Dejar ser no significaba aprobar. Dejar ser era casi la ausencia de juicio, de violencia. Ahí, en el juicio, se enterraba la piedra angular del totalitarismo.

Volvió al despacho, cogió el texto y las gafas y se los llevó al sofá, donde, tumbada, lo leyó de arriba abajo.

Era una especie de apología, más que una carta de felicitación. Una entronización del filósofo. Un pensador que había engullido al hombre. Un filósofo que se había equivocado al haber querido hacer de hombre en política. Un error corto, pero de gran envergadura.

¿Podía exaltar a Martin y su dejar ser si había visto con sus propios ojos con qué lucidez y coherencia escrupulosa algunos criminales se justificaban a sí mismos? ¿Se podía dejar ser a Eichmann? ¿O a Eisenhower?

Suspiró. La carta le abría un sinfín de preguntas. Aquella avalancha incesante de preguntas era una de las grandes tragedias de la vida.

Ya había suficiente. Solo le faltaba un final, el fuego artificial de colores que concluía el espectáculo pirotécnico, el epílogo recogido en uno o dos parágrafos.

De nuevo a la mesa, encendió un cigarrillo para atraer a las musas y miró la postal de la panorámica desde la cabaña de Todtnauberg. Bajó los párpados y se vio acechada por una tempestad de viento y nieve que provenía del abismo de las colinas. Una tormenta antigua e inmemorial que lo sepultaba todo bajo el níveo manto de la pureza.

Cogió la pluma y escribió el final:

«Porque la tempestad que atraviesa el pensamiento de Heidegger [...] no proviene de este siglo. Viene de lo antiquísimo, y deja algo perfecto que, como todo cuanto es perfecto, revierte en lo antiquísimo».

¿Perfecto, Hannah? ¿A quién amaste, al hombre o al filósofo? ¿O quizá a los dos? ¿O incluso a ninguno?

Nueva York, Estados Unidos, Hospital Monte Sinaí,
octubre de 1970

¿Cuántas cosas que tenemos por ciertas no son más que vestigios de nuestra fragilidad? ¿Cuántas cosas que tenemos por bellas no son más que el producto de nuestra percepción? ¿Cuántas cosas que tenemos por eternas son tan efímeras como una flor de invierno? Una de las tragedias de la vida son las expectativas. La vida tiene su propio guion, pero queremos que interprete el nuestro.

Hannah meditaba sobre esto mientras Heinrich se apagaba como un cirio consumido en el Hospital Monte Sinaí. No sufría, estaba sedado. Cada vez la respiración se hacía más espaciada. Ella le sostenía la mano, sentada al lado del lecho hospitalario.

Había ingresado a primera hora de la tarde. El pronóstico: un infarto de miocardio agudo del que los cardiólogos no creían que se recuperara. Lo habían sedado para darle paz en el trance. Esperando la muerte. Esperando el final que nunca se espera.

Hannah y él se habían levantado juntos, como cada sábado, y, después de un rato de trabajo, cada uno en su despacho, estaban preparando juntos el desayuno. En la cocina, y mientras vigilaba el pan de la tostadora, él se encontró mal.

—¡Me duele mucho el brazo izquierdo, Hannah!

Ella se quedó mirándolo con el cazo de leche en la mano y no llegó a tiempo para evitar que se desplomara de rodillas en el suelo.

—No me encuentro bien, me parece que me está dando un infarto —explicó con calma.

—Te ayudaré a ir a la cama y llamaré a una ambulancia —lo serenó ella, nerviosa.

Fueron hacia el dormitorio. Heinrich tenía el rostro desencajado y respiraba con cierta dificultad. Sin desvestirlo, lo ayudó a tumbarse sobre la cama y lo abrigó. Telefoneó a la ambulancia y volvió enseguida a su lado.

—Tranquila, Hannah, estoy bien.

Habló con un hilo de voz adormecido. Los labios dibujaron un pequeño arco de sonrisa y cerró los ojos. Hannah le apretaba la mano mientras esperaba a los paramédicos, con la inquietud de saber que los minutos son esenciales en un infarto.

Una enfermera rubia que vivía en el Upper East Side y que conocía a Hannah de leerla, entró en la habitación y, después de mirar al paciente con unos ojos de resignación profesional y ternura, le preguntó en voz baja a Hannah si necesitaba algo.

—No, gracias, lo que me haría falta es un milagro, cosa que no está en tus manos —le respondió ella, emocionada.

Heinrich Blücher, setenta y un años, catedrático y profesor del Bard College, comunista sin fisuras, vivaz y amante de las mujeres guapas. Su Stups se estaba muriendo y ella no podía hacer nada.

En la penumbra del cuarto, la iban sacudiendo imágenes de su pasado juntos. Muchos momentos felices y otros de penuria. Sobre todo, al comienzo, en el exilio. Haciendo equipo. Codo con codo para salir adelante. Las infidelidades. Consentidas, al fin y al cabo. Los éxitos profesionales de ella. Los celos velados de él a causa de su éxito. La consolidación docente de él. Eich-mann y el escándalo. Martin Heidegger...

Los espíritus propiamente escrupulosos como el de él, en relación con la vida, solían dejar una perturbación notoria en los seres queridos cuando partían. Hannah llevaba una década temiendo aquel momento. Y había llegado.

Nada podía aplacar la sensación de seguridad que le había conferido Heinrich. Al final, el gran amigo de su vida. Más que amante. Más que pareja.

Estaba ya muy oscuro cuando dejó de respirar. Sin sufrimiento. En paz. Hannah le sostuvo la mano, tibia, sin pulso. Una especie de pánico le impidió, durante más de dos minutos, levantarse y comprobar que efectivamente ya no estaba. Cuando lo hizo, cuando se le acercó y experimentó el rigor de la muerte, comprendió aquella frase de Martin: «El hombre muere constantemente hasta el momento de su muerte».

Nueva York, Estados Unidos, navidades de 1970

Hannah había recreado para sí misma, fausto de un oprobio, una atmósfera de decaimiento desde la muerte de Heinrich. Miraba el Hudson desde el ventanal del despacho, el ocaso violeta, los árboles despojados de hojas, de indefinidos dolores, la gente que paseaba por la avenida integrada en ese crepúsculo de tristeza que ella había creado.

Alguien muy próximo a Heinrich había dicho, después del entierro de las cenizas en el cementerio del campus del Bard College, que de él quedaba, entre otras muchas cosas, «el sentimiento de un hombre sin descendencia de quien todos los jóvenes eran hijos».

Hannah había podido comprobar el afecto que los alumnos le dispensaban por las muestras y notas de condolencia que recibió de parte de sus jóvenes alumnos.

En el acto de sepelio, el profesor Frederick Shafer leyó un texto de la *Apología* de Sócrates para despedirlo. El claustro se mostró muy afligido por su fallecimiento, y las demostraciones de afecto y estima, en vez de animar a Hannah, la hundían en el silencio, porque calibraba aún más la magnitud de la pérdida.

Su amigo Bertolt Brecht le había escrito unos versos magníficos:

Y uno emprendió la marcha
con todo lo que tiene,
vestido y caballo, paciencia y silencio,
y después vinieron el cielo y el alma
y los buitres también.

Hannah miraba por el ventanal aquel atardecer violáceo con el alma hundida cuando oyó el golpe en la puerta del apartamento. Annuschka había llegado de comprar. Suerte de ella. La había llamado para pasar las navidades juntas. No se veía con ánimos de estar sola.

Con el regusto leve del ocaso y el alma desgarrada, Hannah salió del despacho.

—¡Ya estoy aquí! —gritó Anne Weil, cargada de bolsas—. ¡Están todas las tiendas a reventar!

—¿Necesitamos tantas cosas, Anne? —se quejó Hannah, tomando un cigarrillo de encima de la cómoda.

—¿Es que no quieres comer? ¿Prefieres morirte de hambre para reunirte cuanto antes con Heinrich?

Anne tenía esta clase de salidas. Se dirigió hacia la cocina y dejó las bolsas sobre la encimera.

—¡Consumismo navideño! —soltó Hannah, encendiendo el cigarrillo.

Dos meses atrás, un par de días antes de la misa funeral en la Riverside Chapel, casi al lado de casa, había reunido a sus íntimos en aquel apartamento para coger fuerzas. Estaban Anne, Mary McCarthy, los Jonas, Lotte, Jerome, Glenn y los Baron. Aquella vez, Anne había tenido la idea de poner música mientras todos charlaban en el comedor, y ella se la hizo apagar con cierta agresividad. Más en concreto, aquel «Only you» de The Platters que a Heinrich tanto le gustaba.

Para restituir el mal gesto con su amiga, y haciendo de tripas corazón, puso aquella canción en el gramófono que le había regalado precisamente Heinrich.

Anne asomó la cabeza enseguida al oír la música, y encontró a Hannah sentada en el sofá con las piernas estiradas, fumando y con un cenicero encima.

Se le acercó y se sentó a su lado, sin decir ni mu, escuchando la música, mirando de reojo a su amiga.

—Me habría gustado más que Heinrich hubiera tenido un entierro judío como es debido, con el *kadish* —admitió Hannah, con la mirada perdida.

—Pues la sencilla ceremonia en la capilla de Riverside fue muy emotiva —se sinceró Anne.

—Sí, todo el mundo quería hablar, decir algo.

—Las palabras del director de la revista *Politics* fueron muy bonitas.

—Tienes razón, Anne. Fue precioso. Mucha gente ha llorado a Heinrich. Se hacía querer.

—Mucho —soltó Anne, con un sollozo.

—Y, no obstante, tantas muestras de estima y respeto hacia él me hacen sentir más desgraciada.

Estaba serena. Aquel estado de tristeza y añoranza no le hacía subir las lágrimas a los ojos. Las tenía todas concentradas en el estómago.

—¡Con qué plausibilidad de fragancias melosas se ha marchado mi Stups!

—Como merecía, Hannah.

—Por supuesto. A veces me culpo por haber estado demasiado tiempo fuera durante el último período, en especial por mis viajes a Europa, por las demoras para poder estar con Martin y Jaspers.

—¿Martin Heidegger te ha dado el pésame?

Hannah dio un par de caladas intensas antes de responder.

—Sí, por supuesto. Y no quiero ser pretenciosa ni partidista, pero su carta es la que más me serena.

Hannah apagó el cigarrillo en el cenicero, se levantó con agilidad y fue a buscar la misiva al despacho. Cuando regresó, Anne esperaba, como si lo hubiera intuido.

—Mira. Te la leo. ¿Te importa?

—No, si te hace bien.

Hannah se puso las gafas en la punta de la nariz y comenzó a leer la carta de condolencia que Martin le había escrito desde Friburgo nueve días después de la muerte de Heinrich:

> *Querida Hannah:*
> *Ahora se te exige también esta despedida. La proximidad de Heinrich se ha modificado. Soportarás dispuesta y de buena voluntad lo que pasa y para lo cual no tenemos nombre y entregarás hasta el propio dolor a la transformación en silencio.*

Al acabar la breve carta, Hannah miró por encima de las gafas a Anne.

—Y ahora te leo el poema, titulado «Tiempo», que ha escrito con ocasión de la muerte de Heinrich y que adjuntaba al final:

> *¿Cómo de lejos?*
> *Solo cuando se detiene el reloj*
> *en la oscilación del péndulo*
> *oyes esto: que funciona,*
> *que iba, que ya no va.*

Ya tarde en el día,
el reloj;
solo una vaga pisada
por el tiempo
que, próximo a la finitud,
de él emerge.

Anne permanecía muda. Hannah se quitó las gafas y dejó la carta sobre el cojín de al lado.

—A pesar de que conozco vuestra historia, me resulta extraño que el amante te escriba en la muerte del esposo.

—¡Precisamente! —exclamó Hannah—. Precisamente, Anne, porque Martin sabe que dependía mucho de Heinrich, y porque se conocieron, aun sin tener demasiado trato. No te enfades por mi honestidad, pero Martin me conoce mejor que tú, y por eso me escribe con este sentimiento.

Anne esbozó un gesto de desaprobación divertido.

—Ahora mismo, te dejaría aquí plantada y me iría a París. ¡Que te zurzan! —respondió en un tono jocoso y fingiendo enfado.

Hannah se quedó mirándola y no pudo evitar sonreír por las muecas que ponía Annuschka.

Hannah había alimentado teorías metafísicas para que le ofrecieran momentos de esperanza en aquellas circunstancias, pero Anne y sus salidas eran un antídoto increíble.

—He comprado gallina pintada porque necesito que cocines ese estofado que te sale tan bien y que me recuerda al que guisaba mi abuela materna en Königsberg —le pidió Anne, contenta porque había hecho salir momentáneamente a su amiga de la morbidez nostálgica.

Hannah asintió con la cabeza.

—A Heinrich le gustaban mis guisos. Me alegra haberle cocinado todo lo que pude los últimos días.

A Hannah solo le dolía pensar que le podía haber hecho daño, pero en general sabía que él se había ido sereno y en paz, en su compañía. La prueba era la calma con que le había dicho que estuviera tranquila cuando lo tumbó sobre la cama, infartado. Su mano tibia aferrándose a la de ella. «Estoy bien», la calmaba él, a pesar de que en realidad no lo estaba. Como siempre. Su faro. Su puerto. El que siempre estaba. Su Stups.

Friburgo, Alemania, julio de 1972

Pisar Friburgo le provocaba una sensación de familiaridad genuina. Poner el pie sobre los rojos adoquines de la ciudad implicaba renovación, entrar en una estampa vivificadora de autenticidades vividas. Por desgracia, Hannah había conocido a demasiada gente que se hacía quincallera de identidades vacías con el paso del tiempo, de páramos de la vacuidad y la banalidad.

Desde la muerte de Heinrich había tenido un par de recaídas psicológicas. El pasado pesaba demasiado. También las deudas económicas la atormentaban. Ella sabía escribir y pensar, no hacer de contable. Casi entró en depresión.

¿Podían deprimirse filósofos como Platón, Nietzsche, Heidegger o Hannah Arendt? ¡Claro! Eran hombres y mujeres. Humanos. Duales. Con sentimientos y corazón, como afirmaba Pascal, que tenía sus razones más allá de la razón.

El otoño anterior había sufrido una angina de pecho. Los médicos le habían confirmado que los responsables eran el tabaco y su estilo de vida. El mismo equipo de cardiólogos del hospital donde había fallecido Heinrich le aconsejaron vivir con más calma y dejar los cigarrillos.

Se negaba a dejar de fumar, pero se había propuesto cortar las raíces del pasado de raíz y borrar todas las adversidades. Vivir el presente. «Ser-aquí», como decía Martin. Por desgracia, los asuntos mundanos esquivaban la filosofía, porque Martin también arrastraba problemas económicos a causa de la construcción de su nueva residencia en el jardín de su casa. Se había prometido poseer solo el presente y encarar el invierno de la vida con el máximo sosiego.

Y si ya no estaba Heinrich, ¿qué otro hombre podía darle aquel calor masculino que ni Mary ni Annuschka ni Lotte ofrecían?

Hannah fue a visitar a los Heidegger a las tres de la tarde. La puntualidad y los horarios se habían convertido en una premisa de vida para Martin. Emulando a su admirado Immanuel Kant, una vida sin orden estaba condenada al fracaso.

Aquella fachada de escamas blancas, el jardincillo de entrada, los escalones y el porche... Nos engañamos con la idea de la materia raramente vivificada. Aquella casa no podía ser de otra manera. Un exseminarista filósofo, una mujer fría y sargenta, una tradición familiar rancia que se reflejaba en el mobiliario...

La animadversión hacia Elfride se había diluido, y necesitaba ver a Martin, que estaba cada vez más viejo, quizá más silencioso y gentil. Sin embargo, aún conservaba aquella profundidad oscura en la mirada que te engullía.

Aquel julio encontró a Martin aún más envejecido. Elfride, por el contrario, se mantenía joven. Su relación epistolar para vender el manuscrito de *Ser y tiempo* y la búsqueda de compradores las había aproximado. Además, el fuego de Eros de Martin se había apaciguado. No obstante, aún quedaban chispas de rivalidad en sus miradas.

Esta vez Elfride los dejó solos. Les sirvió el té en el despacho de Martin, en el primer piso. Ella se sentó en el sofá, y él, a su mesa de trabajo.

—Pensaba que ya estabais en la nueva residencia del jardín —se extrañó Hannah.

—¡Pronto! De hecho, íbamos a trasladarnos en septiembre del año pasado, pero aún faltan algunas cosas por instalar. No tendré esta vista de las colinas, pero estaremos a nivel. Además, no pienso llevarme demasiadas cosas a mi nuevo despacho.

—Aún conservo la fotografía que me enviaste de estas vistas en mi mesa —comentó Hannah, señalando el ventanal.

—¡Y yo la tuya en aquella playa! —apuntó él, sacando la foto de un cajón del escritorio.

Ninguno de los dos podía dudar de que el destino les había preparado el ingenio halagador de la complicidad.

—Aún añoras a Heinrich, ¿no?

—¡Mucho, Martin! Fue el mejor amigo que he tenido en la vida.

Él le sonrió afablemente.

—¿Recuerdas aquel poema que te escribí sobre la muerte muy al principio de nuestra relación, en los tiempos de Marburgo?

—Sí, y de hecho creo que lo cité en una carta de agradecimiento a la tuya de pésame. Lo ibas a recitar, ¿no?

—Sí.

—Pues ¡hazlo! Me encanta escucharte declamar.

Martin se aclaró la voz previamente.

Muerte es la cordillera del ser
en el juego del mundo.
Muerte rescata lo tuyo y lo mío,
otorgándolo al peso que cae,
a la altura de una calma,
puro, hacia la estrella de la tierra.

—¡Podrías haberle hecho la competencia a Hölderlin! —soltó Hannah, con un par de aplausos.

—En la Grecia de Sócrates te habrían condenado a beber cicuta por impiedad con este comentario.

—¡Solo me faltaría una condena más! Ya tuve bastante con Eichmann, y ahora con la Nueva Izquierda americana y el Black Power.

—Pero ¡también has recogido muchos premios! Hace poco leí en un anuario de filosofía que te habían concedido el título de doctora *honoris causa* de la Universidad de Yale.

Hannah cogió la tetera de la bandeja que había dejado Elfride y sirvió el té, primero a Martin y después a ella.

—Ya sabes que no me halagan los premios. Los agradezco, pero siento que no los merezco. Me lleva pasando esto desde pequeña. Por cierto, tengo una duda que no hemos acabado de aclarar acerca del «pensamiento objetivador», Martin.

Este se recogió las manos en un puño a la altura de la nariz y la boca, y la observó atentamente.

—El decir viene del pensar, pero no el hablar, al menos de manera inmediata. Podemos hablar casi sin pensar. ¿Cómo se relacionan el hablar y el decir? Y, por otro lado, el pensamiento va en busca de lo invisible, inherente de manera específica, mientras que el querer saber quizá tenga más que ver con la experiencia visible. ¿Por este motivo hablas de «pensamiento objetivador», para diferenciarlo del pensamiento?

Martin sonrió detrás de las manos y la miró como un águila que ha detectado a su presa.

—Todo es el ser, Hannah. Entonces, no hay diferencia de pensamiento cuando es un pensamiento meditativo y «desde», no «en». Cuando es «en», como tú me decías en tu carta pública de felicitación de cumpleaños, cuando se piensa «en algo» y no «algo», entonces hay categorías de pensamiento.

A Hannah le brillaron los ojos.

—¿Sabes, Martin? Nunca me has comentado nada de esa carta que te escribí. Me contaste que te había molestado que no viajara a Alemania para celebrarlo a tu lado, pero, salvo hoy y en otra ocasión, no me has dicho nada. ¿No te gustó?

Martin mojaba los labios en la taza sin dejar de mirarla.

—¡Me sentí una especie de fósil al leerla! Una carta más propia para un difunto que para un vivo. Comparaste a Platón con el tirano de Siracusa para excusarme, lo cual significa que juzgaste negativamente mi comportamiento en 1933.

—No me digas ahora que no te has arrepentido —le reclamó con las manos abiertas.

—No, porque fue el error del ser. Yo tenía la voluntad de cambiar la universidad con el nacionalsocialismo. También tu amigo Jaspers se sumó a ello, ¿recuerdas?

—Pero ¡no como militante nacionalsocialista ni declamando discursos de apología de Hitler, Martin! Él estaba de acuerdo con tu visión de la enseñanza y con la necesidad de una reforma.

Martin dejó la taza sobre la mesa y se volvió para mirar hacia las colinas.

—Me sentí herido cuando tú, Hannah, que has compartido tantas cosas conmigo, te alineaste, con la carta a los periodistas del *Der Spiegel*, con Adorno y sus lacayos de Fráncfort, y...

Hannah sacó el paquete de tabaco del bolso.

—¿Puedo fumar?

—No deberías, has sufrido una angina de pecho —le respondió sin mirarla.

—¿Te molesta si lo hago?

Se hizo un breve silencio.

—¡Adelante! Como me había figurado que lo harías, tienes un cenicero sobre la estantería, al lado de la puerta.

Hannah sonrió, pero sin hacer ruido, de modo que él no lo vio. Se levantó para coger un sólido cenicero de cristal y volvió a sentarse. Encendió el cigarrillo. Martin seguía con la vista clavada en el horizonte, más allá del ventanal.

—Sabes que lo último que habría querido hacer es herirte el día de tu cumpleaños, pero consideré necesario exculparte públicamente.

—¿Exculparme? —inquirió con un tono fuerte y sin apartar los ojos de la ventana.

—Sí, Martin, los nazis han escrito la peor página de la historia con el holocausto; no cabe duda de que Hitler y los suyos tendrán siempre un lugar privilegiado en la historia, y tú, durante casi un año, los ayudaste a consolidarse.

Martin Heidegger se volvió y la miró ofendido.

—¿Cómo te atreves a decirme que ayudé a esos criminales? ¿Acaso me he mostrado antisemita contigo?

Se le habían marcado las venas en la frente y tenía los ojos como platos. No era conveniente hacerlo enfadar. Era un anciano.

—No, Martin, nunca me he considerado maltratada por ti por mi condición de judía, pero sí que me has hecho daño como mujer en algún momento.

Se le marcó una demoníaca expresión en los labios, pero no le rebatió aquella acusación. Ella fumaba tranquila. Él se retiró el cabello blanco hacia atrás, nervioso.

Nunca es demasiado tarde para un ajuste de cuentas. Pero siempre lo es para ofender a alguien que te quiere. Y Hannah sabía que él la quería. A su manera. Como quería a Alemania, la Selva Negra, Todtnauberg, a sus hijos, a Elfride, la filosofía.

—Ahora que hemos sacado el tema, tú dices que siempre utilizamos «es» al hablar, sea expresamente o no. Pues en hebreo no. El hebreo no tiene cópula.

—No en vano es el lenguaje de la cábala —apuntó él.

—¡La cábala es más razón que ser, querido Martin! ¿Sabes? Cuando el pensamiento nace de nuevo cada mañana es un desafío. Se tapan los resultados de los días anteriores.

—Los filósofos hemos pensado mal durante siglos. Hemos gastado demasiadas energías buscando cuando teníamos que esperar y estar abiertos.

—Me has hecho pensar en una cita muy buena de Kant al respecto. Dice así, más o menos: «A la razón le repugnan los resultados, los disuelve una y otra vez».

—¡Y siempre acabamos en Kant! Como los estorninos peregrinan hacia el calor. Como las abejas al polen fecundo de las flores.

—Algún día los alumnos del futuro, Martin, te citarán como nosotros a Kant.

Él le sonrió.

—Por ese motivo no te detuviste hasta que conseguiste que se publicase mi obra completa en inglés. Un clasicismo que ya te comenté que no me gustaba mucho.

Hannah cruzó las piernas y encendió otro cigarrillo bajo la mirada no demasiado condescendiente de él.

—¿Por qué? ¿De verdad no te gusta que hayan publicado tu obra completa?

Martin suspiró.

—No quisiera que me recordaran como un filósofo. Preferiría que me leyeran como un maestro. El maestro del ser.

—Pues mira por dónde, eso me parece más pedante y clasicista que publicar una obra completa —observó ella, sonriente.

—No, Hannah; como he afirmado tantas veces, creemos que nosotros utilizamos el lenguaje cuando es él el que nos utiliza para revelar el ser. Leer a Martin Heidegger no es lo mismo que leer desde Martin Heidegger.

Martin se había acurrucado sobre la silla como una paloma que quiere guarecerse de la noche. Hannah lo miraba con una mezcla de afecto y admiración, mientras le venían al recuerdo aquellos encuentros clandestinos de juventud.

Martin se golpeó las piernas con las palmas y, con un hilo de voz sereno, dijo:

—Tú eres diecisiete años más joven y muy probablemente me sobrevivirás si dejas de fumar tanto. Podrás saber si, una vez muerto, se sigue leyendo y pensando a Martin Heidegger o si pasará a las estanterías de las bibliotecas por parte de los taxonomistas culturales.

—¿Y si te equivocas y me muero antes que tú, Martin? —le preguntó enseguida con un tono jocoso.

—Entonces no tardaré en reunirme contigo en alma mientras el cuerpo se pudre en la tierra —le respondió, circunspecto.

Aberdeen, Escocia, mayo de 1974

Una de las óperas que más gustaba a Hannah era *Madama Butterfly*, de Puccini. La relación entre aquella jovencita japonesa, Cio-Cio-San, y el oficial de la armada norteamericana. La tragedia. El suicidio de la protagonista. El *seppuku* con la daga del padre deshonrado por su comportamiento.

Ingresada en el Royal Infirmary Hospital de Aberdeen, pensaba en aquella tragedia musical porque en algún lugar que no podía recordar había oído decir que la historia estaba inspirada en Thomas Blake Glover, un prohombre de aquella ciudad que había introducido el ferrocarril en Japón y había mantenido una tórrida relación con una mujer nipona.

Hacía dos semanas que estaba en aquel acogedor hospital escocés por haber sufrido un ataque al corazón mientras impartía un seminario en la universidad. El 5 de mayo sintió un mareo repentino, del que consiguió recuperarse. No obstante, le quedó una especie de punzada en el pecho que no se le iba. En la madrugada siguiente tuvo que avisar a un amigo editor que estaba alojado en el mismo hotel que ella para que llamara a una ambulancia, porque los dolores eran más intensos y la sensación de ahogo aumentaba.

Afirmaba Kant que «la inmadurez es la incapacidad de usar la inteligencia propia sin la guía de otro». Y Hannah era inmadura en cuanto a su estilo de vida. Trabajo en exceso, angustia y, sobre todo, dos paquetes de tabaco diarios. No solo no hizo caso de las recomendaciones del doctor James Finlayson, el cardiólogo que la había atendido, sino que encargó en secreto a Lotte una cajetilla y fumaba a escondidas.

¿Aquello era una muestra de infravaloración de la vida, de depresión o de resignación al placer de la nicotina? Hannah solo había confesado a su amiga que no tenía ningún miedo a la muerte.

Lotte, que había cogido un vuelo en cuanto Mary McCarthy la había avisado de lo que había sucedido, estaba a su lado. Se alojaba en un hotel y cuidaba de Hannah, y no pudo evitar complacerla en cuanto al asunto del tabaco.

Madama Butterfly se hacía el *seppuku* y ella fumaba. Por el mismo motivo. Cansancio vital. Agotamiento de vivir. Sensación de incompleción. La japonesa de la ópera, por la ausencia de su hijo y del oficial americano. Ella, porque su Stups ya no estaba y Martin se había convertido en un anciano encerrado en sí mismo en busca del último crepúsculo del ser.

Su querido Martin le había vuelto a dar calabazas. En los últimos dos años le había negado una cita para revisar el texto que escribía, *La vida del espíritu*, y otra para aclarar algunos conceptos epistemológicos.

Martin vivía plenamente consciente de su ocaso físico, acompañado de una necesidad de silencio y aislamiento como nunca antes había experimentado. Eso se deducía de las cartas. Ella lo admiraba y también se había contagiado de este solipsismo pensativo, pero necesitaba actividad intelectual y vital, a diferencia de él, que se resguardaba en una actitud de espera más propia de un monje que de un filósofo. Ante la imposibilidad del nacimiento necesario de la verdad, Martin con los años se había dejado engullir por el ser. Si la juventud y el vigor alimentaban el deseo de la verdad y la indagación de las energías de los venenos y antídotos de la filosofía, el otoño avanzado y, sobre todo, el invierno aconsejaban la espera y la mirada desde el cobijo de la sabiduría adquirida.

Hannah no había interiorizado el ser como él. Lo seguía. Lo leía. Lo citaba. Lo masticaba. Lo escupía y lo volvía a digerir. ¿Cómo es que una mente privilegiada como la suya no acababa de trascender lo que tenía de circunstancial y humano la filosofía y se adentraba en el misticismo pensador de Martin?

Muy posiblemente hubiera sido Fritz Heidegger, el hermano pequeño que vivía en Messkirch, el banquero, quien se lo había revelado. Según Fritz, el pensamiento de Martin no se podía comprender del todo sin conocer su pasado de novicio con sotana y la infancia con su padre, sacristán de la iglesia del pueblo, vestido de monaguillo.

Ella no había profundizado en aquel misticismo. Su abuelo materno, el de Königsberg, rabino, la había introducido en el Talmud; y después, en los seminarios del teólogo Rudolf Bultmann en Friburgo se adentró en el conocimiento del cristianismo, a la búsqueda obstinada del Jesús histórico. Sin embargo, nunca llegó a interiorizar nada. Ella era humanamente kafkiana. Carnalmente materialista.

Hannah, en un momento de soledad, cogió un cigarrillo del paquete que tenía escondido en el bolsillo de la chaqueta, que estaba colgada en el armario-taquilla de la habitación; tomó también un encendedor y se encerró en el lavabo. Abrió de par en par la ventana, que daba al jardín, y se subió sobre el bidé para poder lanzar con más comodidad el humo afuera.

Mientras fumaba pensó otra vez en la muerte. ¿Alguien la castigaría por aquel suicidio? ¿Quién? ¿No era ella la dueña consciente y determinada de su voluntad de actuar y, por tanto, de su vida?

Apuró el cigarrillo rodeada de bagatelas existenciales y sofrológicas. Bajó del bidé, dejando la ventana abierta para que se ventilara la estancia, y envolvió la colilla en papel higiénico antes de tirar de la cadena, para evitar así que quedara flotando.

Al cabo de un rato, después de enjuagarse la boca con la pasta de dientes para evitar que el aliento le oliese a tabaco, cerró la ventana. Olfateó como un perro de caza y sonrió, satisfecha, porque no podía percibir el olor a humo.

«No hay prohibición —pensaba Hannah— que no repose sobre la injusticia, por más racionalidad que se le quiera imputar». Pero no se veía con valor de filosofar sobre eso con el doctor Finlayson. Como tampoco había hecho Hans Castorp, el héroe de *La montaña mágica* de Mann, con el doctor en jefe Behrens.

Salió del baño y se encontró a una enfermera nueva con la bandeja del desayuno. Tenía cara de pocos amigos. Hannah se preguntó por unos momentos si sospechaba que había fumado, pero se convenció de lo contrario, porque la mujer ni entró en el baño ni la olió, aunque fuera sutilmente.

Mientras desayunaba apareció Lotte.

—En la habitación de al lado hay un señor muy atractivo que también ha sufrido un infarto. Lo he visto paseando por el pasillo con el gotero, acompañado de un hijo suyo. Quizá podrías conocerlo.

—Sí, claro, e intercambiar las placas del corazón, como hicieron Hans Castorp y la bella Clawdia en el sanatorio de Davos, ¿no? —le sugirió Hannah alegremente.

Lotte se rio. Conocía la novela de Mann, ya la habían comentado alguna vez.

Se sentó en la silla de las visitas y cruzó las piernas. En la trastienda de su felicidad había preocupación. Hannah no hacía caso de las prescripciones médicas y ella, como amiga, confidente, editora y protectora suya, no lo llevaba nada bien.

Sabía que entre las pocas cosas que podían anclar a este mundo a Hannah estaba Martin Heidegger. Así que se aprovechó de ello:

—¿Crees que Martin nos aprobaría si supiera que fumas a escondidas?

Hannah se puso un dedo delante de los labios.

—¡No lo digas, que te pueden oír!

Lotte se llevó las manos a la cabeza.

—Hannah, Hannah, Hannah... ¡Tozuda como una mula!

Le pidió que retirara la bandeja, pues ya había acabado, y se incorporó desde el cojín con agilidad.

—Claro que Martin me advertiría, pero me dejaría hacer, ser. Él mejor que nadie ha entendido la vida verdadera, a pesar de los errores del 33 y de las salidas de tono clásicas de la genialidad.

Lotte la miraba con interés. No es que sintiera demasiada simpatía por Heidegger, por lo que le había oído decir a Hannah y había captado por otros medios, pero le dispensaba una buena consideración intelectual.

—Martin, desde que entró en el otoño de la vida, se ha ocupado totalmente del ser. Pone escaso interés en la política. Cree que todo se mueve en la superficialidad y que poca cosa se puede hacer contra la impertinencia de los medios de comunicación de masas y de las instituciones. En su retiro de pensamiento meditativo, solo perturbado por la poesía, en especial la de Hölderlin, se descubre una actitud de admiración primigenia y de espera coetánea, ya presente en los orígenes de la filosofía. Lleva tiempo ordenando los escritos, más por un interés educativo que por una actitud de taxonomista. Pone un celo meticuloso en sus publicaciones porque no quiere confundir a los lectores. Y tiene muy claro que el envejecimiento plantea sus exigencias. Todo se ve de otra manera, y se necesita tranquilidad. Cuando se entere de que he sufrido este ataque al corazón y conozca mi estado de salud seguro que me aconsejará, pero desde la serenidad de dejar que sea.

Hannah cerró los ojos. Como si hubiera alcanzado la paz mientras hablaba del retiro de su querido Martin.

Lotte se quedó mirándola con cariño y preocupación. De repente, y después de unos minutos, Hannah alzó los párpados y se encontró a Lotte mirándola embobada.

—¡Tranquila, que no me he muerto! He salido de esta, no temas. Aún no es el momento.

—Nadie sabe cuándo es el momento, Hannah, pero es mejor no tentar la suerte.

Hannah le sonrió.

—¿Sabes qué decía Goethe de la muerte? Que era un «apartarse poco a poco de las apariencias». Subliminal, ¿no te parece? Un apartarse paso a paso de los disfraces y de las apariencias de la vida y quedar desnudo. Solo eso, Lotte, solo eso: ¡apartarse de las apariencias!

Friburgo, Alemania, julio de 1974

Los Heidegger ya llevaban un tiempo instalados en la casa del jardín. En aquella ocasión, Hannah se había sentido extraña al entrar en aquel pequeño hogar, que mantenía el aroma rancio de la casa grande de escamas blancas.

Sin conocer a Martin Heidegger, la visión de aquella casa y la atmósfera familiar podían hacer pensar que, como para la mayoría de los humanos, su vida era un aburrimiento. El valle de lágrimas de la historia popular.

Martin la recibió en su nuevo despacho. Mucho menos espacioso que el de la casa grande y con una ventana sobre la mesa de estudio que daba a lo que quedaba de jardín. En todos los despachos, Martin había colocado la mesa de trabajo de manera que la mirada se pudiera perder en el horizonte y no quedara recluida en una pared.

Estaba más encogido y más sordo, pero su mirada continuaba conservando aquella profundidad oscura y abismal.

Elfride la había besado y saludado y los había dejado solos enseguida. Era la vez, pensó Hannah, que menos tiempo le había dedicado. También parecía más envejecida y un poco ausente. Quizá un principio de demencia. Tal vez simplemente la edad.

Martin se mostró distante y poco afectuoso. Hannah tenía la conciencia muy tranquila, puesto que no perdía la ocasión de visitarlo, y mucho más a menudo desde la muerte de Heinrich, pero siempre le quedaba aquel sentimiento de desasosiego que la llevaba a preguntarse: «¿Aún me quiere?».

—¿Es posible salvar el pensamiento de Goethe? —le inquirió ella, sentada en el mismo sofá de las visitas que tenía en el otro despacho.

—Hombres como Goethe tienen más sentido que nunca en el mundo actual, pero, por otra parte, no significan nada para la liquidez del presente.

Martin parecía una figura en un vitral.

—Estoy cansado —afirmó con las manos sobre las rodillas, desde la silla de trabajo vuelta hacia ella.

—Yo también, Martin, pero a diferencia de ti, que ya lo has dicho todo, a mí aún me quedan algunas cosas que terminar.

La miró con gravedad.

—Nunca se ha dicho la última palabra sobre el ser. No olvides que es el lenguaje el que lo revela.

—Ya que hablas de asuntos pendientes, lamento que te muestres tan reticente a editar tu correspondencia filosófica con Jaspers.

Martin hizo un gesto airado, de disgusto.

—Tu amistad con Karl forma parte de la historia de la filosofía alemana de nuestro siglo.

—Ya habrá tiempo para eso tras mi muerte. Tú sabes que rompí relaciones con él por aquella insidiosa manía de obligarme a declararme culpable por la etapa del rectorado; me pedía explicaciones como si fuera un juez de la historia.

—Karl Jaspers es una de las personas más justas y buenas que he conocido —declaró Hannah con firmeza— y, en otro tiempo, fuisteis grandes amigos.

—Mi tiempo es tan efímero como el de un cirio de ofrenda que se apaga en el altar de la catedral de Friburgo. Tan vaporoso como los pendientes de la reina, unas flores maravillosas de este mes estival que crecen en el lecho del jardín y que quisiera que vieses. No puedo entretenerme con cosas tan poco sustanciosas como mi amistad con Jaspers.

Hannah suspiró. Sacó un cigarrillo del bolso y lo encendió sin pedirle permiso. Se levantó y cogió el cenicero que había sobre la estantería casi vacía.

—Estoy buscando un revulsivo intelectual para que enganche con fuerza *La vida del espíritu*. Estoy en ese punto en el que, como los pájaros, necesito beber para seguir volando —confesó ella, echando el humo por la nariz y la boca.

—¿Qué pretendes con este libro, Hannah?

—Llegar a donde *La condición humana* se quedó corto.

—Un libro o pensamiento que busque acceder al sentido último del ser desde más allá de él no es ningún pensamiento esencial. ¿Desde dónde quieres acceder al último sentido del ser?

—¡No busco eso, Martin! Últimamente reflexiono mucho sobre el mal. De su porqué. Desde lo de Eichmann me acosa. El caso Watergate en Estados Unidos me hizo perder la fe en la democracia y en la bondad, así como la guerra de Vietnam y la reciente del Yom Kipur entre la coalición árabe y mis hermanos de Israel.

Martin se quedó mirándola con aspecto cansado.

—¿Has hecho las paces con Israel?

—Soy alemana de nacimiento, ciudadana americana y, por encima de todo, judía.

—¿Por qué no trabajas en Israel?

—Porque en Riverside Drive me siento como en casa. Allí estoy con Heinrich, siempre. Además, en Estados Unidos me han tratado bastante bien.

Martin hizo un gesto de desinterés y rebuscó entre los papeles que tenía encima de la mesa.

—¿Qué buscas? —le preguntó ella, contrariada por ese aparente desapego.

Le tuvo que repetir la pregunta, porque no la había oído bien.

—Encontré unos apuntes inéditos de mis clases sobre Kant y Aristóteles, pero no sé dónde los he metido. Quizá te ayuden. Son de la época de Friburgo.

Hannah dio dos caladas intensas.

—Te agradecería cualquier cosa que me pudiera ayudar. Nadie lee ni ha leído nunca como tú, Martin.

—¿Qué te parece la casa nueva?

—¡Que habéis invertido bien el dinero del manuscrito de *Ser y tiempo*!

—Mi madre decía a mi padre, que era tonelero y sacristán en Messkirch, como bien sabes, que la casa es la tumba de la vida. Mi tumba, Hannah, está en Todtnauberg, allí arriba, entre los bosques espesos y las camas verdes de helechos que hay junto a la cabaña. ¡Hace tiempo que no voy!

—Dado que has mencionado la tumba, y no es que pretenda inquietarte con la muerte, ¿has pensado cómo quieres que sea tu entierro?

Hizo como si no hubiera oído la pregunta, pero el brillo de los ojos decía lo contrario. Hannah lo conocía bien.

Martin cogió el vaso de agua que Elfride le había dejado en una bandeja y bebió poco a poco.

—Me intriga saber si querrás una ceremonia católica —cuestionó ella, apagando el cigarrillo apurado en el cenicero.

—Claro que querré un entierro católico, y oficiado por el hijo mediano de Fritz, que es cura.

—Sorprenderás a muchos, porque te consideran el gran negador de Dios y el inspirador de los existencialistas ateos.

Martin se levantó con cierta dificultad y caminó unos pasos hacia el sofá. Ella se apartó para hacerle sitio y él se dejó caer allí.

—Una de mis lecturas más anhelosas, Hannah, son los sermones de Eckhart de Hochheim, o maestro Eckhart. Entenderlo a él es entender mi ser. Yo niego el Dios idea o concepto, como hace Eckhart: «Si es Dios, entonces no es».

—Sabes tan bien como yo que pocos apreciarán esta sutileza filosófica y que la noticia será que Heidegger se ha reconciliado con Dios y se ha hecho enterrar por la Iglesia.

—Nunca he estado enfadado con Dios, ni siquiera molesto. De haber sido así, no habría visitado tantas veces el monasterio de Beuron, ni tendría tan buenas relaciones con amigos teólogos, ni habría alentado a mi sobrino a ordenarse sacerdote cuando me confesó su fe. Negar a Dios es la negación del ser.

—Los más críticos —insistió ella— hablarán del arrepentimiento inconsciente ante el umbral incierto y penumbroso de la muerte.

—«Hay que pensar históricamente. Y allí donde tanto se ha rezado, está más cerca lo divino de una manera totalmente particular». Quiero que mi funeral se oficie en la iglesia de San Martín de Messkirch, donde mi padre fue sacristán, y yo, monaguillo. Que diga misa mi sobrino y que me entierren en el cementerio del pueblo, cerca de donde jugaba al fútbol de niño.

Hannah guardó silencio un rato. La luz vigorosa de la tarde de julio llenaba el estudio. Martin, según ella, había hablado de pensar históricamente, cuando últimamente hablaba de un pensamiento ausente o meditativo, observante. La historia era compleja, como había mencionado siempre su malogrado amigo Benjamin. La historia siempre se podía hacer tan personal y subjetiva que podía perder todo su sentido y convertirse en una emergencia de interpretaciones divergentes. Una historia siempre es —seguía reflexionando en silencio— una historia de la subjetividad. La noción madura de la historia debería permitirnos reconocernos en todo, no hacernos huéspedes ajenos intemporales.

—¿No quieres preguntarme nada más? A veces pienso que solo te sirvo como revulsivo intelectual para, como decías hace un momento, beber como un gorrión sediento antes de seguir volando —apuntó Martin.

Hannah volvió el cuello y se quedó mirándolo, negando levemente en aquella posición.

—La última vez que estuvimos juntos, Jaspers me confesó que se sentía un trasto viejo e inservible. Tú ahora me dices que estoy aquí por interés. ¿Sabes por qué te vengo a ver, Martin?

Él se acurrucó sin bajar la mirada.

—Estoy aquí, querido Martin, ¡porque te quiero!

París, Francia, diciembre de 1974

Hannah pensaba en el problema de la libertad poco antes de que su avión aterrizara en el aeropuerto Charles de Gaulle de París. «Los clásicos griegos —se decía— nunca han partido del concepto de voluntad como herramienta necesaria de la libertad. Ignoran la voluntad como facultad autónoma». Este mismo despiste lo habían tenido los neomarxistas de Fráncfort, o los exresistentes franceses, como Camus y su Sísifo. Contemporáneos suyos que negaban la libertad de actuar del hombre desde que está en el mundo, víctima de una mano negra o de una conjura...

El avión atravesó el colchón de nubes blancas, dejando atrás aquella cautivadora claridad azul, y Hannah estaba inquieta porque no tenía tabaco y se moría de ganas de comprar una cajetilla en el aeropuerto y fumar.

«¿Qué sentido tiene una vida sin libertad?», se preguntó, mientras se metía un caramelo en la boca.

Su querido Martin solía hablar más de causalidad que de libertad. De hecho, él también amordazaba al ser humano en una especie de culpa nouménica. El *Dasein*, el hombre lanzado al mundo y abandonado a este y a sus turbulencias. Martin caía en la misma trampa que los primitivos gnósticos, que propugnaban la venida del hombre a la tierra para purificarse, porque el *Dasein* tenía la única misión de dejar que el ser se revelara.

Estiró las piernas todo lo que el asiento de delante le permitía y sonrió para sus adentros. «¡La libertad asusta! ¡La libertad da pánico! ¿Por qué? —se preguntó—. Porque exige pensar, discernir y, en último término, actuar».

Martin Heidegger se había retirado con la ofensa de la filosofía como divisa, con «el olvido del ser». Ella estaba de acuerdo con este planteamiento de desconstrucción de la metafísica, pero no podía suscribir la actitud de espera y pasividad de su maestro y amante. El ser humano debía actuar. Tenía esa posibilidad divina: la de actuar. El libre albedrío. La libertad. ¿Cómo podía Martin, siempre tan perspicaz, embotar la filosofía, de Platón y Aristóteles en adelante, en nombre de la libertad, para acabar enjaulando de nuevo al hombre? Enjaulándolo en el ser...

El comandante anunció el aterrizaje inminente y Hannah se cercioró de que llevaba el cinturón abrochado.

Tenía ganas de pasar la Navidad con Mary y su esposo en París. Más aún después de aquella discusión que habían mantenido durante las vacaciones en Maine, el pasado septiembre, que había precipitado su marcha anticipada.

Mary McCarthy era una gran amiga, pero, a diferencia de Lotte, por ejemplo, quien podía llegar a entender —aunque no a comprender— que siguiera fumando dos cajetillas de tabaco después de haber sufrido un ataque al corazón, no hacía ningún esfuerzo por entenderla. Mary quería que se cuidara y que llevara una vida saludable, sin excusas ni pretextos.

Era paradójico que una mujer de carácter fuerte e inteligente, cuyo tendón de Aquiles siempre habían sido los hombres y las relaciones, le exigiera firmeza.

Hannah podía entender que su círculo íntimo se preocupara por ella, pero la libertad de actuar y de decidir era personal, y ella había decidido morir fumando y trabajando sin descanso. Una vida contemplativa como la de su querido Martin la horrorizaba, aunque era muy cierto que cada vez buscaba más momentos de soledad para poder pensar e interiorizar.

Por la ventanilla del avión se veían los tejados de los edificios de París, una ciudad que adoraba, pero que, por otro lado, le producía una cierta pesadumbre, por el trato que habían dispensado los parisinos a los judíos exiliados de la Alemania nazi y las penurias que había sufrido allí su pueblo.

En aquellos tiempos había vivido con el miedo a morir en los talones. Huyendo y ocultándose. Luchando por sobrevivir y por hacerse un lugar, un lecho donde poder continuar sin amenazas. Al final lo había conseguido. Había tenido una vida intensa al lado de Heinrich, y había encontrado aquella estabilidad anhelada en su hogar de Nueva York, en el quinto piso de Riverside Drive, desde donde podía inspeccionar los colores del Hudson.

Si tenía que morir en alguna parte, quería hacerlo allí, en su apartamento luminoso, sin aspavientos ni dolor...

Morir ya no le daba ningún miedo. «La muerte es el precio que pagamos por la vida, por el hecho de haber vivido». Se trataba, pues, de haber vivido, y ella lo había hecho, a pesar de las adversidades.

El avión tocaba tierra. Hannah tenía ganas de abrazar a Mary y pasear con ella por el París adornado con las luces de Navidad, engalanado con la sociedad de consumo y, a pesar de todo, irreductible en algunos barrios a la banalidad capitalista.

Se afanó para salir mientras pensaba en las recetas con las que haría chuparse los dedos a sus amigos. Seguro que Mary le exigía la gallina pintada con salsa de ciruelas. Y las vieiras o coquinas de

Saint Jacques con bechamel y trufa. Un sol de invierno calentaba con generosidad la ciudad. Siguió a los tripulantes para recoger el equipaje y no pudo evitar pedir un cigarrillo a una joven americana que viajaba con una amiga mientras esperaban sus maletas.

—Disculpa, pero me harías un favor más que inmenso si me invitaras a un cigarrillo.

La joven, rubia, le sonrió, estirando unos labios melosos rodeados de pecas.

—Aquí tiene —le ofreció, alargándole la cajetilla.

Hannah extrajo un Camel y se lo colgó de los labios. La chica lo encendió. Hannah dio una calada intensa y soltó el humo con una expresión de incuestionable placer.

—¡Muchas gracias! ¡Esto es lo mejor de Estados Unidos! —le agradeció, guiñándole un ojo.

Las dos jóvenes sonrieron mientras Hannah fumaba satisfecha, esperando el equipaje.

Se alzó el cuello del abrigo. El sol calentaba generoso, pero hacía frío. Frío de diciembre parisino. Esto la llevó unos kilómetros más allá, al este, a Friburgo. Imaginó a Martin acurrucado ante su mesa de trabajo en la nueva casita del jardín.

La última carta suya que había recibido databa de finales de septiembre. Era un poema más que una carta. Una oda al agradecimiento. Para Heidegger, la actitud contemplativa y de presencia comportaba agradecimiento. Un agradecimiento que, como especificaba en el poema, llevaba a «la presencia de lo inaccesible».

«¿Qué agradecimiento podemos tener a la vida más tangible que, por ejemplo, ese cigarrillo regalado?». La idea subyacente que sustenta la vida, tan demoníacamente cristiana y sálmica, presuponía de nuevo la falta de libertad del ser humano.

«¿Vale la pena seguir viviendo si no somos libres? —se preguntó en silencio—. Y, por otra parte, ¿vale la pena vivir si lo somos?». El quid o esencia de las dos preguntas radicaba en la libertad. Poder escoger cómo vivir e incluso si valía la pena hacerlo.

Un instante para la melancolía: le habría gustado tener a Heinrich a su lado esa Navidad en París. Las interminables conversaciones sobre política pasada la medianoche con Mary y él. El glauco humo del puro y el aroma del coñac en el aliento de su Stups...

Cogió la maleta de entre un montón de bolsas. Ligera. Aunque era presumida, no acostumbraba a viajar demasiado cargada.

A la salida la esperaba Mary, sola, con un pañuelo atado al cuello y unas gafas de sol. Una mujer con un gran talento para las letras y una gran humanista por la que Hannah sentía tanta admiración como Mary por ella. Admiración literaria y amistad genuina que nunca alimentó sus egos.

Se fundieron en un abrazo.

—¡Ya estás aquí, querida Hannah! —se alegró Mary, aferrada a ella.

—¡Cualquiera diría que hace años que no nos vemos! —bromeó.

Se soltaron, pero Mary la miró con las manos sobre sus hombros y le espetó:

—Tu colega Camus dice que «un amigo es aquel que llega cuando todos los demás ya se han marchado». ¡Y tú has llegado!

Hannah le sonrió.

—¡Yo nunca me he marchado, Mary, siempre estoy aquí para ti!

Y se volvieron a fundir en un abrazo que comentaron con holganza las dos chicas americanas a las que Hannah había pedido el cigarrillo.

Friburgo, Alemania, agosto de 1975

Hannah había escrito a su querido Martin el 27 de julio de 1975 desde Tegna, Suiza, donde iba a menudo a descansar, y él le había respondido el día 30. Se citaron para encontrarse en Friburgo en agosto. A él le faltaba poco para cumplir ochenta y seis años y aún pensaba y escribía, aunque cada vez pasaba más tiempo viendo el fútbol y series de televisión.

En Tegna, en el hotel Barbatè, Hannah era muy querida. En esa última visita la mimaron mucho. Sonaba a despedida. ¡Tantas estancias y páginas escritas, también en compañía de Heinrich, en aquel hotel! En aquella mesa, Hannah, sin saberlo, redactaba la última carta a su querido Martin.

Le explicaba, relajada, que allí se vivía «un verano maravilloso, no demasiado caluroso, con un aire diáfano y noches cálidas. Muy bonito y estimulante después de la estancia en Marbach, donde hacía frío y llovía cada día».

El contraste entre los días de Tegna y la ciudad alemana de Marbach no solo fue climatológico, sino también anímico. En Marbach había alquilado un piso en mayo y se había dedicado a ordenar su correspondencia filosófica, además de algunos textos inéditos y apuntes.

Remover papeles pretéritos era indefectiblemente una visita al pasado. El recuerdo y la historia, tan proclives a la veneración y a la melancolía, cerraban el paso a la intensidad actual de la vida y del momento presente. Y entonces se sumergió en un océano de recuerdos y fotografías que le hicieron lanzar una mirada del fin del mundo hacia lo que quedaba atrás.

Suerte que Mary había acudido, a mediados de mayo, para apaciguar aquella nostalgia y ayudarla, rescatarla de un preámbulo de la muerte que ni ella misma podía imaginar.

Llegar al hotel Barbatè de Tegna, después de aquel mes de trabajo de archivo y memoria, fue llenar los pulmones de aire fresco y disipar la mente del pasado que siempre acecha. ¡Siempre acecha el pasado! Como la muerte. Carroñeros, los dos, del tiempo gastado. Uno, con los colmillos de la memoria. La otra, con el gamo de la desmemoria. Pero los dos, carroñeros sin piedad de la vida presente.

La carta de respuesta de su querido Martin, fechada el 30 de julio y proveniente de Friburgo, escrita sobre la mesa del reducido despacho de la nueva casita del jardín, estaba despojada tanto de literatura como de filosofía. Proponía dos fechas para la cita: martes 12 o viernes 15 de agosto. Y también la hora: entre las tres y las cuatro de la tarde. La vida de Martin ya estaba mesurada y troceada, como la tela del sastre al acabar la bobina. Una vida con horarios perennes que a finales de su invierno se habían hecho kantianos.

La invitación, como siempre, incluía la cena con ellos. Primero, una charla con él, solos en el despacho. Pensamiento y festejo revestido de formulaciones metafísicas. Enunciados y proposiciones complejos, pero tan seductores y cautivadores que embrujaban como los conjuros. Después, la cena con Elfride, una comida frugal y familiar, con la cebolla siempre presente para justificar la ausencia de lágrimas.

En la carta había una nota breve que mencionaba que su

profesor y amigo Eugen Fink había fallecido. La muerte omnipresente. La dama negra de la hoz que iba segando su rincón de amistades y conocidos. ¿Cuánto tardaría en segar la suya?

Poco antes de llegar a casa de los Heidegger encendió un cigarrillo para devolver la sonrisa a la muerte que la acechaba. De hecho, había bajado del taxi unos metros antes para recorrer el último tramo a pie y poder fumar tranquilamente antes de entrar.

La mayoría de la gente, poco antes de morir, se convertía en quincallera de cosas vacías. Su querido Martin no era de esta raza. Seguramente la sorprendería con algún nuevo matiz de alguna lectura. Hannah se preguntaba cómo lo encontraría físicamente después de un año. Tras un grave constipado que lo había afectado en junio, como le explicaba en esa última carta, y una molesta tos que había tardado en marcharse.

Se repasó las arrugas del vestido con la mano antes de tocar el timbre, al lado del cual lucía aquella cartulina de «Visitas, después de las 17 horas», para no interrumpir la siesta meditativa del maestro.

Hannah se sorprendió porque Martin no había salido a recibirla junto con Elfride. El cielo estaba claro y el sol lucía aún con plenitud. Las dos mujeres, antes rivales, se besaron en la mejilla amablemente. Los pómulos de Elfride estaban hundidos. El tiempo se había cebado con ella. Solo en un año. A Hannah le dio miedo pensar cómo estaría él.

Atravesaron la casa grande y entraron en la pequeña.

—Martin está muy sordo, Hannah —le advirtió Elfride—. Desde tu última visita, ha perdido bastante oído. Trata de hablar alto y despacio, sobre todo despacio.

Se asomaron al despacho y allí estaba él, sentado en su silla de trabajo, peinado hacia atrás, perfumado y encogido.

Se levantó y besó las mejillas de Hannah. Le ofreció el sofá de las visitas.

—Eres una de las pocas visitas que han reposado en el sofá este año.

—¿Cómo te encuentras, Martin?

—Me estoy apagando, es evidente, pero soy consciente de ello y procuro no excederme. Como deberías hacer tú, ¿no?

—Deber, deber... ¿Qué es la vida, Martin? ¿Deber?

Él le hizo un gesto para indicarle que no la había oído bien. Ella se levantó y se acercó a él.

—Venga, levanta el culo, profesor, y acerca más la silla al sofá.

Martin obedeció dócilmente y ella arrastró la silla para facilitarle la escucha.

—Ya podemos sentarnos —dijo en un tono de satisfacción y con una sonrisa.

—¿Me preguntabas algo sobre la vida? —inquirió Martin, acomodándose.

—Sí, en efecto; me sugerías cuidar mi salud y yo te preguntaba qué es la vida.

Martin se quedó pensativo.

—Siento no poder responder con precisión a una pregunta que al final de la existencia aún no me he respondido del todo, pero puedo afirmar con cierta seguridad que la vida es la manifestación misteriosa e inescrutable del ser.

Hannah miró aquellos ojos antes profundos y brillantes. Se habían apagado como un zapato de charol muy usado.

—Nietzsche concluía que la vida tiene como rasgo esencial anhelar su conservación y el aumento de su duración. La vida quiere más vida y más vida aún. Es una definición con la cual había estado bastante de acuerdo hasta que murió Heinrich.

—El problema de Nietzsche radica en su pensamiento acumulativo, propio de la metafísica y de la filosofía racionalista. Reduce la vida a aquello que es meramente biológico.

—No estoy del todo de acuerdo, Martin. Piensa en el nihilismo.

—No fue Friedrich quien asesinó a Dios, sino Aristóteles. Él simplemente corroboró esa muerte. Se hizo a Dios demasiado humano para ser Dios, una cosa, un objeto que no ha dejado ser al ser.

Martin se echó hacia atrás para coger el vaso de agua que tenía sobre la mesa de trabajo y bebió. Tosió y se aclaró la voz.

—La virtud de Nietzsche —prosiguió— es que desde el comienzo situó la filosofía en el ateísmo. Solo así puede permitirse la arrogancia de pensar.

Hannah suspiró.

—Nos estamos apagando los dos y seguimos dando vueltas al sentido de la vida. Al final tendremos que dar la razón a Wittgenstein y dejar de hablar de lo que no se puede hablar.

Martin sonrió efímeramente.

—Por eso postulo este pensamiento meditativo que no acumula conceptos ni prejuicios. Un pensamiento que silencia y vacía en vez de llenar. No busca nada por adelantado y puede corresponderse con lo que es, no someter las cosas al dictado de la razón.

—He de reconocer que cada vez me acerco más a esta manera de pensar que tú explicas tan bien.

—La clave, Hannah, es que en ningún momento de la historia como en el presente, gracias a este capitalismo manipulador imperante, había eludido tanto el ser humano el pensamiento verdadero.

—Estoy de acuerdo con este punto y lo sabes. Alimentamos

la alienación, la burocracia, la estandarización y la homogeneidad. Rebaños predispuestos al embrujo de los totalitarismos.

Martin asintió.

—Se habla no esencialmente de aquello que es esencial *per se* y de lo que no lo es —apuntó con un gesto de manos solemne.

Hannah sonrió.

—Quiero que seas sincero, ¿te molesta si fumo un cigarrillo?

Se quedó mirándola con una mezcla de devoción e incredulidad.

—No deberías, no me conviene el humo, pero fuma.

—No, si no te conviene, no lo haré —dijo ella, arrepentida.

Martin se echó hacia delante, como si quisiera intimidarla.

—¡He dicho que fumes, si te apetece! Quizá sea la última vez que estemos juntos, Hannah, y no quisiera que te privaras de ello.

—Eso de que quizá sea la última vez ¿lo dices por ti o por mí?

—Solo el ser lo sabe, pero lo digo por mí.

Hannah sonrió mientras se preparaba el cigarrillo y lo encendía.

—La muerte no me da ningún miedo —aseguró ella, disfrutando del tabaco—. Y menos después de presenciar la amnistía de Nixon en el caso Watergate y la decadencia cultural generalizada.

—Ya sabes que no estoy al corriente de la política. No me interesa lo más mínimo.

—Esa es la gran diferencia entre tú y yo, Martin. Tú no eres de este mundo, mientras que yo tengo los pies pegados a él.

—¿Que no soy de este mundo? ¡Pregunta a Elfride cuántas tazas he roto al ver los partidos de la selección alemana de fútbol o del Hamburgo!

—El fútbol es casi indisociable del hombre europeo, Martin. ¡No es ninguna *proba finalis*!

—¿Conservas mis cartas?

—Claro, las tengo todas en una carpeta con tu nombre en un mueble del comedor, cerca del ventanal desde donde se ve el río Hudson.

—Ahora que el telón está bajando, Hannah, solo quisiera que tuvieras clara una cosa de todo este tiempo que hemos estado juntos sin estarlo.

Se prolongó un silencio en el cual ella fumaba ceremoniosamente y él parecía aturdido por la confesión.

—Una de las pocas cosas de las cuales no me arrepiento es de haberte conocido como mujer desde Marburgo, a pesar de todas las interrupciones, desacuerdos y desavenencias.

Ella se levantó, dejó el cigarrillo en el cenicero y le cogió la mano. La tenía tibia, más bien tirando a fría. Se acercó a él, esperando un abrazo, un gesto afectuoso, pero se encontró aquellos ojos oscuros, donde antes brillaba el universo, aguados.

Fue ella quien le pasó el brazo por detrás y murmuró:

—Yo tampoco me arrepiento de nada, Martin. Al fin y al cabo, ya no hay vuelta atrás para corregirlo.

Volvió a la silla con un regusto agridulce. Le había faltado aquel abrazo para sellar las palabras y medio siglo de relación.

Si de una nube de posibilidades hubiera caído lluvia de afecto y nostalgia por aquellos cincuenta años, Hannah lo habría agradecido, pero Martin estaba en el tiempo de descuento, sus ojos lo decían todo. Él la había querido siempre con la mirada, no con la fantasía. Él le había escrito poemas y frases que estremecían a los guardianes del verso del Parnaso. ¿Era lícito pedir a un hombre cansado de vivir que le demostrara aquella exuberancia vivida, ahora que se encontraba en el umbral de la muerte?

Ya entonces eran el perfil creado de un libro de amor y desamor. La llave perdida de la puerta de la memoria amorosa. Martin la quería desde la antesala de la muerte. Ella lo quería desde una salud precaria aun a pesar de los diecisiete años más joven.

Después de la cena con Elfride, y cuando Hannah se despidió de él, que ni siquiera hizo el gesto de seguirla hasta la puerta, tuvo una premonición extraña del fin del mundo puesto que el momento del adiós, frío, con Elfride presente, no le dejó un buen sabor de boca. Hannah se volvió desde la puerta del comedor pequeño, antes de salir, y le dijo:

Ya no se te puede encontrar
donde tu inescrutable abrazo
se resuelva en el alto favor:
locura irrumpe en la dulzura.

Martin levantó la cabeza gacha en el último verso. Había reconocido aquellas líneas que ella recitaba de memoria y que él le había escrito y enviado desde Messkirch en una carta fechada el 4 de mayo de 1950. Hannah Arendt vio, satisfecha y cautivada, que un *flash* de luz le iluminó la mirada oscura y apagada. Una estrella fugaz en el firmamento de la caída de telón de una historia de amor increíble.

Ya en el exterior, caminando hacia el taxi que la había venido a buscar, Hannah se volvió y vio por última vez en su vida aquella casa de fachada de escamas de madera blancas envuelta por una atmósfera de pesadez y tristeza.

—Adiós, querido Martin.

Nueva York, Estados Unidos, 4 de diciembre de 1975

Hannah vivía en una especie de vacío entre el presente y el pasado. Tenía el presentimiento de que estaba escribiendo las últimas páginas de su historia. Nunca había dejado de ser aquella niña febril que se ausentaba mucho de clase y convivía con el dolor de la enfermedad de su padre. Una mujer fuerte con una niña frágil en su interior. Pero estaba satisfecha de sí misma, de su obra, de su vida. Había sabido querer y dejarse querer. Y, sobre todo, y al contrario de su querido Martin, había actuado en el mundo y había tomado partido en la sociedad de su tiempo.

Mientras terminaba la cena que había preparado a los Baron, recordaba algunos pasajes de las *Geórgicas* de Virgilio, que había releído recientemente. El mundo poético, por suerte, no acababa con Hölderlin, y a Virgilio lo había saboreado especialmente en los últimos días.

Encendió un cigarrillo mientras rellenaba de aguacate el salmón; esto como entrante. De segundo había preparado pollo acompañado de una tempura de verduras. Salo Baron era un entusiasta de su cocina y a veces bromeaba con su mujer, Jeannette, sobre la calidad de Hannah como esposa.

Al alcance, una copa de vino blanco. Un chardonnay de California. Y la radio de fondo, una emisora de música contemporánea.

Justo en el momento en el que había dejado la bandeja de

entrantes en la nevera y se había sentado a descansar sonaba «Bohemian Rhapsody», de Queen, con el geniudo y carismático cantante llamado Freddie Mercury.

Estiró las piernas mientras fumaba intensamente, como si aquel fuera el último cigarrillo de su vida, seducida por aquella balada. «*Mama, oooh, I don't want to die, I sometimes wish I'd never been born at all...*».

Cuando acabó la canción, casi en el momento en que apagaba la colilla en el cenicero, fue al despacho, contiguo al comedor, y echó un vistazo a su mesa de trabajo. Al lado de la máquina de escribir estaba el montón de folios mecanografiados de su último libro, aquel que había querido dedicarle a su querido Martin.

Se sentó ante la máquina de escribir Adler, se puso las gafas y colocó una hoja en blanco en el carro. Sin demora, mecanografió una sola frase en el centro del papel. El título del libro: *La vida del espíritu*.

Tiró del folio y lo colocó encima de la pila. Estaba satisfecha con la obra, a pesar de las muchas interrupciones que había tenido a la hora de escribirla. Más que una segunda parte de *La condición humana*, el libro había sido el fruto del otoño convulso que había vivido.

A medio metro del nuevo libro estaba la foto panorámica de las vistas desde la cabaña de Todtnauberg de su querido Martin. Hannah la acarició con el dedo índice mientras se imaginaba a Heidegger, encogido y anciano, en su silla de trabajo.

El interfono anunció a los Baron. Dejó las gafas sobre el montón de folios y fue a abrir, encendiendo las luces del comedor para dar la bienvenida a sus amigos.

Jeannette y Salo se fundieron en un abrazo con ella. Hannah les comentó que tenían las manos y la cara helada. Era un jueves frío que el sol había calentado sin reparos durante el día.

La cena fue una serie de confidencias, recuerdos y risas. También de elogios hacia la cocina de Hannah, sobre todo por parte de Salo.

Como futuros historiadores de sus sensaciones de aquella tarde, los Baron seguramente nunca habrían imaginado cómo acabaría la noche, y esa misma sorpresa y consternación los acompañaría siempre.

Hannah se levantó cuando ya no quedaba nada de comer sobre la mesa, solo platos rebañados por los comensales, y les ofreció un café.

Jeannette declinó la oferta con la excusa de que le costaría conciliar el sueño. Salo se apuntó gustoso a acompañar a Hannah.

—Los grandes bebedores de café somos los precursores de la sociedad descafeinada —bromeó Salo, que había echado la silla hacia atrás y estiraba las piernas.

—El café es más perjudicial de lo que pensáis —los advirtió Jeannette, con el dedo en actitud admonitoria.

—Immanuel Kant bebía mucho café, así que no puede ser tan malo —le respondió Hannah, haciéndole un gesto simpático de descrédito.

—¿Lo ves, Jeannette? Kant bebía mucho café, ¡aunque era un hombre metódico!

—Tu esposa, Salo, está tan preocupada por la salud que muchas veces se ha olvidado de vivir —bromeó Hannah, guiñándole un ojo a su amigo.

—¡Tú y yo perderemos las amistades si sigues así! —la amenazó en un tono jocoso Jeannette.

—La amistad —apuntó Hannah— es como el café, ¡una vez frío ya no recupera su sabor original, aunque esté recalentado!

—¡Bonita frase! —exclamó Salo.

—No es mía, es de Kant.

Hannah caminó hacia la cocina y se detuvo a un metro de la puerta. Comenzó a toser. Una tos seca y sucia. Se volvió hacia sus amigos, sentados a la mesa. La miraban atónitos. Hannah se llevó una mano al pecho y se desplomó.

Ni Jeannette ni Salo Baron se dieron cuenta de que lo último que miró no fue a ellos, sino la puerta del despacho de su querido Heinrich, que mantenía entreabierta por si algún día se despertaba y salía. Hacía unos minutos había acariciado la postal de las vistas de Todtnauberg. Hannah se iba con el recuerdo vivo de su esposo y de su querido Martin.

Como había escrito Alphonse de Lamartine, aquel francés polifacético y humanista que había llegado a ministro: «A menudo el sepulcro cierra, sin saberlo, dos corazones en un mismo ataúd». En el caso de Hannah eran tres. Tres corazones en un sepulcro.

Friburgo, Alemania, 27 de diciembre de 1975

Martin Heidegger se había sentado a la mesa del despacho a las nueve de la mañana, como de costumbre, después de desayunar el acostumbrado tazón de leche y pan, pero aquella vez no iba a escribir nada sobre filosofía ni pensamiento.

Tenía pendiente una carta de gratitud para Hans Jonas, su exalumno y amigo de Hannah, que le había escrito tras la muerte de esta para explicarle extensamente todos los detalles de su final.

Hannah era, desde su marcha, «el centro de un gran círculo cuyos rayos giran ahora en el vacío». Así la imaginaba él, como un círculo luminoso con los rayos girando en el vacío de la inexistencia. Hannah había sido un «círculo amplio y multiforme» de amistades, de lecturas, de sabiduría y de valores.

Este gran vacío, pensaba Martin, solo podía llenarse de nuevo «con la presencia transformada de la difunta». Él así lo esperaba. «En gran medida y con fervor».

Solo hacía cuatro meses de su última visita. En agosto. Vaporosa como siempre, y recuperada de una pesarosa estancia en Marbach.

Martin se volvió y miró el sofá donde se había sentado y fumado Hannah. No estaba. Tampoco su recuerdo reciente, y eso que después de ella solo había ocupado ese lugar Heinrich Petzet, aquel periodista que lo había entrevistado para *Der Spiegel*. El que debía ser su verdugo y acabó siendo su seguidor y amigo después de escucharlo.

Había pasado la tarde con él y, cuando este le había deseado más vida, y buena, Martin le había respondido: «Sí, Petzet, ahora el camino se acerca a su fin».

Martin se volvió a concentrar en el papel en blanco y empezó a escribir. Tenía el pulso más firme que las piernas.

Después de unas cuantas líneas, se detuvo y abrió el cajón de la mesa. Introdujo la mano y, sin tener que hurgar, como si fuera dirigida por unos ojos invisibles, sacó la fotografía de Hannah en la playa de Manomet, la que siempre lo acompañaba en su escritorio, tanto en el despacho de la casa grande como en el de la pequeña.

La miró durante un rato, mientras sus labios murmuraban algo que nadie sabrá nunca.

Cuando la volvió a guardar en el cajón para continuar con la carta para Jonas, lo sobrevino aquella pregunta que le había surgido a Goethe el día de su muerte: «¿Por qué aquel tiempo, cuyo recuerdo me mata, fue para mí tan feliz?».

Friburgo, Alemania, 26 de mayo de 1976

Martin Heidegger se despertó después de un buen descanso. La luz de la primavera inundaba el jardincillo, y también la cocina de la casa adyacente. Mientras desayunaba las sopas de pan con leche que le había preparado Elfride, pensaba en el extraño sueño que había tenido la noche anterior, tras una vigilia de lectura.

Había soñado que lo volvía a visitar Bernhard Welte, el teólogo y profesor de Friburgo, que había estado con él en enero y a quien había confiado todos los detalles importantes de su entierro.

En la visita real de Welte había pedido ser enterrado en la iglesia de San Martín de Messkirch, en una ceremonia oficiada por su sobrino y capellán Heinrich Heidegger, y que Welte le dedicara unas palabras durante la ceremonia, en el momento del sermón. Quería ser enterrado en el cementerio de su pueblo natal.

Hacía solo unos días que había escrito a Welte para felicitarlo porque lo habían nombrado ciudadano de honor de Messkirch.

Sin embargo, en el sueño, Welte se le aparecía vestido con la toga de la cátedra de Teología de la Facultad de Friburgo y le pedía, casi le exigía, que volviera a la Facultad de Filosofía porque Dios lo necesitaba.

Martin suspiró mientras recordaba el sueño. Había mantenido un pulso firme con Dios durante muchos años, y desde hacía un tiempo pensaba con certeza que en «la proximidad de la muerte se incluía también la proximidad de la tierra patria», así como la proximidad de Dios, de una manera totalmente particular.

Al acabar las sopas de pan con leche, se lavó las manos en el fregadero y se secó con un trapo de cocina. Miró por la ventana y se fijó en un jilguero que hinchaba el pecho sobre la rama del castaño; luego le dio un beso en la mejilla a Elfride. En el horizonte se veían las colinas de la Selva Negra un poco desdibujadas por una especie de niebla alta. A continuación, fue al despacho, pero se sentó en el sofá de las visitas en vez de en su silla porque tenía sueño, a pesar de haber dormido agradablemente.

Se dejó caer y cerró los ojos. Una sensación de vacío pacífico le sobrevino y, con ella, una frase del maestro Eckhart: «Dios es igual a la nada».

Y ya nunca se despertó, al menos en este mundo.

Móra la Nova, a las 00.18 h del 2 de enero de 2023

Epílogo histórico

Martin Heidegger fue enterrado en el cementerio de Messkirch, su pueblo natal. Hoy se puede visitar su tumba, una piedra rectangular tallada, con su nombre y el de su esposa, Elfride, que comparte el lecho de muerte, incrustados sobre la piedra. El funeral de Heidegger tuvo lugar el 28 de mayo de 1976 en la iglesia de San Martín de Messkirch, en la que su padre fue sacristán y él y su hermano Fritz, monaguillos. Fue muy concurrido y la prensa alemana e internacional se hicieron eco de ello. La misa de cuerpo presente la ofició su sobrino Heinrich Heidegger, hijo de Fritz, tal y como se lo había pedido Martin poco antes de su muerte. Le dedicó unas palabras en la ceremonia Bernhard Welte, teólogo y profesor de Friburgo, también hijo predilecto de Messkirch, que exaltó la profundidad de su pensamiento, el papel de la muerte como «custodia del ser» y el sentido de apego a la tierra natal por parte del difunto, el mantenimiento terrenal y espiritual al lugar de origen. En un acto seguramente inconsciente, Welte parafraseó a un autor por el cual Heidegger no tenía demasiadas afinidades filosóficas: Ludwig Wittgenstein. Welte, en un momento de la oratoria, dijo: «Tal vez frente a esta muerte que nos conmueve, sería mejor callar que hablar». Esta era la crítica a la verborrea filosófica con la que se cierra el *Tractatus* de Wittgsenstein: «De lo que no se puede hablar, es mejor callar».

Su cabaña de Todtnauberg todavía sigue ahí y se conserva

en buen estado. Así pude comprobarlo en otoño de 2022. Mucha gente la visita anualmente, seguidores y admiradores del filósofo, caminando por los senderos tortuosos de la Selva Negra que Martin recorrió y donde forjó gran parte de su obra. Un banco de enormes proporciones en forma de libro abierto, bajo un roble inmenso y peculiar, marca el inicio del sendero hacia la cabaña del filósofo, en un cruce de caminos donde queda muy cerca una cruz de San Jacobo de piedra tallada.

Me resultó paradójico que en la Universidad de Friburgo no existan apenas reseñas de quien fue su rector en 1933. Ni placas conmemorativas, ni fotos ni bustos suyos en el vetusto edificio de la Facultad de Filosofía de la prestigiosa Albert-Ludwig. Tan solo hallé un pequeño archivo de Heidegger con algunos documentos oficiales con su firma, papeleo administrativo, y fotos inéditas de actos universitarios en los que participó y que formaban parte de una exposición temporal. La ciudad «más verde» políticamente de Alemania, Friburgo, todavía hoy no ha olvidado el pasado nacionalsocialista del pensador alemán.

El archivo personal del filósofo, los documentos y manuscritos que salvaguardó hacia el final del conflicto bélico, pasaron a manos de su hijo Hermann, que se ocupó de los intereses editoriales generados por la obra del padre hasta 2014, fecha en que se hizo cargo de ellos Arnulf, el hijo de Hermann y nieto de Martin. En este archivo, figuran centenares de folios con notas inéditas del pensador, que quizá algún día verán la luz. Parece que Heidegger todavía no ha dicho su última palabra...

Martin Heidegger está considerado uno de los pensadores más grandes del siglo XX, pero su nombre todavía suscita una fuerte polémica por su militancia nazi y sobre todo porque muchos humanistas e intelectuales, tal era el caso de Karl Jaspers, esperaban un acto de arrepentimiento público o un texto de disculpa más explícito que la *Carta sobre el humanismo* y otras breves intervenciones respecto a esta polémica que Martin encerró en la celda del silencio.

El pensamiento de Heidegger se identifica mucho con la sabiduría *advaita* (no-dualidad). El mismo Heidegger estuvo muy interesado en los dos últimos años de su vida en el maestro Eckhart, uno de los teólogos católicos adscrito a la corriente no-dual o *advaita* del cristianismo.

No deja de resultar paradójica esta confrontación de la mística no-dual y su pasado nacionalsocialista. Pero, de hecho, lo que pone de manifiesto es la diferencia entre el pensador y el personaje, un hecho extensible a otras celebridades humanísticas. Como he mencionado en el prólogo de esta novela, quiero resaltar el ensayo de la filósofa Mónica Cavallé *La sabiduría de la no-dualidad* (Editorial Kairós), que establece una rigurosa comparación entre el pensamiento de Heidegger y la sabiduría de Nisargadatta, un *vedanta advaita* hindú del siglo xx.

Al otro lado del océano, en Nueva York, dentro del cementerio del Bard College, donde fue profesor Heinrich Blücher, esposo de Hannah, está enterrada Hannah Arendt. Sus cenizas reposan en una tumba sencilla con una losa rectangular, al lado mismo de la losa de Heinrich y muy cerca del Hudson, ese río que Hannah contemplaba desde su apartamento en la quinta planta.

Su funeral en Nueva York, el 8 de diciembre de 1975, fue multitudinario. Intervinieron buenos amigos de ella, como el filósofo Hans Jonas, que alabó «la determinación absoluta de ser ella misma». Se le rindieron multitud de homenajes póstumos en universidades americanas y europeas. Su nombre da título a algunos premios de ensayo filosófico y pensamiento político.

La muerte súbita de Hannah sorprendió al mundo de la filosofía. Su fuerte personalidad y su claridad mental no la habían hecho una filósofa demasiado digerible. Hannah era y es inso-bornable con los totalitarismos, sean del tipo que sean. La polémica que levantó la publicación de *Eichmann en Jerusalén* todavía hoy suscita controversia en las universidades judías y es motivo de debate sobre «la banalidad del mal» en los estudios de periodismo o sociología.

La figura de Hannah como símbolo de la democracia «pura» se expande sin sombra por los foros del pensamiento actual. A diferencia de Heidegger, que despierta polémica y recelo, Hannah no está señalada por ningún dedo acusador. Solo los totalitarismos recelan de su obra y figura.

La pregunta de las preguntas sobre la relación entre estas dos mentes brillantes es: ¿cómo se puede entender que una mujer como Hannah mantuviera una relación y una amistad durante toda la vida con un hombre como Martin Heidegger? Creo que la respuesta a esta pregunta Hannah se la llevó a la tumba, y nadie la conoce. Ningún amigo ni persona próxima a ella la respondió por aquel entonces y tampoco hoy figura respuesta alguna en sus principales biografías y aproximaciones. La historia entre los dos, Hannah y Martin, pone de manifiesto lo que es más que una evidencia histórica antropológica: la complejidad de nuestra especie, la naturaleza poliédrica de la personalidad humana.

Karl Jaspers falleció el 26 de febrero de 1969 en Basilea y fue enterrado en el cementerio de Hörnli, en tierra suiza. Había sido el tutor de la tesis doctoral de Hannah sobre el concepto de amor en san Agustín y forjaron una gran amistad. Por otro lado, Jaspers había sido buen amigo de Martin Heidegger, desde que se conocieron en Friburgo en casa del catedrático Edmund Husserl. El trío de amigos —Martin, Hannah y Karl— fue sustancial hasta 1933, año en que Martin, afiliado al NSDAP, demostró su apoyo incondicional a Hitler.

Jaspers, que desconocía la relación íntima entre Martin y Hannah, se mantuvo al margen del nazismo y se mostró beligerante con él. Su esposa, Gertrud, era judía, y este decidió irse de Alemania para aceptar una oferta de la Universidad de Basilea en 1948, molesto con la política y la sociedad alemanas y aburrido por ser considerado una especie de héroe nacional. Impartió clases hasta 1961.

Su amistad con Hannah perduró hasta su muerte. Ella misma le dedicó unas palabras en una misa funeral que tuvo lugar en la Universidad de Basilea, días después de su fallecimiento. En su alabanza al amigo y maestro, Hannah destacó por encima de todo su «honestidad». Mientras tanto, Martin guardaba silencio, porque su relación se había roto en 1936 a raíz de la reiterada demanda por parte de Jaspers de una justificación por su comportamiento nacionalsocialista poco deseable en la universidad y con sus compañeros. De todos modos, la correspondencia entre Jaspers y Heidegger, desde 1920 hasta 1936, es un epistolario monumental de la sabiduría del siglo XX.

Karl Jaspers, uno de los grandes eruditos de la Alemania del siglo pasado, recogió muchos premios y doctorados *honoris causa* de diversas universidades. Su intolerancia frente al nazismo y la crítica a la política alemana de después de la guerra le convirtieron en un héroe humanista y un ejemplo de honestidad y de firmeza, además de brindarle el reconocimiento por su obra escrita.

Si Jaspers murió con todos los honores desde una atalaya acomodada, Günther Stern, el primer esposo de Hannah, no lo tuvo nada fácil. Cuando falleció en Viena, el 17 de diciembre de 1992, a los noventa años, se llevó a la tumba todo tipo de vicisitudes, a pesar de que en su última etapa de vida vio reconocido su talento.

Alumno de Heidegger y compañero de estudios de Hannah,

iniciaron su relación en 1927 y se separaron en 1937. Vivió casi siempre en penuria económica. Su trabajo de intelectual y filósofo *free lance* le situó en la cuerda floja de la precariedad hasta que consiguió una plaza de docente en la New School de Nueva York, pero a raíz de su activismo comunista y antibelicista fue calificado de *persona non grata* en Estados Unidos y tuvo que volver a Europa, donde pidió ayuda a excompañeros y a editores para la publicación de sus obras y artículos. Una vida económica precaria que no le impidió casarse un par de veces más, tras la ruptura con Hannah.

En el invierno de la vida, se vio compensado con algunos premios importantes de reconocimiento, en especial el premio Theodor W. Adorno de Filosofía, que es tal vez el más importante de Alemania en esta disciplina. Una paradoja curiosa, porque Theodor Adorno era enemigo público, en el terreno ideológico, humanista y personal, de Martin Heidegger. Por otro lado, la obra de Günther, aunque marcadamente comunista, converge con la de su exprofesor Heidegger en lo referente a la crítica del progreso tecnológico como herramienta futura de violencia y alienación del individuo.

Si hubo alguien en su círculo de amistades que llegó a conocer bien a Hannah, esta fue Mary McCarthy. Murió catorce años después que su amiga. La echó mucho de menos, porque nadie la entendía como ella, sobre todo en lo relacionado con sus fracasos amorosos o los cambios de temperamento, que Hannah suavizaba. Mary viajó y compartió mucho tiempo lúdico con su amiga íntima y le hizo de abogada defensora pública en París tras la publicación y la polémica suscitada por *Eichmann en Jerusalén*.

Hasta cinco relaciones estables había mantenido Mary, que reflejaban este temperamento extremadamente inquieto, también presente en su prosa. Había realizado colaboraciones docentes en el Bard College, donde coincidió con Heinrich Blücher, el esposo de su íntima amiga. Mary McCarthy fue una de las personas que más lloró a Hannah en el momento de su muerte y se encargó de gestionar su patrimonio literario.

Elfride Petri, viuda de Martin Heidegger, es recordada por su hijo pequeño Hermann como una mujer de «carácter severo y autoritario». Hace poco que se ha publicado en Francia y Alemania la correspondencia entre Martin y Elfride, las cartas de su noviazgo. Ella protestante y él un católico recalcitrante. Elfride sufrió una evolución al lado de su esposo. Se puede ver en estas cartas. Se sacrificó para criar a los dos hijos y llevar la casa para que su marido pudiera escribir y pensar. No ignoraba el carácter mujeriego de su esposo. También ella le había sido infiel. Hermann era realmente hijo de una relación extramatrimonial de ella con un amigo de juventud. Martin lo aceptó desde el primer momento como a un hijo. Ella siempre ocupó su lugar de ama de casa y guardiana familiar. Sobrevivió a Martin muchos años. Murió a los noventa y nueve años, en 1992.

Sin duda alguna, uno de los personajes más empáticos del entorno de Martin Heidegger era su hermano pequeño, Fritz. En un fantástico ensayo *Martin y Fritz Heidegger*, Hans Dieter Zimmermann retrata la figura extraordinaria de Fritz. De oficio contable y banquero, Fritz mostraba una inteligencia proverbial y un sentido del humor extraordinario. Mantuvo una relación muy estrecha con su hermano, le hizo de chófer, confidente y mecanógrafo. De hecho, incluso le hacía de crítico filosófico de algunos de sus textos.

Fritz, a pesar de tartamudear, se encargaba de pronunciar una especie de discurso público en Messkirch por Carnaval que entusiasmaba a todos por su ironía y su perspicacia. Curiosamente, cuando actuaba en público, dejaba de tartamudear. Fritz

era muy querido en el pueblo. Fue el escudero fiel de su hermano mayor, el catedrático de Friburgo. Ocupó hasta su jubilación
el cargo de director en una oficina bancaria de Messkirch.

Fritz tuvo tres hijos; el segundo, Heinrich, se ordenó sacerdote y era el preferido del tío Martin, y fue quien ofició la misa
funeral. Fritz murió en 1980, cuatro años después que su hermano. Algunos vecinos de Messkirch decían entre dientes, señalando el ataúd, que era él quien había escrito algunas de las
obras de su hermano.

CRONOLOGÍAS

CRONOLOGIAS

Cronología básica de Martin Heidegger

1889, 26 de septiembre: Martin Heidegger nace en Messkirch (Alemania).

1903: Ingresa en la Konradihaus, el internado católico de Constanza.

1906: Inicia estudios sacerdotales en el Seminario de Friburgo.

1909: Lo aceptan en el noviciado de la Compañía de Jesús en Tisis, cerca de Feldkirch (Austria). A los pocos días debe abandonarlo por graves problemas cardíacos.

1911: Inicia estudios de Filosofía con Edmund Husserl en la Universidad Albert-Ludwig de Friburgo.

1913: Se doctora en Filosofía en Friburgo.

1915: Llamado a filas para el ejército del Káiser. Durante la Primera Guerra Mundial, se le asigna al servicio de vigilancia postal y al servicio meteorológico.

1917: Se casa con Elfride Petri.

1919: En Friburgo, es nombrado *Privatdozent* y asistente del catedrático Edmund Husserl.

1920: Conoce a Karl Jaspers en casa de Husserl y se hacen íntimos amigos. Mantendrán una larga relación personal y epistolar.

1922: Encarga la construcción de la cabaña de Todtnauberg, que se convertirá en su residencia habitual.

1923: Lo contratan como profesor en la Universidad de Marburgo.

1925: Empieza la relación clandestina con Hannah Arendt.

1927: Se publica su gran obra *Ser y tiempo*.

1928: Sustituye a Edmund Husserl en la cátedra de Friburgo.

1930: Rechaza una invitación docente de la Universidad de Berlín. Quiere quedarse en la Selva Negra, cerca de Todtnauberg.

1933: Es elegido rector de la Universidad de Friburgo.

1933: Se afilia al NSDAP, el partido político de Hitler.

1934: Dimite del cargo de rector.

1936: Rompe la relación con Karl Jaspers por su posicionamiento contrario al nazismo.

1944: Es convocado por la milicia de la Volkssturm para defender la patria frente a la ofensiva aliada, siguiendo órdenes estrictas de Hitler.

1945: Con la inminente ocupación aliada, salvaguarda sus manuscritos en Messkirch.

1945: Afronta la Comisión de Depuración de la Universidad de Friburgo.

1946: Se le prohíbe la docencia en Alemania.

1950: Reencuentro con Hannah Arendt.

1951: Reincorporación a la actividad docente en la Universidad de Friburgo.

1959: Es nombrado ciudadano de honor de Messkirch.

1962: Hace el primero de una serie de viajes a Grecia, el país de sus sueños después de Alemania.

1975: Se publica el primer volumen de la Obra Completa.

1975: Última visita de Hannah Arendt a Friburgo y despedida inconsciente.

1976, 26 de mayo: Martin Heidegger muere en su casa, en Friburgo, plácidamente.

Cronología básica de Hannah Arendt

1906, 14 de octubre: Hannah Arendt nace en Linden, localidad hoy incorporada a Hannover (Alemania).

1909: La familia se traslada a Königsberg, ciudad de los padres.

1913: Muere Paul Arendt, padre de Hannah, enfermo de sífilis.

1920: Lee a Kant y Jaspers con catorce años. La *Crítica de la razón pura* de Kant la marca especialmente.

1923: Abandona la escuela de Königsberg por problemas disciplinarios y por ausencias continuadas por enfermedad. Se traslada a Berlín a estudiar teología cristiana.

1924: Vuelve a Königsberg. Se presenta por libre al examen de acceso a la universidad y lo aprueba.

1925: Inicia una relación clandestina con Martin Heidegger, profesor suyo en la Universidad de Marburgo.

1926: Se traslada a la Universidad Albert-Ludwig de Friburgo, donde estudia con Edmund Husserl.

1928: Se doctora en Filosofía en la Universidad de Heidelberg. Le dirige la tesis Karl Jaspers.

1929: Empieza a vivir con el filósofo Günther Stern, exalumno de Heidegger, en Berlín. Se casan.

1933: Con Hitler ocupando la cancillería desde enero, Günther Stern, conocido como Günther Anders, emigra a París en marzo. Hannah sigue en Berlín.

1933: En otoño de ese mismo año, Hannah Arendt se reúne con Günther en París.

1934: En París, forja una gran amistad con Walter Benjamin, filósofo judío también refugiado y primo de Günther.

1937: Se divorcia de Günther Stern. Rompen amistosamente.

1940: Se casa con Heinrich Blücher.

1940: A raíz de la invasión alemana de Francia, es retenida en el campo de Gurs.

1941: Consigue llegar a Nueva York con su esposo Heinrich Blücher y su madre, Martha Cohn.

1948: Muere su madre, Martha.

1949: Es nombrada secretaria ejecutiva de la Jewish Cultural Reconstruction. Primer viaje a Europa. Reencuentro con Karl Jaspers en Basilea (Suiza).

1950: Primer encuentro con Martin Heidegger en Friburgo, después de 1933.

1951: Publicación en Estados Unidos de *Los orígenes del totalitarismo*, su gran obra. Consigue la nacionalidad norteamericana.

1953: Le ofrecen una cátedra en el Brooklyn College de Nueva York.

1959: Recibe la oferta de una cátedra temporal en la Universidad de Princeton (Nueva Jersey). En Alemania, se le concede el premio Lessing de ensayo filosófico.

1961: Como reportera de *The New Yorker*, cubre el juicio de Adolf Eichmann en Israel.

1967: Reconciliación con Israel a raíz de la guerra de los Seis Días. Estancia en Israel. Visita a los amigos y la familia.

1968: Infarto de miocardio de Heinrich Blücher.

1969: Muere Karl Jaspers, su gran amigo.

1969: Escribe la carta pública de felicitación por el ochenta aniversario de Martin Heidegger: *Martin Heidegger cumple ochenta años*.

1970: Muere Heinrich Blücher en el Hospital Monte Sinaí de Nueva York por un infarto.

1974: Hannah padece un infarto en Aberdeen (Escocia) e ingresa unos días en un hospital de la ciudad.

1975: Última visita a Martin Heidegger en Friburgo. Última vez que están juntos.

1975, 4 de diciembre: Sufre un infarto mientras cena con el matrimonio Baron en su apartamento de Nueva York. Muere al instante.

Agradecimientos

A Jacqueline, mi compañera, por su complicidad en la búsqueda de Heidegger por la Selva Negra.

A Joan Bruna, por leerme siempre con tanto ahínco y por su afecto.

A mi agente Sandra Bruna, por la complicidad y amistad.

A Ernest Folch, editor, por haber confiado desde el momento cero en esta historia y haberla impulsado.

A la editorial Navona, por la acogida y el trabajo bien hecho.

A Isabel Bobes, por sus consejos y la predisposición siempre a ayudar.

A Juan Carlos Gentile Vitale, por su pericia traductora.

A los que me leéis: sin vosotros esto no sería posible.

Este libro se terminó de imprimir en los talleres
de Romanyà Valls, en Capellades (Barcelona),
en noviembre de 2023